LA JEUNESSE DU ROI HENRI

LES

# AMOURS

DU

# VALET DE TRÈFLE

# LA JEUNESSE DU ROI HENRI

LES

# AMOURS

DU

# VALET DE TRÈFLE

PAR

## PONSON DU TERRAIL

PARIS

E. DENTU, EDITEUR

LIBRAIRIE DE LA SOCIÉTÉ DES GENS DE LETTRES

PALAIS-ROYAL, 17 ET 19, GALERIE D'ORLÉANS

1866

# LES AMOURS

DU

# VALET DE TRÈFLE

## I

Quand on sortait de Paris, dans le mois d'août 1572, par la porte des Fossés-Montmartre, on voyait à gauche du sentier qui conduisait à l'Abbaye et grimpait en zig-zag au flanc de la butte, on voyait, disons-nous, une petite maisonnette entourée d'un massif d'arbres et d'un jardin que clôturait une haie vive.

Cette maison, qui avait longtemps appartenu à un chanoine de Notre-Dame, lequel était mort l'année précédente, avait été rachetée récemment par une dame en habits de deuil, qui paraissait très affligée et s'y était enfermée comme dans un cloître. Elle y était venue le soir, à la brune, le visage couvert d'un voile épais. Était-elle jeune ou vieille, belle ou laide? Pleurait-elle un mari, pleurait-elle un ingrat?

Ni le valet, ni la servante qui composaient à eux deux toute sa domesticité, n'avaient jugé à propos d'éclaircir, pour le voisinage, ces diverses questions.

Le voisinage se composait de quelques maisonnettes éparpillées çà et là dans les champs voisins de la ferme royale la *Grange-Batelière*, laquelle était voisine d'un cabaret fameux alors connu sous le nom du *Bon Catholique*.

Les maisonnettes étaient habitées en général par de petits bourgeois jouissant de franchises et retirés du commerce, gent babillarde, cancanière, s'occupant beaucoup de ce qui se passait autour d'elle.

La ferme royale était tenue par maître Perrichon, écuyer, à qui le roi François avait donné des lettres de noblesse en signant avec lui un bail de quarante années.

Hugues Perrichon avait alors près de soixante ans.

C'était un grand vieillard qui avait une démarche de prince, un air fort noble, qui portait une longue barbe blanche; et tenait à grand honneur d'être le fermier du roi.

L'hôtelier, qui avait inscrit sur la porte de son cabaret : *Au Bon Catholique*, était un drôle assez mal famé du nom de Létourneau. Sa cave était bonne, sa réputation détestable.

On disait tout bas dans les environs qu'il avait volé et assassiné ; mais, comme il avait un renom de méchanceté, personne n'osait le dire tout haut.

Létourneau vivait seul avec un garçon cabaretier, nommé Pandrille.

Pandrille avait vingt ans, il était jouflu, haut en couleurs, d'une taille herculéenne et d'une intelligence bornée.

Des deux serviteurs qui composaient la domesticité de la dame mystérieuse qu'abritait le toit du défunt chanoine, l'un était un honnête garçon appelé Guillaume, l'autre était une servante d'origine cauchoise, si on s'en rapportait à ses bonnets en pyramide.

La servante s'en allait tous les jours en ville faire son marché, ne parlait à personne et revenait de bonne heure à la maisonnette, d'où elle ne sortait plus.

Le valet entrait parfois dans le cabaret de Létourneau pour acheter du vin, le payait et sortait sans prononcer une parole.

Quelquefois aussi on le voyait s'en aller à la Grange-Batelière, dont le fermier avait le droit exclusif de pêche sur l'étang, et il achetait du poisson.

Quant à la dame, depuis le jour où elle avait pris possession de la maison, on ne l'avait point vue. Le jardin était clôturé par une double haie, au dedans de laquelle croissait un épais rideau de peupliers.

Pandrille, le garçon du cabaretier Létourneau, avait un jour escaladé la haie et grimpé le long d'un peuplier.

De là son regard, plongeant dans le jardin, avait rencontré la dame mystérieuse.

— Par Notre-Dame! patron, avait-il dit en revenant au cabaret, c'est la plus jolie femme que j'aie jamais vue.

Létourneau n'avait pas soufflé. Seulement le lendemain il avait imité son garçon.

Comme lui il avait vu la dame, et soudain il avait tressailli, et portant la main à son front :

— Je la connais, je l'ai vue quelque part, s'était-il dit.

Depuis lors, Létourneau mûrissait quelque étrange projet dans son cerveau. Un jour que le valet Guillaume était venu chez lui pour avoir du vin, il lui dit :

— Votre maîtresse est pourtant assez riche pour avoir du vin en cave?

L'honnête valet se troubla.

— Qu'en savez-vous? dit-il.

— Bah! fit Létourneau, elle a plus d'écus que le roi.

Guillaume haussa les épaules et voulut s'en aller. Mais Létourneau le retint.

— Croirez-vous pas, dit-il, que j'ai été garçon dans le cabaret qui fait le coin de la rue aux Ours et de la rue Saint-Denis?

Le trouble de Guillaume augmenta.

Il s'en alla et ne revint plus; mais il continua d'al-. ler à la Grange-Batelière.

Un jour, maître Perrichon lui dit :

— Mon garçon, je suis écuyer et on me tient pour le plus loyal homme de Paris.

— Je le sais, répondit Guillaume, qui ne savait où le fermier en voulait venir.

— Par conséquent, continua Perrichon, si je vous donne un conseil, vous le prendrez en bonne part?

— Oui, maître.

— Eh bien! nous vivons en un temps malheureux où les bandits ont beau jeu, sous prétexte de religion.

Guillaume tressaillit.

— La maisonnette que vous habitez avec votre maîtresse est bien isolée, continua le fermier.

— Nous ne craignons pas les voleurs.

— Vous avez tort, dit sentensieusement maître Perrichon. Croyez-moi, une femme seule ne doit pas vivre en dehors des murs.

Le fermier ajouta en voyant que Guillaume ne répondait rien.

— Nous avons un mauvais drôle de voisin.

— Ah! fit Guillaume.

— Le cabaretier Létourneau a une méchante réputation.

— On le dit, en effet.

— On l'accuse même d'avoir plus d'une fois assassiné ses pratiques, lorsqu'elles commettaient l'imprudence de lui demander l'hospitalité pour la nuit.

— J'ai une bonne arquebuse, dit Guillaume, et je saurais m'en servir.

Le fermier secoua la tête.

— Pardon, dit-il, je vais vous faire une dernière question. Excusez-moi, mais c'est l'intérêt que je porte aux honnêtes gens qui m'y pousse.

— Je vous écoute, maître.

— Votre dame est-elle catholique?

— Oui.

— N'a-t-elle aucune relation avec ceux de la religion?

— Aucune.

— Tant mieux en ce cas.

Maître Perrichon crut avoir suffisamment averti le valet, qui s'en alla et ne revint que quelques jours après.

Cette fois, le fermier garda le silence.

. . . . . . . . . . . . . . . . . . . . . . . . . . . . . . . . . . . . . . . . . . . .

Or, un soir, c'était le lendemain du jour où maître René le Florentin était rentré au Louvre, deux cavaliers qui paraissaient avoir fait une longue course, s'arrêtaient à la porte du *Bon Catholique*.

— Holà, l'hôtelier ! cria l'un d'eux.

Le cabaret était fermé, la nuit close et un peu sombre.

— C'est pourtant un cabaret, dit le second ; et, par l'arche de Noë mon ancêtre, on m'ouvrira !

Il rangea son cheval près du seuil, prit son épée par le fourreau, et du pommeau frappa sur la porte.

— Qui est là ? dit une voix à l'intérieur.

— A boire ! répondit le premier cavalier.

— Le couvre-feu est sonné, répliqua le voix qui lâcha un gros juron en manière d'accompagnement.

— Le couvre-feu n'est pas fait pour les gentils-hommes.

Et le pommeau d'épée retomba plus violemment sur la porte close.

— Je suis couché, répondit la voix.

— Tant pis ! si tu n'ouvres pas, j'enfonce la porte.

La voix de Noë, car c'était lui, était impérieuse.

Maître Létourneau, qui, sans doute, avait de bonnes raisons pour ne pas ouvrir, pensa qu'il se ferait un mauvais parti s'il persistait dans sa résolution première.

— Attendez-un moment! cria-t-il.

— En effet, au bout de trois minutes la porte s'ouvrit.

Noë et son ami Hector de Galard mirent pied à terre.

Ils revenaient de Montmorency, où Noë était allé porter un message au vieux connétable.

Hector l'avait accompagné.

Ils étaient allés et revenus sans débrider. Les chevaux étaient las, et, la poussière aidant, les cavaliers mouraient de soif.

Ce fut Pandrille qui vint ouvrir.

Le colosse était tout habillé, et rien dans sa toilette n'indiquait qu'il eût précipitamment quitté son lit.

— Tiens, dit Noë, je te croyais couché.

— C'est le patron.

— Ah! ce n'est pas toi le patron?

— C'est moi, dit une voix que Noë reconnut pour celle qu'il avait entendue à travers la porte.

— A la clarté de la lampe en fer que Pandrille avait à la main, Noë et Hector aperçurent alors dans le coin le plus sombre du cabaret un lit, et sur ce lit un homme couché.

— Il était enveloppé jusqu'au menton dans les couvertures et les draps.

— Ah! c'est toi le patron? demanda Noë.

— Oui messire.

— Et tu ne voulais pas ouvrir?

— Je suis couché et malade.

— Un cabaretier doit toujours se bien porter. Comment te nommes-tu?

— Létourneau.

Ce nom fit froncer le sourcil à Noë.

Noë avait entendu parler vaguement, un soir, dans le corps de garde des Suisses, d'un assassinat commis dans un cabaret de la Porte-Montmartre, et dont le cabaretier lui-même était accusé.

Noë se souvint que le cabaretier dont on avait parlé se nommait Létourneau.

— Que faut-il servir à vos Seigneuries? demanda Pandrille.

— Du vin, et du meilleur.

— Vos Seigneuries seront satisfaites, murmura Létourneau d'un ton obséquieux.

— Mais d'abord attache nos chevaux.

Pandrille noua les deux brides dans un anneau unique fiché dans le mur, à l'intérieur.

Puis, ayant allumé une chandelle, le garçon cabaretier reprit sa lampe, souleva la trappe de la cave et descendit chercher du vin.

— C'est singulier, pensait Noë, tandis qu'il s'asseyait en face d'Hector devant, un table graisseuse, voilà un homme bien chaudement couvert pour la saison.

Tout à coup un bruit se fit dans la cave, Pandrille avait heurté une bouteille du pied.

— Butor! murmura Létourneau, qui fit un brusque mouvement, puis se hâta de reprendre son immobilité. Mais ce mouvement avait permis à Noë de remarquer que le cabaretier était couché tout vêtu.

En même temps il lui sembla qu'un reflet de la lampe tombait sur un objet luisant à demi enfoui sous les couvertures.

Noë reconnut le manche d'acier d'un poignard...

## II

Hector avait vu, tout comme Noë.

Tous deux échangèrent un regard.

Puis Noë, sous la table, pressa le pied à Hector.

Hector comprit qu'il devait considérer comme bien fait et bien dit ce que ferait et dirait Noë.

Pandrille revint avec quatre bouteilles sous le bras.

— Oh! oh! dit Hector, voilà une vénérable poussière.

— Il y a même de la toile d'araignée, ajouta Noë.

— C'est du vieux, dit Létourneau. Mais si vos Seigneuries le trouvent trop cher...

— Imbécile ! fit Noë.

Et il tira de sa poche une bourse fort ronde qu'il jeta brusquement sur la table.

Un regard de convoitise s'alluma dans l'œil de Létourneau.

— Dis donc, hôte de malheur, reprit Noë, donne-moi donc un renseignement.

— Volontiers, messire.

— Quel est le plus court chemin pour aller à Montlhéry ?

— Vous allez à Montlhéry ?

— Oui.

— Cette nuit ?

— Nous en avons bonne envie.

— Mais, dit Létourneau, il faut traverser Paris.

— Bon ! après ?

— Et sortir par la porte Bourdeille.

— Et combien y a-t-il de lieues ?

— Au moins cinq.

— Diable ! murmura Noë, nos chevaux sont bien las.

— Les nuits sont fraîches, dit le cabaretier. Les chevaux *peinent* moins par ce temps-là.

Noë regarda Hector.

— Et toi, es-tu las ?

— Je meurs de sommeil.

— Si nous couchions ici?

Le cabaretier tressaillit sous sa couverture.

— Ce n'est pas mon intérêt, dit-il, car on doit garder les pratiques le plus possible; cependant, si j'osais donner un conseil à vos Seigneuries...

— Parle.

— Pour peu qu'elles soient pressées, elles feront mieux de profiter de la fraîcheur.

— Nous ne sommes pas pressés, dit Noë. D'ailleurs, je vais voir comment sont nos chevaux.

Et il sortit, laissant Hector un peu étonné.

Un moment après il revint.

— Mordieux! dit-il, mon cheval à moi peut aller encore, mais le tien, Hector, sera fourbu s'il fait deux lieues de plus; il a déjà des molettes...

— Tu veux donc coucher ici?

— J'y suis décidé.

— Ce sera comme il plaira à vos Seigneuries, murmura Létourneau d'un ton de mauvaise humeur. Seulement je n'ai qu'une chambre et qu'un lit.

— Nous coucherons ensemble.

— Mets nos chevaux à l'écurie, dit Hector à Pandrille.

Noé achevait en ce moment la seconde bouteille.

— Peste! dit-il, ce vin est capiteux! j'ai la tête lourde.

— Et moi, dit Hector, je dormirai dans cinq minutes d'une si belle manière, que le bourdon de Notre-Dame ne me réveillerait pas si on sonne le tocsin.

Pandrille s'approcha de son patron.

Létourneau lui murmura quelques mots à l'oreille.

Puis le garçon cabaretier, qui avait mis les chevaux à l'écurie, prit la chandelle qui se trouvait sur la table.

— Si vos Seigneuries veulent me suivre, dit-il, je vais les conduire à leur chambre.

Il ouvrit une porte qui masquait un escalier de bois. Cet escalier conduisait à l'unique étage du cabaret lequel était divisé en deux pièces.

L'une était une salle où, quand le rez-de-chaussée était plein de buveurs, on faisait monter les pratiques ; l'autre était la chambre qu'on donnait aux voyageurs, quand il s'en présentait.

— Voilà ! dit Prandille en y introduisant Hector et Noë. Bonsoir messeigneurs.

— Bonsoir, mon garçon.

Prandrille posa sur une table boiteuse auprès du grabat décoré du nom de lit, la chandelle qu'il tenait à la main, puis il se retira.

Alors Noë alla pousser le verrou de la porte.

Puis il regarda Hector en souriant.

— Ah çà ! dit celui-ci, es-tu fou ?

— Non. Pourquoi ?

— Où as-tu rêvé que nous allions à Montlhéry, et pourquoi veux-tu coucher ici quand nous sommes à la porte de Paris ?

— Mon bon ami, répliqua Noë, il se passe où il va se passer dans ce cabaret quelque chose d'inusité.

— Tu crois ?

— Le cabaretier est couché tout habillé, et il a un poignard sous sa couverture. Or, ces préparatifs ne pouvaient nous concerner, puisque c'est tout à fait par hasard que nous nous sommes arrêtés ici.

— Sans doute.

— Moi, je suis curieux, et je flaire quelque félonie, quelque assassinat. Puisque le hasard nous a fait tomber ici, c'est qu'il a ses vues secrètes. Restons : nous verrons.

— Soit, dit Hector.

Quelques minutes après, les deux amis, qui causaient en langue béarnaise, feignirent de se mettre au lit, et ils éteignirent la chandelle.

Létourneau, qui avait l'oreille au guet, entendit le lit craquer.

— Bon ! pensa-t-il, dans une heure ils dormiront.

Et il se leva sans bruit.

Pandrille avait refermé la porte.

— Partons-nous, patron ? dit-il.

— Pas encore...

— Pourquoi ?

— Il faut attendre qu'ils dorment. Ils on bu d'un vieux vin qui fait de l'effet.

— Ce sont des seigneurs de bonne mine, observa Pandrille.

— Je l'ai bien vu.

— La bourse que l'un d'eux a montrée était pleine de pièces d'or.

— Je les ai vu briller à travers les mailles...
Prandrille cligna de l'œil.

— Ce cerait une bonne affaire, hein !

— Peuh ! fit Létourneau.

— Je me chargerais bien de les étrangler tous les deux, quand ils dormiront.

Létourneau haussa les épaules.

— Quand ils sont arrivés, poursuivit Pandrille, le chemin était désert. Personne n'a dû les voir entrer.

— C'est probable.

— Lorsqu'ils seront morts, nous les descendrons dans la cave, et nous les enterrerons avec les autres... vous savez ?

— Et leurs chevaux ?

— J'irai les vendre au marché. Ce sont de belles bêtes, ma foi ! On en aura un bon prix.

— Pandrille, dit gravement Létourneau, tu es un niais...

— Pourquoi donc ?

— Parce que nous allons faire cette nuit une besogne qui vaut mieux. Crois-tu que la dame de la
maisonnette n'a pas plus d'or et de bijoux que ces
deux cavaliers?..

— Oh ! si fait !

— Un moment j'ai été vexé de voir ces gentilshommes s'arrêter ici. Ils pouvaient nous gêner.
Mais à présent je m'en applaudis.

— Vous les ménagez, pour après, peut-être, dit
Pandrille.

— Non, et je les laisserai partir demain, après
leur avoir préparé un bon déjeuner et fait boire de
bon vin.

— Quelle drôle d'idée, patron ! ..

Létourneau était un petit homme d'apparance assez chétive : Pandrille avait la stature et les propor-
tions d'un géant.

Mais Létourneau dominait Pandrille de toute la
hauteur de son intelligence.

— Tu n'a pas l'esprit bien ouvert mon garçon, et
il faut t'expliquer longuement les choses.

— Ça, c'est vrai, dit naïvement Pandrille. Mais
j'ai le poignet solide. Vous souvenez-vous du petit
page, patron ? lui ai-je bien tordu le cou ?...

— C'est bon. Je te disais donc que les deux gentilshommes s'en iront demain fort tranquillement.

— Oui, et ?...

— Et ce sera pour moi un bon témoignage, si besoin est.

— Comment cela?

— Tu comprends que l'affaire de cette nuit fera du bruit.

— Certainement.

— On ne manquera point de m'accuser dans les environs.

— Eh bien?

— Alors ces deux gentilshommes seront là pour dire qu'ils ont passé la nuit ici et que précisément, j'étais malade.

— Voilà une fameuse idée! murmura Pandrille émerveillé.

Létourneau ouvrit avec précaution la porte de l'escalier, se déchaussa et monta les degrés nu-pieds.

Puis il colla son oreille à la porte de la chambre où étaient couchés Hector de Galard et Noë.

Il entendit un ronflement sonore.

— Ils dorment, pensa-t-il.

Puis il redescendit et dit à Pandrille :

— Es-tu prêt?

— Je le suis, patron. Voyez.

La colosse montrait une barre de fer longue de trois pieds, qu'il avait placé sur son épaule, comme il eût fait d'un bâton....

— Si le domestique bouge, dit-il, je l'étourdirai avec ça...

Létourneau avait un poignard à sa ceinture.

Il ouvrit un bahut et en retira une pelote de viande hachée :

— Voilà pour le chien ! dit-il.

Létourneau s'enveloppa d'un manteau, enfonça son chapeau sur ses yeux et souffla la lampe.

Pandrille avait ouvert la porte extérieure.

— Un moment, dit Létourneau, il faut de la précaution en toutes choses. Par ici butor !

Le cabaretier s'approcha de la cheminée et frotta ses mains sur la plaque noircie du foyer.

Puis il appuya ses doigts sur son visage et se barbouilla de suie.

— Voilà, dit-il, qui vous change fièrement un homme !

Et il ajouta en s'adressant à Pandrille ;

— Fais-en autant.

Pandrille ne se le fit point répéter. Il se barbouilla comme son maître, puis tous deux sortirent sur la pointe du pied et fermèrent la porte avec précaution, de manière à ne point éveiller Noë et son compagnon.

Une fois dehors, les deux bandits prêtèrent l'oreille avant de se mettre en chemin. La nuit était sombre, la route déserte. On n'entendait aucun bruit.

— Allons, pensa Létourneau, tout dort par ici.

Et, quittant le chemin, ils s'en allèrent, à travers champs, vers la maison blanche qu'habitait Sarah oriot.

La maison blanche était à peine à un quart de lieue.

En moins de dix minutes ils eurent atteint la haie de clôture.

Cette haie présentait une brêche imperceptible, ais Pandrille et Létourneau la connaissaient.

Comme ils se glissaient par cette ouverture, un boiement furieux se fit entendre, et un énorme hien de garde arriva au galop, la gueule béante et 'œil ensanglanté.

— Voilà pour toi, Pluton mon ami, dit le caba-etier.

Il lui jeta la boulette de viande hachée qu'il avait pporté.

Le chien tomba dessus et se tut.

— Nous n'avons pas de temps à perdre, dit Lé-ourneau.

Et tous deux, au pas de course, la haie de clôture ranchie, se dirigèrent vers la maison non moins si-encieuse que les environs.

## III

La femme mystérieuse qui habitait la maisonnette de feu le chanoine n'était autre, on l'a deviné
sans doute, que Sarah Loriot, la belle argentière.

— Comment se trouvait-elle là ? par quels ha-
sards étranges, par quelles vicissitudes imprévues
était-elle venue habiter cette maison isolée ?

Il faut pour l'expliquer, nous reporter à deux
mois en arrière, c'est à dire au mariage de Marguerite de Valois avec le jeune prince Henri de Bourbon.

Quand la reine Jeanne mourut empoisonnée par
René, Sarah était auprès d'elle.

On se souvient que, pour la soustraire aux vengean-
ces du Florentin, le prince l'avait confiée à sa mère.

Noë s'était marié, il avait épousé la jolie Myette.

Presqu'en même temps, en dépit de son deuil et
la raison d'État dominant, le nouveau roi de Navarre avait épousé Marguerite.

La veille du mariage de Noë, le fidèle Guillaume
Verconsin arriva de grand matin à la porte du cabaret de Malican.

Le commis poussait devant lui un âne de forte

taille chargé d'un bât qui supportait deux tonneaux.

— Qu'est-ce que cela? dit le Béarnais étonné.

— Aidez-moi à les décharger, dit Guillaume. Ils
sont lourds.

Malican ne savait à qui étaient destinés les deux
barils.

Il fit ce que lui commandait Guillaume néanmoins, et s'aperçut alors en remuant les barils
qu'ils rendaient un son métallique.

— Tiens ! dit-il, c'est drôle.

— Ils sont pleins d'argent, dit naïvement Guillaume Verconsin.

— Pleins d'argent !

— Ils renferment trois cent mille livre.

— Et où les portes-tu, mon garçon ?

— Ici.

— Est-ce que tu plaisantes ?

— Madame Loriot m'a commandé de les déposer
dans votre cave.

— Ah ! dit Malican, se méprenant toujours, s'il
en est ainsi, dépose-les, mon garçon, et ils seront
bien gardés, sois-en sûr.

Et puis, ajouta Guillaume, madame Loriot m'a
donné cette lettre pour vous.

Guillaume ouvrit son pourpoint et en retira un
billet fermé par un fil de soie blanc.

Le billet portait cette inscription :

*Au bon Malican.*

Tout intrigué, Malican ouvrit et lut :

« Mon cher Malican,

« Feu Samuel Loriot, mon époux, n'avait aucun parent en ce monde, et il m'a laissé toute sa fortune.

« Cette fortune était immense, et je n'en ai que faire.

« Ma petite amie Myette n'a point de dot ; son futur époux, M. de Noë, a plus de dettes que d'écus.

« Je me suis renseignée, et j'ai appris que son patrimoine se composait tout entier d'un vieux castel et d'un maigre domaine qui l'entoure.

« Ma petite Myette me permettra de lui faire mon cadeau de noces.

« Je suis votre amie,

« SARAH. »

La lettre avait un *post-scriptum :*

« Je pars, disait Sarah, pour un grand voyage dont je ne puis vous préciser le but, ni la durée ; mais croyez que je n'oublierai aucun de ceux que j'aime. »

Ce *post-scriptum* rendait tout refus impossible.

Malican accepta pour Myette.

Vainement il questionna Guillaume Verconsin.

L'honnête commis était un serviteur de l'âge d'or, il était intelligent, muet et désintéressé.

Il s'en alla sans que Malican eût pu tirer de lui un seul mot et savoir en quel lieu allait Sarah.

Noë et Myette se marièrent ; puis vint le tour du roi de Navarre.

La messe nuptiale fut dite en grande pompe, et, bien que le roi de Navarre fût de la religion, dans la grande nef de Saint-Germain l'Auxerrois.

Toute la cour assistait à la cérémonie, et la foule était si grande que nul ne remarqua d'abord agenouillée derrière un pilier une femme vêtue de noir, le visage couvert d'un voile épais.

Cette femme, qui versait des larmes silencieuses, priait avec ferveur pour le bonheur du roi de Navarre.

Comme la messe finissait, Noë se retourna, aperçut la femme vêtue de noir et tressaillit.

Il avait deviné que c'était Sarah Loriot.

Il voulut fendre la foule, arriver jusqu'à elle, lui prendre les deux mains et lui dire :

— Restez avec nous qui vous aimons, restez, et nous vous ferons une famille à vous qui n'avez plus personne en ce monde...

Mais lorsqu'il arriva près du pilier contre lequel tout à l'heure elle était agenouillée, Noë ne trouva plus personne.

L'argentière avait disparu.

Depuis lors vainement Noë et le roi de Navarre lui-même avaient-ils cherché Sarah Loriot...

La maison de la rue aux Ours était louée ; on avait muré l'entrée de la cave.

Nul, dans le quartier, ne put dire ce que l'argentière était devenue.

On avait pu voir quelques jours encore Guillaume Verconsin aller et venir ; puis, à son tour, le commis avait fait une éclipse, et on ne l'avait point revu.

Qu'était donc devenue Sarah ?

Sarah était venue s'établir dans la petite maison que nous connaissons, sous le nom de Mariette Lormeau, veuve de Jean Lormeau, huissier au Châtelet, et depuis elle n'en était plus sortie.

Quand la fraîcheur du soir venait, elle se promenait dans le jardin, rêvant avec mélancolie à son cher Henri de Navarre, à jamais perdu pour elle.

Quelquefois Guillaume Verconsin, enveloppé dans un grand manteau, son chapeau rabattu sur ses yeux, s'en allait, à la brune, errer dans Paris, aux alentours du Louvre.

Alors, s'il rencontrait un Suisse ou un garde du

corps, il l'abordait et lui demandait si le roi de Navarre était toujours au Louvre.

Le soldat se montrait-il bon enfant, Guillaume l'emmenait dans un cabaret, lui payait à boire et le faisait jaser sur ce qui se passait dans la royale demeure.

Or, précisément le soir où Noë et son ami Hector allaient frapper au cabaret du *Bon Catholique,* Guillaume était allé à Paris. Assise sous un grand arbre dans le jardin, Sarah l'attendait avec quelque impatience.

La nuit était venue, la maison était isolée, et Guillaume, qui aurait voulu voir sa maîtresse choisir une autre habitation, ne s'était point fait prier pour lui répéter les sages avertissements de maître Perrichon, le fermier du roi.

Sarah éprouvait donc une vague inquiétude en attendant Guillaume ; mais comme le couvre-feu sonnait aux paroisses voisines, Guillaume arriva.

Alors Sarah oublia ses terreurs pour ne songer qu'à son cher Henri.

— Eh bien ! lui dit-elle, quelles nouvelles m'apportes-tu ?

— De mauvaises, répondit Guillaume.

Sarah tressaillit.

— Madame , reprit l'ancien commis de maître

3

Loriot, les affaires de la religion s'embrouillent de plus en plus:

— Mais lui... le roi de Navarre? demanda Sarah pleine d'anxiété.

— Oh! rassurez-vous, dit Guillaume, il est sain et sauf jusqu'à présent.

— Eh bien! que m'importent les affaires de la religion?

— Minute! dit Guillaume, vous allez voir. Il y a depuis deux jours une grande fermentation dans Paris.

— Contre qui?

— Contre les huguenots. Or, le roi de Navarre est huguenot...

— C'est vrai, dit Sarah, mais il est le beau-frère du roi.

— Ah! dame! continua Guillaume, je vous dis ce qu'on m'a dit. J'ai passé une heure dans un cabaret où il y avait des catholiques passionnés qui disaient que le duc de Guise allait venir à Paris.

— Eh bien?

— Et qu'il massacrerait tous les huguenots.

Sarah n'attacha qu'une importance médiocre à ces paroles, mais elle devint fort pâle lorsque Guillaume ajouta :

— René le Florentin s'est encore tiré des mains du bourreau.

Et Guillaume, qui avait appris tous les détails de
l'enlèvement du Florentin au moment où on le menait au supplice, Guillaume, disons-nous, raconta
l'événement dans tous ses détails.

— O mon Dieu! murmura l'argentière éperdue,
permettrez-vous qu'un tel misérable triomphe toujours?

Et comme la soirée fraîchissait, elle quitta le
jardin et rentra dans la maison.

Puis elle dit encore à Guillaume.

— Qui sait? le roi de Navarre m'écouterait peut-
être, si je lui donnais un conseil.

— Quel conseil voulez-vous donc lui donner, madame?

— De quitter le Louvre et de s'en retourner en
Navarre.

— C'est une belle idée tout de même, observa
Guillaume.

Sarah s'assit devant une table et écrivit :

« Sire,

« Permettrez-vous à une amie des anciens jours de
vous donner un avis, du fond de sa retraite?

« Vous êtes roi de Navarre, et non roi de France,
hélas !

« Votre capitale est Nérac et non point Paris.
Pourquoi vous dérober à l'amour de vos sujets?

« Pourquoi fuir vos États ?

« Le Louvre est un méchant lieu, Sire, où la trahison et le crime veillent dans l'ombre ; vos enne-,
mis sont nombreux. Le plus terrible de tous, René,
vient d'échapper, une fois encore, au juste châtiment qui l'attendait... »

Sarah interrompit un moment sa lettre pour dire
à Guillaume qui l'avait suivie dans sa chambre :

— Tu iras à Paris demain matin.

— Oui, madame.

— Tu te rendras chez Malican.

— Lui dirai-je que vous êtes ici ?

— Non, mais tu le prieras d'aller te querir soit
Myette, soit Nancy, et tu leur remettras ma lettre.

— Vous serez fidèlement obéie, madame, dit
l'honnête Guillaume.

— Et maintenant, acheva l'argentière, va te coucher, mon pauvre garçon ; mais auparavant, lâche
Pluton et ferme bien toutes les portes.

Guillaume partit.

Alors Sarah se remit à écrire.

Dans sa lettre elle donnait des conseils au roi de
Navarre, elle le suppliait de quitter Paris, de retourner en Navarre ; elle faisait appel à sa prudence des
anciens jours et lui remettait en mémoire que la

reine Catherine avait une réputation de perfidie établie dans toute l'Europe. Enfin, elle le conjurait de songer que, une fois encore, le Florentin René, René l'empoisonneur, était sorti de prison; que sans doute il aurait bientôt reconquis le crédit dont il jouissait à la cour de France, et que le premier usage qu'il ne manquerait pas de faire de ce crédit serait de se venger de lui par tous les moyens possibles.

Mais tout à coup un aboiement retentit au dehors.

C'était Pluton, le chien de garde, qui venait de faire entendre sa voix grondeuse.

La jeune femme fit un soubresaut sur son siége et prêta l'oreille.

En même temps, il lui sembla qu'on parlait dans le jardin.

Alors les sinistres prédictions du fermier royal de la Grange-Batelière lui revinrent en mémoire, et une sueur glacée perla le long de ses tempes...

## IV

La belle argentière se leva et alla jusqu'à la croisée, qu'elle entrouvrit. Puis elle regarda dans le jardin. La nuit était sombre et silencieuse. Le chien s'était tu.

— C'est un passant attardé, pensa la jeune femme.

Et elle vint se rasseoir devant la table et continua à écrire à son cher Henri.

Mais quelques minutes s'étaient à peine écoulées qu'elle se reprit à tressaillir.

Un bruit sourd, difficile à définir, une sorte de craquement venait de se faire entendre.

On eût dit une pesée exercée sur une porte.

Sarah, un peu effrayée, se leva de nouveau.

— Guillaume! appela-t-elle.

Mais Guillaume dormait sans doute et il n'entendit pas.

Alors elle prit un flambeau, ouvrit la porte de sa chambre et gagna le corridor, résolue à faire une munitieuse inspection de la maison.

Elle ne vit personne dans l'escalier et descendit au rez-de-chaussée.

Mais là, elle poussa un cri.

Deux hommes, le visage barbouillé de suie, venaient d'entrer dans le vestibule.

L'un d'eux avait une barre de fer sur l'épaule.

L'autre tenait un poignard à la main.

Ces deux hommes venaient de forcer la porte d'entrée et s'apprêtaient, sans doute, à gravir l'escaliers lorsqu'ils avaient subitement vu paraître l'argentière, son flambeau à la main.

Cette apparition n'avait point été prévue par eux probablement, car ils demeurèrent un peu interdits et hésitèrent un moment.

Létourneau et Pandrille avaient compté trouver l'argentière au lit.

En la voyant debout, ils craignirent qu'elle n'appelât au secours assez fort pour qu'on accourût.

Mais le cri jeté par l'argentière avait été à demi éteint par l'effroi qui la prit à la gorge.

— Chut! taisez-vous, madame, dit enfin Létourneau en posant un doigt sur ses lèvres.

— Faut-il l'étourdir du coup? demanda Pandrille bas à Létourneau en levant sa barre de fer.

— Non, pas encore.

Et Létourneau fit un pas vers elle. Sarah, immobile, glacée d'épouvante, n'eut pas la force de reculer.

— Allons, ma petite dame, dit Létourneau, vous êtes trop gentille pour que nous ne puissions pas nous entendre...

Sarah essaya de fuir, d'appeler.

Mais sa gorge était aride, ses jambes refusèrent de la porter.

— Ma petite dame, continua Létourneau tout bas, ne criez pas! n'appelez-pas! ça vous porterait malheur.

Et il faisait briller la lame de son poignard.

— Que voulez-vous de moi? balbutia enfin Sarah.

— Vous parler d'abord de votre défunt époux M Loriot.

Sarah comprit que ces hommes venaient pour la dépouiller...

— Vous avez de la chance tout de même, chère madame Loriot, continua Létourneau d'un ton narquois, une fière chance d'être ainsi venue à notre rencontre.

L'argentière regardait ces deux hommes avec stupeur.

Le cabaretier continua :

— Mon ami Pandrille, qui est expéditif, n'aurait pas pris la peine de causer avec vous, s'il vous avait trouvée au lit et dormant...

L'argentière frissonna.

— Tandis que... maintenant... on pourra peut-être s'entendre...

— Mais que voulez-vous donc de moi? répéta la jeune femme, dont les dents s'entre-choquaient.

— Vous vous appelez madame Loriot, reprit Létourneau; vous êtes la veuve de l'argentier de la rue aux Ours, et vous avez plus d'écus que S. M. le roi Charles IX. Il nous faut tout ce que vous avez, si vous tenez à la vie : est-ce clair?... Il nous faut...

Létourneau n'acheva pas, car un éclair brilla au seuil de la porte entr'ouverte, une détonation se fit entendre, une balle siffla et le cabaretier, frappé en pleine poitrine, lâcha un épouvantable juron, tournoya sur lui-même pendant une minute et tomba raide mort.

En même temps deux hommes s'élancèrent dans le corridor pour tenir Pandrille en respect.

Ces deux hommes, on le devine, n'étaient autre que Noé et son ami Hector.

Tous deux avaient le pistolet au poing, la dague aux dents, une main sur la garde de leur épée.

Pandrille le colosse était lâche autant que cruel ; il vit tomber son maître, et la peur le prit.

Un moment il songea à fuir...

Mais Hector lui barra le passage et l'ajusta avec son pistolet.

En même temps, Noé laissait échapper une excla-ation de surprise.

— Rends-toi ! disait Hector au garçon cabaretier.

— Sarah ! s'écriait Noé stupéfait.

— Grâce ! messeigneurs, murmurait Pandrille, râce ! ! !

La belle argentière encore épouvantée regardait ᵀoë.

— Jette ta barre ! ordonna Hector d'un ton im-érieux, ou je te casse la tête.

Pandrille laissa tomber son redoutable instrument.

Noë, pendant ce temps-là, courut à l'argentière défaillante, et la soutint dans ses bras.

Tout cela fut l'affaire d'un instant. Pandrille, cette intelligence obtuse qui avait pris l'habitude d'obéir machinalement à Létourneau, contemplait, d'un air hébété, le cadavre de son maître qui gisait dans une mare de sang.

— Allons! mon bonhomme, dit Hector, il faut voir à nous expliquer un peu, et savoir ce que tu venais faire ici...

Mais Hector, qui cherchait des explications, fut interrompu par l'arrivée subite d'un nouveau personnage : c'était Guillaume.

Si le fidèle valet avait été un moment en défaut, s'il avait succombé au sommeil, demeurant sourd à l'aboiement du chien et au bruit de la porte que Létourneau avait crochetée, du moins, réveillé en sursaut, il avait bondi en entendant le coup de pistolet tiré par Noë.

Guillaume accourait éperdu, haletant, croyant déjà à un épouvantable malheur.

D'un regard, il embrassa toute la scène : il vit Létourneau mort, Pandrille cloué sous le regard d'Hector, et Sarah que Noë soutenait dans ses bras.

Il comprit tout, comme s'il avait tout vu.

— Guillaume! s'écria Noë.

— Ah! monsieur, monsieur! s'écria le pauvre garçon que l'émotion étouffait, que s'est-il donc passé? Comment êtes-vous ici?

— Nous sommes arrivés, répondit Noë dont l'humeur gasconne reprit le dessus, comme la marée en carême.

— Il n'était que temps! murmura Hector...

Puis, avisant le garçon cabaretier que la vue de ce canon de pistolet braqué sur lui gênait singulièrement.

— Voici un coquin, dit-il, qu'il faut réserver pour une bonne corde neuve et une potence de vingt pieds de haut.

— O le misérable! exclama Guillaume qui, en dépit de la suie dont ils étaient barbouillés, avait reconnu Pandrille et le cadavre de son maître.

— Mais, continua Hector, puisque nous sommes en pays de connaissance, monsieur... Guillaume... c'est le nom, je crois, que mon ami Noë, que vous paraissez connaître beaucoup, vient de vous donner?...

— Oui, monsieur.

— Occupons-nous de ce drôle.

— Vous devriez bien le tuer tout de suite, dit Guillaume que son amour pour sa maîtrese rendait féroce.

— J'y ai songé, dit Hector, mais il est désarmé, et frapper un homme désarmé porte malheur.

— Qu'en allons-nous faire, alors ?

— Le mettre en un lieu de sûreté jusqu'à ce que deux soldats du guet le viennent prendre...

— Il faut le mettre dans la cave, dit Guillaume.

— Ferme-t-elle bien ?

—La porte est en chêne ferré et elle est pourvue d'une bonne serrure et de verrous.

— Et où est cette cave ?

— Là-bas, au bout de cet escalier.

— Marche ! dit Hector, marche devant nous ! sinon je t'envoie une balle entre les deux yeux.

Ls garçon cabaretier était plus mort que vif. Il obéit.

Guillaume, qui avait un flambĕau à la main, passa le premier.

Hector força Pandrille à suivre Guillaume, et tous trois s'engouffrèrent dans les profondeurs béantes et noires de l'escalier qui conduisait à la cave.

.    .    .    .    .    .    .    .    .    .    .    .    .

Pendant ce temps, Noë, revenu de sa surprise, et Sarah de son épouvante, s'étaient pris à causer.

Noë avait emporté l'argentière encore défaillante dans une petite salle qui se trouvait à droite du corridor et dont la porte était ouverte.

Puis, tandis que Guillaume et Hector s'assuraient

e Pandrille, le mari de Myette et la veuve de Sa-
uel Loriot avaient échangé rapidement ces ques-
ions :

— Comment êtes-vous ici ?

— D'où venez-vous ?

— Pourquoi nous avoir fui ?

A cette dernière question, la pauvre femme était
devenue toute pâle.

— Ah ! dit Noë, je sais bien que vous l'aimez...
je sais bien que la vue de son bonheur a été pour
vous un supplice... et cependant...

Il hésita et la regarda :

— Mais vous êtes l'ange du dévouement et de l'abnégation, vous, reprit-il.

— Je tâche de faire quelque bien, murmura l'argentière.

— Vous saurez souffrir encore, n'est-ce pas ?

— Que voulez-vous-dire, ami ?

— Je veux dire qu'Henri a besoin de vous, ma
chère Sarah.

— Ah ! fit-elle.

Et son visage si pâle s'empourpra subitement.

— Oui, reprit Noë, il faut que vous voyiez Henri,
il faut que vous le décidiez à quitter Paris...

— Mon Dieu ! c'est ce je lui écrivais il y a une
heure, et je comptais lui faire parvenir ma lettre...

— Mieux vaut le voir...

4

— Je le verrai, balbutia-t-elle d'une voix altérée

— Ah! Sarah, reprit Noë, quelque chose me di
que vous serez le bon génie de notre Henri, qu
vous le sauverez du péril où il va tête baissée.

— Je le sauverai! répondit l'argentière, qu'un
pressentiment de l'avenir assaillit sans doute en ce
moment.

En ce moment aussi Hector et Guillaume revinrent de la cave où ils avaient solidement enfermé le
garçon cabaretier.

— Ma chère Sarah, dit alors Noë, nous ne pouvons vous emmener hors de cette maison au milieu
de la nuit; mais nous ne pouvons non plus vous y
laisser seule. Il faut que je voie le roi de Navarre
le plus tôt possible, cette nuit même. Je rentre donc
à Paris, mais je vous laisse sous la sauvegarde de
mon ami Hector.

L'argentière regarda le jeune Gascon, dont la
loyale figure lui plut.

Hector aussi regarda l'argentière, et la beauté mélancolique de la pauvre veuve l'impressionna d'une
façon bizarre...

Hector avait vingt-deux ans et il n'avait encore
jamais aimé...

## XL

Noë après avoir installé Hector dans la petite mai-
on de feu le chanoine, en lui confiant la garde de
arah, s'en revint fort tranquillement à l'auberge
u *Bon Catholique*, dont la porte était demeurée
ntr'ouverte.

Noë voulait reprendre son cheval. Avant d'aller
à l'écurie pour le détacher, il entra dans la salle
basse afin de s'y procurer de la lumière : dans ce
but, il déterra un des tisons enfouis sous la cendre.

Puis il se mit à souffler dessus et à en arracher
des étincelles, en le rapprochant de la lampe que les
deux bandits avaient laissée sur la table.

Comme il se livrait à cette opération, il entendit
un pas au dehors.

Ce pas s'arrêta sur le seuil et une voix inconnue à
Noë cria :

— Hé ! Létourneau !

Noë se retourna.

— Que voulez-vous ? dit-il.

Il venait d'allumer la lampe.

Un grand vieillard à l'air fort noble était sur le
pas de la porte.

Ce vieillard reconnut sur-le-champ qu'il n'avait

point affaire au cabaretier, mais bien à un gentil homme.

Aussi salua-t-il.

Noë rendit le salut.

— Excusez-moi, monsieur, dit le vieillard, je passais devant la porte de ce méchant drôle, et en entendant du bruit chez lui à une heure aussi avancée j'ai eu la curiosité de savoir ce qui s'y passait.

— Ah ! dit Noë.

— Il se brasse souvent bien des mauvaises actions dans cette maison, ajouta le vieillard.

— A qui le dites-vous ? fit Noë, j'en sais quelque chose.

— Ce Létourneau, poursuivit le vieillard, est l'homme le plus mal famé des environs de Paris.

— On le dit.

— Il a volé, pillé, assassiné !...

— Je le crois.

— Et il ne craint guère que moi, par ici.

Noë eut un sourire énigmatique.

— Moi, je crois, dit-il, qu'il ne vous craint plus.

— Bah ! fit le vieillard.

— Ni vous, ni personne, monsieur.

— Pourquoi ?

— Mais parce qu'il est mort.

— Oh ! oh ! fit le vieillard.

— Je l'ai tué, ajouta Noë aussi simplement que

s'il eût parlé de la chose la plus naturelle et la plus
indifférente du monde.

— Vous? dit le vieillard étonné.

—Moi-même, monsieur, moi, Amaury de Noë,
gentilhomme béarnais et ami du roi de Navarre.

— Pourquoi donc l'avez-vous tué? demanda-t-
il.

— Pour l'empêcher d'assassiner une pauvre
femme.

— Ah ! mon Dieu ! je devine, c'est la dame de la
petite maison, là-bas ?

— Justement, dit Noë.

Le vieillard respira.

— J'avais pourtant prévenu le domestique, dit-il :
je ne sais pourquoi, mais je pressentais que ce misérable Létourneau méditait quelque crime abominable à l'endroit de cette maison. Chaque fois que Guillaume venait à la ferme...

Noë eut un geste de curiosité que le vieillard
comprit.

— Tel que vous me voyez, dit-il, je me nomme
Antoine Perrichon, et je suis fermier royal de la
Grange-Batelière.

Noë salua.

— Ah ! dit-il, j'ai ouï parler de vous, messire ;
vous êtes noble homme, et le roi François vous a
baillé des lettres patentes, n'est-ce pas ?

4.

Il y eut un nouveau salut échangé entre le noble et le gentilhomme.

Puis Noë, qui aimait fort à savoir toute chose, Noë regarda le fermier royal et lui dit :

— Vous vous couchez bien tard, monsieur Perrichon.

— Je viens de Paris, où je suis allé voir un mien parent qui est logé au *Grand Charlemagne*.

— L'hôtellerie du bord de l'eau, en aval du bac de Nesle?

— Précisément.

— On m'a dit qu'elle était tenue, ajouta Noë, par un drôle qui ne vaut pas mieux que celui que je viens d'envoyer dans l'autre monde.

— Hum ! murmura le fermier royal, c'est un peu mon avis. Maître Pernillet est un mauvais chien, il se targue d'être bon catholique et prétend qu'assassiner un huguenot est une œuvre pie.

— Merci bien ! dit Noë.

Il est des gens qui se plaisent et se conviennent à première vue.

— Voilà un brave homme, ou je me trompe fort, s'était dit Noë.

— Voilà un joli garçon qui a l'air d'avoir le cœur sur la main, avait pensé Perrichon.

— Ma foi ! monsieur, dit Noë, j'ai bu de fameux vin ici il y a deux heures.

— Ah ! ah !.

— Si nous en vidions une bouteille à la santé l'un
l'autre ?

— C'est une bonne idée, répondit le fermier, qui
avait jamais refusé de trinquer avec personne.

— Je sais où est la cave, ajouta Noë en prenant la
mpe d'une main et soulevant la trappe de l'autre.

On descendait à la cave par une échelle de meu-
er.

Cette échelle avait une dizaine de marches.

Quand il fut sur la dernière, Noë s'arrêta un mo-
nt, leva sa lampe et se fit un abat-jour de sa
in, afin de s'orienter.

l lui parut que la cave était divisée en deux ca-
aux, car il vit une porte tout au fond, entre deux
gées de futailles.

Ce doit être le bon endroit, pensa-t-il.

l se dirigea vers cette porte, et s'aperçut qu'elle
it fermée.

ulement il est des heures où l'homme est sujet
ne sorte de divination.

oë leva la tête, vit un trou dans la voûte, et ins-
tanément il passa la main dans ce trou.

ne clé s'y trouvait. Il la plaça dans la serrure.

a clef tourna, la porte s'ouvrit.

oë fit trois pas en avant, puis, tout à coup, il
ula et ses cheveux se hérissèrent.

— A moi! monsieur Perrichon, cria-t-il.

Le fermier royal entendit cet appel, et il se hâ
de descendre, guidé par la clarté lointaine de
lampe que Noë tenait toujours à la main.

Le vieillard trouva le compagnon du roi Hen
immobile, pâle, l'œil fixé sur un objet étrange.

C'était une énorme futaille renversée de laquel
sortaient deux pieds humains.

— Regardez! balbutia-t-il.

Noë était brave certes, et comme pas un, mais
ne pouvait se défendre, et en cela il ressemblait
beaucoup de gens, de cette terreur superstitieu
qu'inspire la vue d'un cadavre.

Les pieds qui sortaient de la futaille étaient chau
sés de bas de soie rouge, ce qui était une preu
certaine qu'ils appartenaient à une personne
qualité.

Maître Perrichon éprouva comme Noë un pr
mier mouvement de répulsion et d'horreur, ma
il s'en rendit maître sur-le-champ et il marcha dr
à la futaille, tandis que Noë demeurait toujou
immobile au milieu du caveau.

Il prit ces deux pieds qui passaient, les tira à lu
et Noë vit apparaitre un cadavre parfaitement inta
et dont la mort, à première vue, semblait toute r
cente.

Le visage seul était méconnaissable, défigu

qu'il était par une horrible plaie qui l'avait fendu de haut en bas, et qui avait dû être faite par un instrument contondant.

Noë songea sur-le-champ à cette barre de fer que Pandrille, le garçon cabaretier, portait sur son épaule.

Evidemment l'homme qu'on avait tué avait été frappé durant son sommeil.

— O le misérable Létourneau ! murmura le fermier général. Ce n'était point à tort que la rumeur publique l'accusait de faire disparaître les gentilshommes qui s'attardaient chez lui ?

Le cadavre était celui d'un jeune homme ; le costume dont il était revêtu indiquait un page, et sa casaque bleue était celle que portaient les serviteurs du duc d'Alençon.

— Il a l'air mort d'hier, dit maître Perrichon, mais je gagerais qu'il y a plus de quinze jours qu'il est là. Nous sommes ici dans un souterrain qui a la propriété bizarre de conserver les corps.

Noë, revenu de sa première stupeur, s'était pris à examiner curieusement ce cadavre.

— On l'a assassiné pour le voler, dit-il.

— C'est probable...

— Et d'ailleurs, la chose est facile à vérifier. Fouillons-le, je gage qu'il n'a pas sur lui une pistole.

Maître Perrichon s'agenouilla devant le cadavre et suivit le conseil de Noë.

Il retourna les poches l'une après l'autre, chacune était vide.

Mais, en passant la main sur la poitrine du mort, il sentit tout à coup quelque chose de sec qui lui parut être du parchemin.

Il écarta la chemise et retira en effet une lettre pliée en quatre, retenue et scellée par un fil de soie.

— Qu'est-ce que cela? dit-il.

Il tendit la lettre à Noë, ajoutant :

— Excusez-moi ! je ne sais pas lire.

Noë tressaillit en jetant les yeux sur la suscription de la lettre :

*A madame Catherine, reyne de France.*

Sur-le-champ Noë fit cette réflexion :

— Puisque maître Perrichon ne sait pas lire, c'est le cas d'en profiter.

Et il dit tout haut :

— Cette lettre est adressée au roi de Navarre, mon maître.

— Ah ! dit le fermier royal.

— Et je reconnais maintenant le pauvre garçon.

— Vraiment ?

— Ce doit être un page de monseigneur le duc

d'Alençon qui, vous le savez, est grand ami du roi de Navarre.

— Ah !

— Et je me souviens que mon maître a reçu de lui un second message dans lequel il était question d'un certain page Renaud dont nous n'avons jamais entendu parler.

— Et pensez-vous que ce message soit important.

— Ma foi ! je vais vous dire cela...

— Comment ! fit le fermier étonné, est-ce que vous oseriez décacheter cette lettre ?...

— C'est moi qui ouvre toutes celles qui sont adressées au roi mon maître.

— Ah !

— Je suis son secrétaire.

Maître Perrichon, à qui Noë plaisait de plus en plus, le crut sur parole.

— Remontons, dit le Gascon : la vue de ce cadavre m'est odieuse.

— Et n'oublions pas le vin, observa le fermier royal.

— Ma foi ! je n'ai plus soif...

— Bah ! bah ! nous verrons bien...

Le fermier repassa dans le deuxième caveau et fit main basse sur quatre ou cinq bouteilles poudreuses.

Puis tous deux remontèrent dans la cuisine du

cabaret naguère tenu par maitre Létourneau, aujourd'hui défunt.

Noë, tout en remontant, faisait la réflexion suivante :

— Qui sait ? la lettre que le hasard vient de faire
tomber en mes mains renferme peut-être un petit
secret d'Etat. Si je pouvais de mon côté, tenir madame Catherine en respect en lui jouant un mauvais
tour !... J'ai toujours eu l'idée qu'elle conspirait
contre le roi son fils avec son autre fils le duc d'A-
lençon qui est son Benjamin, comme chacun sait.
Voyons.

Et tandis que maître Perrichon étalait deux verres sur la table et décoiffait la première bouteille,
Noë brisa le fil de soie et le cachet du message.

. . . . . . . . .

## XLI

Le message de S. A. monseigneur le duc d'Alençon, second frère du roi, à la reine-mère, madame
Catherine de Médicis, était ainsi conçu :

Angers, juillet 1572.

« Madame ma mère,

« M'étant toujours estimé heureux de vos bons
conseils, je ferai aujourd'hui encore comme vous

e le commandez, et je demeurerai tranquillement
ans mon gouvernement d'Angers, attendant des
ours meilleurs.

« Ce que vous me marquez de l'humeur sombre
t de l'état de maladie du roi mon frère me con-
rme dans l'opinion que j'ai qu'il ne saurait vivre
ongtemps encore.

« Je compte plus que jamais, madame ma mère,
ue vous ferez tout votre possible, comme par le
assé, pour ruiner de plus en plus mon frère de Po-
ogne dans l'esprit du roi. Cela dépend de vous entièrement, surtout maintenant que, par suite de notre petite comédie Huguenote, vous avez repris tout
votre pouvoir.

« J'ai eu des nouvelles du gentilhomme huguenot
qui s'est laissé prendre de si bonne grâce et que
nous avons ensuite laissé évader, comme c'était
convenu.

« Le digne homme a gagné la frontière flamande
sans encombre, et il va prendre du service dans
l'armée du roi d'Espagne.

« Je vous mande ces nouvelles par un page à moi
en qui j'ai toute ma confiance et qui mâcherait et
avalerait mon message, si besoin était.

Sur ce, madame ma mère, je prie Dieu qu'il vous
ait en sa garde.

« FRANÇOIS »

Noë avait lu ces quelques lignes sans sourciller.

— Eh bien ? demanda curieusement Antoin
Perrichon.

— Ma parole d'honneur ! répondit Noë, il n'y
que les princes pour avoir ainsi du temps à perdr
et du parchemin à gâter. Voilà monseigneur le du
d'Anjou qui écrivait une longue lettre à mon maîtr
le roi de Navarre, devinez pourquoi et sur quoi ?

— Dame ! je ne sais...

— A la seule fin de lui donner des conseils su
l'éducation d'un gerfaut dont il lui fit présent voic
trois mois.

Antoine Perrichon se mit à rire.

Noë serra le parchemin dans la poche la plus sûr
de son pourpoint, ajoutant :

— Et dire que cela a coûté la vie à un malheureux
page !

— Pauvre diable !... murmura le fermier royal.

— Buvons à sa mémoire, et à votre santé, monsieur Perrichon !

Le fermier et Noë choquèrent leurs gobelets, et
Noë décoiffa une deuxième bouteille.

— Ah çà ! dit le fermier, qu'allez-vous faire du
garçon cabaretier, ce colosse stupide dont Létourneau avait fait son instrument ordinaire ?

— Il est enfermé dans la cave de la maisonnette.

— Vous me l'avez dit.

— Et je vous réponds qu'il ne s'échappera point.
on ami est là.

— Oh ! je suis persuadé qu'il le gardera fidèle-
ent. Mais ensuite ?

— Demain au matin je dirai un mot au chevalier
u guet.

— C'était ce que j'allais vous conseiller.

— Et, en attendant, ajouta Noë en se levant, je
ais me coucher.

— Ici ?

— Oh ! non, je retourne à Paris. Le roi de Navarre m'attend.

Noë se leva, mais Perrichon l'arrêta.

— Un instant, monsieur, dit-il, excusez-moi, mais
je vous vais faire une question : Le roi de Navarre
est toujours huguenot ?

— Toujours.

— Et vous ?

— Moi aussi.

— Ah ! soupira le fermier.

— Est-ce que cela vous chagrine, monsieur Perrichon, par hasard ?

— Hum ! un peu.

— Pourquoi cela ?

— Parce que depuis quelque temps, on parle beaucoup de choses mauvaises à l'endroit des huguenots.

— Hé ! hé ! pensa Noë voici peut-être un homm
qui m'apprendra des choses utiles.

Et il se rassit.

— Buvons donc encore un coup, reprit le fermie
royal, qui fit sauter le bouchon d'une troisième bouteille.

— Volontiers, monsieur Perrichon.

— Tenez, moi qui vous parle, j'aime beaucoup le
roi de Navarre, parce que autrefois, quand j'étais
soldat, j'ai servi sous les ordres de son père, le roi
Antoine de Bourbon qui alors n'était que duc.

— Et vous croyez...

— Je crois qu'il y a une grande fermentation
parmi les bourgeois de Paris, lesquels adorent le
duc Henri de Guise.

— Vraiment ?

— Et vous pensez bien que le duc déteste le roi
de Navarre.

Maître Perrichon cligna de l'œil et Noë comprit
qu'il était au courant des affaires du Louvre.

— Un soir, le roi de Navarre peut s'attarder sans
escorte dans un quartier de Paris où il y aura afflu-
ence de populaire, poursuivit le fermier. Eh! mon
Dieu! un coup est bientôt parti...

— Savez-vous, monsieur Perrichon, que vous me
dites là d'étranges choses?

— C'est que j'ai mes raisons pour cela.

— En vérité !

— Et si j'étais sûr que le roi de Navarre suivît un bon conseil...

— Le roi mon maître est trop sensé, monsieur Perrichon, pour mépriser un sage avertissement.

— Ma foi, tant pis ! je vais vous dire ce que j'ai appris.

— Voyons !

— Figurez-vous donc que je me promène volontiers la nuit. Les gens de mon âge dorment peu. Je me couche de bonne heure, mais avant que le coq ait chanté je suis sur pied et alors je vais prendre l'air, surtout dans cette saison où il fait chaud.

— Dites qu'on étouffe !

— Donc, il y a trois jours, ou plutôt trois nuits, je m'étais assis, sur un banc, à la porte de ma ferme, lorsque j'entendis le pas de deux chevaux qui suivaient le chemin de Montmorency, lequel passe devant la porte de ce cabaret et devant celle de ma ferme. Tout le monde dormait à la Grange-Batelière ; il n'y avait pas la moindre lumière aux croisées et la nuit était assez obscure. Ces deux cavaliers allaient au pas et se dirigeaient vers Paris. Ils passèrent à trois pas de moi sans me voir, et j'entendis l'un d'eux qui disait : — « Le duc se moque de moi, s'il espère que je me chargerai du Béarnais de la façon qu'il l'entend : je me bats,

mais je n'assassine point. — Ni moi dit l'autre. —
D'autant plus, reprit le premier, qué Paris fourmille
de bourgeois qui tirent fort bien un coup d'arquebuse, et qui sont toujours très-heureux d'être agréa-
bles au duc. »

— Et c'est là, dit Noë, tout ce que vous avez entendu ?

— Tout: Mais j'en ai conclu que le *Béarnais* était
le roi de Navarre.

— C'est probable...

— Et l'accent germanique de l'un des cavaliers
m'a donné lieu de penser que le duc dont il parlait
pouvait bien se nommer Henri de Guise.

— C'est aussi mon avis.

— Or, acheva maître Perrichon, je vous conseille
de bien garder votre maître, monsieur de Noë.

— Et moi je vous remercie de votre conseil, monsieur Perrichon.

Cette fois Noë se leva pour tout de bon, et éclairé
par Perrichon, il s'en alla à l'écurie brider son
cheval.

— Et celui-là dit le fermier en montrant le cheval
d'Hector.

— Mon ami le retrouvera ici demain matin ; il n'y
avait de voleurs, j'imagine, que les hôtes de cette
maison.

Et Noë sauta en selle, serra la main de Perrichon,

ermier de la Grange-Batelière, et piqua des deux
ers Paris.

Vingt minutes après il entrait au Louvre. Deux
eures du matin sonnaient à Saint-Germain-l'Au-
errois.

Cependant le roi de Navarre n'était point couché,
t Noë, en traversant la cour intérieure du Louvre,
perçut une lumière qui brillait aux croisées de la
etite salle où le jeune roi avait installé son cabinet
e travail.

Cette salle, on s'en souvient, communiquait d'une
art à l'appartement de la reine Marguerite, et de
'autre à la chambre de Noë.

Ce fut dans cette dernière pièce que le compagnon
du roi Henri pénétra chez lui.

Le jeune prince était assis devant une table, son
menton dans ses mains, les yeux fixés sur un volume
de vénerie que lui avait prêté le roi Charles IX.

Noë entra sur la pointe du pied.

Le roi l'aperçut et lui dit, sans changer d'attitude :

— Il paraît décidément que Montmorency est au
bout du monde. Voici bien longtemps que je t'attends... tu sais pourtant que je ne t'ai point envoyé
à mon cousin de Condé à la seule fin de lui offrir
mes civilités.

— J'ai été un peu long, c'est vrai, dit Noë, mais
je n'ai pas perdu mon temps.

— Ah! ah!

— Et entre autres choses, j'ai mis la main sur une lettre qui vous fera quelque plaisir, Henri.

— Noë, à ces mots, tira de sa poche le message du duc d'Alençon à la reine-mère et le plaça triomphalement sous les yeux de Henri.

Le roi de Navarre le lut, le relut, comme s'il eût voulu l'apprendre par cœur, puis il regarda Noë.

— Eh bien! dit-il, que comptes-tu faire de ce bout de parchemin?

— Votre Majesté fera bien de le porter au roi.

Henri secoua la tête.

— Cependant, dit Noë, c'est la preuve irréfutable que le roi a été joué et que le complot découvert par la reine...

— Était une comédie?

— Dame!

— Raison de plus pour ne point porter ce message au roi.

— Plaît-il! fit Noë.

— Et le conserver précieusement.

— Je ne comprends pas.

— Mon bon ami, dit le prince en souriant, connais-tu l'histoire ancienne?

— Un peu.

— As-tu ouï parler d'un certain tyran de Syracuse, appelé Denys?

— Oui.

— Et d'un sujet de ce même tyran nommé Damoclès?

— Certainement.

— Alors tu connais l'histoire de cette épée qui était suspendue par un fil?

— Justement. Mais je ne vois pas ce qu'il y a de commun entre l'épée de Damoclès et ce message.

— Alors, tu es un niais!

— Merci!

— Ce n'est pas au roi qu'il faut porter ce message, c'est à madame Catherine.

— Bah! fit Noë stupéfait.

— Du moins, c'est une copie qu'il faut lui faire tenir.

— Ah! bon! je commence à comprendre, dit Noë.

— C'est fort heureux...

— Et quand madame Catherine saura que l'original est dans nos mains...

— Elle nous ménagera.

— C'est égal, sire, dit Noë, j'en reviens toujours à mon opinion première.

— Quelle est-elle?

— Que nous ferions bien d'aller faire un tour en Navarre.

Henri haussa les épaules.

— Et ce n'est pas seulement mon opinion, à moi...

— Ah !

— C'est encore celle d'une personne que vous avez quelque peu aimée.

— Et qui se nomme ?

— Sarah.

Henri de Navarre pâlit et se sentit, à ce nom, saisi par une émotion violente.

— Tu l'as donc vue ? s'écria-t-il d'une voix altérée...

Un sourire railleur glissa sous la blonde moustache de Noë :

— Chut ! dit-il, vous allez réveiller la reine de Navarre, Sire !...

## XLII

Un dicton du règne du roi Charles IX est ainsi conçu :

> Lever à cinq, dîner à neuf,
> Souper à cinq, coucher à neuf.

Ce dicton était vrai pour la première partie seulement.

On se levait de grand matin au Louvre, mais on s'y couchait fort tard quelquefois, surtout depuis que le Louvre était devenu un foyer perpétuel d'intrigues de toutes sortes.

Le roi de Navarre avait attendu Noë jusqu'à deux heures du matin, et nous venons de voir penétrer enfin ce dernier dans le cabinet du roi son maître, lui montrer d'abord le parchemin trouvé sur le cadavre du page, et lui parler ensuite de la belle argentière Sarah.

La violente émotion qu'éprouva le jeune roi fit faire à Noë une foule de réflexions qu'il jugea convenable de condenser en un monologue.

D'abord, se dit-il, on ne saurait douter de la faculté dont jouissent certains hommes d'aimer deux femmes à la fois. Évidemment Henri aime la reine Marguerite, mais il aime aussi Sarah, ceci est hors de doute. Et même, si Sarah eût été entourée du prestige qui environne une princesse, si elle eût été de sang royal, Henri eût fait fi de Marguerite.

Donc Henri aime Sarah, et cette passion sur laquelle compte madame de Montpensier pour opérer une diversion favorable à son frère le duc de Guise, je vais l'exploiter à ma manière.

Noë fit toute ces réflexions en un clin d'œil, tandis que le prince, après avoir pali, rougissait.

— Mais enfin, dit vivement ce dernier, explique-toi... où l'as-tu vue?

— Henri, répondit Noë, qui reprenait avec son compagnon d'enfance son ton familier ordinaire, si vous voulez que je vous dise où j'ai vu Sarah, il faut que vous écoutiez le récit de mon aventure.

— J'écoute.

Noë se prit à narrer qu'en revenant de Montmorency, il s'était arrêté avec Hector dans le cabaret de Létourneau, et il lui fit le récit de tout ce qui s'était passé. Quand le prince apprit le danger que l'argentière avait couru, il s'écria :

— Non, je ne veux point laisser Sarah plus longtemps dans l'isolement où elle vit. Je veux qu'elle revienne parmi nous.

Noë haussa les épaules.

— Comment ! fit le prince, ne saurais-tu garder auprès de ta femme votre bienfaitrice ?

— Vous parlez comme si madame Catherine était à Amboise...

Henri tressaillit.

— Et René au Châtelet.

Le prince eut un léger frisson.

— Enfin, continua Noë, Votre Majesté s'imagine qu'elle est toujours à ce bon temps ou nous courions au grand galop sur la route de *Beauséjour.*

— Pauvre Corisandre !... murmura le prince.

— Et vous pensez, Henri, que madame Marguerite vous laissera courir la bonne aventure à votre aise.

— Ah ! diable ! dit le prince.

— D'ailleurs vous aimez toujours Sarah.

— Tu crois ? fit naïvement Henri.

— Et un peu plus que la reine de Navarre encore...

— Tu es fou !

— Dame ! si je me trompe, si cet amour ne vous tient plus au cœur, il y a un moyen de vous en assurer.

— Voyons ?

— Pourquoi n'envoyez-vous pas Sarah en Navarre ?

— C'est juste.

— Je me charge de l'escorter... et je vous jure qu'il ne lui arrivera point malheur en route.

— Oh ! je me fie à toi.

— Si vous le voulez, continua Noë, dès demain matin je me mettrai en route avec elle.

— C'est un peu tôt, il me semble.

— Nullement, car d'un moment à l'autre la reine-mère et René peuvent la retrouver.

— Cependant, j'aurais voulu la voir...

Noë eut un franc éclat de rire.

— Vous voyez bien, mon pauvre roi, dit-il, que ce serait peine perdue de vouloir vous prouver que vous n'aimez plus la belle argentière.

Alors le prince retrouva pour Noë un de ces mouvements d'expansif abandon de sa première jeunesse :

— Mon petit Noë, dit-il, ne penses-tu pas qu'on puisse aimer deux femmes à la fois ?

— J'en suis très-convaincu.

— Sans que l'une fasse du tort à l'autre ?

— Hum !

— J'aime pourtant bien madame Marguerite.

— C'est vrai, dit Noë, mais parfois un souvenir vous chagrine.

Un nuage passa sur le font de Henri...

— Car enfin, il est toujours désagréable de songer...

— Tais-toi ?

— Et à votre place je continuerais à aimer Sarah...

— J'y songe.

— Sans remords aucuns.

La morale facile de Noë était du goût du pince.

— Cependant, dit-il, si madame Marguerite allait avoir vent de la chose.

— Bah !

— Elle m'aime... elle est jalouse...

— Oui, mais il me vient une bien belle idée, Henri.

— Voyons ?

— Envoyez Sarah à Nérac.

— Bon ! après ?

— Et puis prétextez un voyage de quelques semaines dans vos États.

Henri secoua la tête :

— C'est impossible, dit-il.

— Pourquoi?

— Pour deux raisons.

— J'écoute.

— La première, c'est que madame Marguerite voudrait m'accompagner.

— Oh! qu'à cela ne tienne! je me chargerai bien, moi, de cacher Sarah de telle façon que la reine n'y verra goutte.

— Mais il y a une deuxième raison.

— Laquelle?

— C'est que je veux rester à Paris.

Noë se mordit les lèvres.

— C'est singulier, Sire, dit-il, singulier en vérité! que vous préfériez vivre ici menacé par le poignard et le poison, que vous en aller paisiblement dans vos États où vos sujets vous adorent.

— Mon pauvre Noë, répondit le roi de Navarre, tu ne comprends rien à la politique.

— C'est selon.

— Sais-tu ce que je fais ici ?

— Ma foi! non...

— Eh bien! je médite une petite alliance offensive et défensive entre tous les protestants, non-seulement de France, mais encore d'Allemagne. Je ne t'ai pas envoyé pour autre chose chez mon cousin le prince de Condé.

— Ah !

— Et j'imagine qu'il m'attendra au rendez-vous
que je lui ai fixé ?

— Oui, Sire.

— Tu vois donc bien que je ne puis quitter Paris,
en ce moment du moins.

— Mais si on vous assassine ?

Henri se redressa et son œil brilla d'une fierté
suprême :

— Va, dit-il, si je dois être assassiné, l'heure de
ma mort est lointaine encore. Ne t'ai-je pas dit un
soir, en te montrant une étoile qui brillait au ciel,
que je mourrais roi de France ?

Noë baissa les yeux sous le regard fulgurant du
prince, et il se tut.

Cependant le jeune Béarnais était tenace et il n'a-
bandonnait point facilement une idée lorsqu'il l'a-
vait méditée longtemps.

— J'arriverai indirectement à mon but, se dit-il.
Puis il reprit tout haut.

— Il y a cependant un moyen de tout arranger,
Henri.

— Tu crois ?

— Il faut laisser Sarah où elle est.

— Et puis ?

— Et vous l'irez voir tant que cela vous plaira.

Le visage du jeune prince s'épanouit.

— Tu as raison, dit-il. Et dès demain matin...

— Peste ! vous êtes pressé...

Henri rougit.

— A votre place j'attendrais jusqu'au soir, jusqu'après mon retour de Montmorency.

— C'est bien long, demain soir, murmura naïvement le prince.

— Bah ! dit Noë.

Et du doigt il indiqua le sablier placé dans un angle de la salle :

— Il est trois heures, dit-il ; bonsoir ! Sire, je vais me coucher.

— J'ai bien peur de ne pas dormir, soupira le jeune prince.

Il donna une poignée de main à Noë, ouvrit la porte de communication et passa dans la chambre de madame Marguerite.

La reine de Navarre dormait et ne s'éveilla point.

— Ventre-saint-gris ! murmura le prince avec une humeur subite qui attestait que le souvenir de Sarah remplissait de nouveau son cœur, le bel amour de madame Marguerite ne résiste point au sommeil... Qui sait ? elle rêve peut-être à mon cousin de Guise...

Et Henri se coucha et se prit à songer à la belle argentière . . . . . . . . . . .

. . . . . . . . . . . . . . .

Cependant Sarah Loriot, encore toute bouleversée des événements de la soirée n'avait point fermé l'œil de la nuit.

Pourtant Hector et Guillaume, installés au rez-de-chaussée de la maison, faisaient bonne garde. Létourneau était mort, Pandrille enfermé dans la cave.

Mais la terreur ne tenait peut-être dans le cœur de l'argentière qu'une place insignifiante; peut-être songeait-elle à Henri.

La nuit s'écoula, le jour vint...

Sarah veillait toujours.

Elle entendit, comme le soleil se levait, un bruit de voix et de pas dans le jardin, et alors elle quitta son lit, s'enveloppa dans un peignoir et ouvrit sa croisée.

Noë était dans le jardin et trois hommes l'accompagnaient.

Ces trois hommes étaient des soldats du guet qui venaient arrêter Pandrille et le conduire au Châtelet d'où il ne sortirait plus.

Noë aperçut l'argentière et la salua, puis il frappa à la porte de la maison.

Guillaume ouvrit.

Noë pénétra dans le vestibule et aperçut d'abord son ami Hector.

Hector était pâle, sombre, abattu... Il roulait des eux hagards.

— Qu'as-tu donc ? lui dit Noë.

— Moi ? rien, dit-il.

— Tu as un visage bouleversé ?

— J'ai le visage d'un homme qui n'a point dormi, voilà tout...

Noë crut Hector, ou du moins il feignit de le croire.

Puis il monta chez l'argentière et lui dit rapidement :

— Ma chère Sarah, je vais remettre ce misérable que nous avons enfermé dans la cave aux mains des soldats du guet, puis je remonterai vous voir.

— Ah ! lui dit Sarah, l'avez-vous vu ?

— Oui.

— Eh bien ! partira-t-il ?

— Non, à moins que vous ne me serviez... Attendez-moi... je remonte.

Et Noë rejoignit les hommes du guet.

Hector était toujours morne ; on eût dit qu'il sortait des fumées de quelque sombre ivresse.

Guillaume avait allumé une lampe et ouvrait la porte qui conduisait à la cave.

Il descendit le premier, puis Noë le suivit et derrière eux marchaient les soldats du guet.

Le caveau dans lequel on avait enfermé Pandrille,

la veille au soir, était situé à l'extrémité de la cave.

Une solide porte de chêne bien ferrée et pourvue de verrous le fermait.

En outre, par un luxe de précaution que justifiait suffisamment, du reste, la force herculéenne du garçon cabaretier, on avait entassé derrière cette porte tout ce qu'il y avait de pesant dans la cave, — des futailles, de grosses pierres, un vieux habut dans lequel jadis le chanoine de Notre-Dame avait serré ses chasubles et ses autres vêtement sacerdotaux.

Il fallut quelques minutes pour déblayer l'entrée.

Puis Guillaume mit la clef dans la serrure et tira les verrous.

A l'intérieur du cachot on n'entendait aucun bruit.

— Le drôle dort sans doute, murmura Noël...

Et il ouvrit la porte.

Mais un cri d'étonnement lui échappa alors ; et ce cri fut répété par Guillaume et [les soldats du guet.

Le cachot était vide...

Pandrille était parvenu à s'évader en se hissant jusqu'à un soupirail garni d'énormes barreaux de fer. Avec sa force gigantesque le garçon cabaretier avait tordu et descellé l'un de ces barreaux.

## XLI

Quand il fut bien avéré que Pandrille s'était éva-
é, Noë fit cette réflexion philosophique :

— Après tout, je ferai garder Sarah : par consé-
uent nous n'avons rien à craindre de ce drôle, et je
uis moins intéressé à son supplice que je ne l'étais
celui de René.

Guillaume fit boire les archers pour les dédom-
ager de leur course inutile, et Noë monta auprès
e Sarah à laquelle il apprit l'évasion de Pandrille.

Ensuite, après lui avoir fait comprendre qu'elle
'avait plus rien à craindre du garçon cabaretier il
ui dit :

— Maintenant, parlons de Henri.

— Lui avez-vous remis ma lettre? demanda Sarah.

— Non.

— Pourquoi donc?

— Parce que je préfère que vous lui disiez vous-
même ce qu'elle contient.

— Le voir! murmura l'argentière avec un subit
effroi.

— Il le faut.

Sarah devint pâle comme une statue.

— O mon Dieu !... fit-elle d'une voix altérée ; mon Dieu !... si vous saviez ce que sa vue me fera souffrir.

Noë lui prit la main.

— Ma pauvre Sarah, dit-il, vous aimez Henri et vous seule pouvez le sauver.

— Le sauver !...

— Oui, vous seule pouvez lui faire quitter Paris ; Paris, où le poignard et le poison le menacent ; Paris, où il se trame quelque abominable complot en ce moment.

— Ah ! s'il en est ainsi, parlez ! s'écria la noble femme. Parlez ! et je vous obéirai.

— Eh bien ! écoutez-moi.

Noë tenait toujours la main de Sarah dans les siennes.

— Henri vous aime, dit-il.

Sarah se sentit mourir.

— Il vous aime plus que jamais... et il est prêt à vous suivre au bout du monde.

— Mais vous savez bien...

— Chut ! écoutez...

Et Noë ne put s'empêcher de sourire :

— Vous savez bien, dit-il, que ce qu'on ne peut avoir par la force, il le faut avoir par la ruse...

— Que voulez-vous dire ?

— Henri a mis dans sa tête qu'il ne quitterait

point Paris, et, quoi qu'on lui puisse dire, il tiendra bon.

— Que pourrai-je donc faire, moi?

— Il le faut recevoir ici.

— Et puis?

— Quand l'amour qu'il a pour vous aura repris tout son empire d'autrefois, lorsque, plus que jamais épris, Henri croira toucher au bonheur...

Sarah écoutait, pâle, frémissante, éperdue.

Noë continua :

— Alors, ma chère Sarah, vous prendrez la fuite, vous disparaîtrez.

— Mais, balbutia-t-elle, je ne comprends réellement pas...

— Vous fuirez, poursuivit Noë, mais on s'arrangera pour que votre fuite laisse des traces, et que ces traces, Henri puisse les suivre.

— Ah!

— Et vous le conduirez ainsi jusqu'en Navarre. Comprenez-vous?

— Oui. Mais...

Sarah n'osa parler.

— Oh! je vous comprends, ma pauvre amie, dit oë, qui pressa affectueusement sa main. Je vous comprends...

— Peut-être,..

— Vous allez me dire que si vous agissez ainsi,

Henri cessera d'aimer Marguerite, Marguerite qui est sa femme, Marguerite qui l'aime.

Sarah se prit à soupirer et ses yeux s'emplirent de larmes :

— Ah! dit-elle, c'est un rôle infâme que vous m'allez faire jouer.

— Non, Sarah, non, répliqua gravement Noë, vous sauverez la vie de celui que vous aimez et que nous aimons tous. Car, voyez-vous, Sarah, poursuivit le jeune homme en s'animant, nous ne sommes autour de lui qu'une poignée d'hommes, et la reine-mère et René et les Guise ont armé tout une ville contre ñous. Nous mourrons jusqu'au dernier avant qu'on ait tróuvé le chemin de sa poitrine... Mais... après?

— J'obéirai, murmura l'argentière résignée.

— Et puis, tenez, reprit Noë, pensez-vous que madame Marguerite soit, en vérité, bien à plaindre? N'a-t-elle pas amené le duc de Guise?...

— Oh! taisez-vous! dit Sarah, ces choses-là ne sont point nos affaires.

— Soit!

— Ainsi, *il* viendra?...

— Ce soir.

— A quelle heure?

—Vers dix heures environ.

— Mon Dieu! mon Dieu! murmura l'argentière, faites que j'aie du courage...

Noë lui baisa la main.

— Adieu! dit-il, à demain.

— Demain?

— Oui, car sans doute j'aurai de nouvelles recommandations à vous faire.

Et le jeune homme s'en alla, laissant la pauvre femme en proie à une inexprimable émotion.

— Ma parole d'honneur, se dit-il, si jamais Marguerite apprend cela, elle sera aimable pour moi...

Les archers buvaient toujours, rangés autour d'une table que Guillaume avait apportée dans le vestibule et sur laquelle il avait étalé plusieurs bouteilles de vin.

Mais Hector, qui d'ordinaire était un assez joli gobelet, Hector avait dédaigné de se mêler aux autres.

Toujours sombre et pensif, il se promenait dans le jardin d'un pas inégal et brusque.

Noë le rejoignit et passa son bras sous le sien.

— Mais qu'as-tu donc, mon pauvre cher? lui dit-il.

Hector répondit pour la troisième fois :

— J'ai passé une mauvaise nuit.

— Eh bien! va dormir...

Ces simples paroles semblèrent arracher Hector à sa torpeur :

— Ah! dit-il, comme si un charme bizarre sous

7

le poids duquel il se trouvait se fût rompu, ah !
nous allons donc partir?

— Comment! partir !

— Oui, retourner à Paris.

— Moi, oui, mais toi, non. Tu vas rester ici, mon
ami.

— Encore !

Et une sorte d'effroi se peignit sur le visage
d'Hector.

— Parbleu! Guillaume te donnera un bon lit et
tu dormiras quelques heures.

— Je dormirais aussi bien à Paris.

— Oui, mais il faut veiller sur Sarah.

Hector eut un mouvement de subite impatience :

— Mais qu'est-ce donc que cette Sarah, dit-il, pour
laquelle tu prends de si grands soins ?...

— C'est la femme qui a doté la comtesse de Noë.
Comprends-tu?

— Soit! Mais...

— Tiens, mon pauvre ami, dit Noë, j'ai le secret
de ton exaltation, de ton trouble et de la mauvaise
nuit que tu as passée...

— Ah! tu crois ?

Et Hector tressaillit profondément.

— La beauté de Sarah a produit sur toi une impression profonde.

— Tais-toi!

— Tu l'aimes !

Un nuage passa sur le front d'Hector de Galard.

— Eh bien ! dit-il, quand cela serait.

— Ah ! tu en conviens ?...

— Cette femme est-elle mariée ou veuve ? est-elle libre ou non ?

— Elle n'est pas libre, dit tristement Noë.

Hector pâlit.

— Elle n'est pas libre, parce qu'elle aime... et celui qu'elle aime...

Noë hésita.

— Eh bien ! fit Hector avec colère, quel est-il ?

— C'est mon meilleur ami.

Hector ne comprit pas, mais il se tut.

Noë reprit :

Et cet ami, mon pauvre cher, cet ami que Sarah aime, la viendra voir ce soir.

— Et tu veux que je reste ici ?

— Il le faut. Adieu...

Et Noë, sans vouloir s'expliquer plus clairement, serra la main d'Hector et s'en alla.

. . . . . . . . . . . . . . .

— Hector, qui ne savait absolument rien des anciennes amours du roi Henri avec Sarah, Hector, disons-nous, passa une journée pleine d'anxiété.

Notre héros avait dix-neuf ans ; il n'avait jamais sérieusement aimé ; trois ou quatre amourettes sans conséquence s'étaient partagé sa vie. Jamais son cœur n'avait battu...

Jamais le regard d'une femme n'avait jeté le trouble et l'angoisse au fond de son âme.

Mais tout à coup, la veille quand son œil avait rencontré l'œil profond et mélancolique de Sarah, quand il avait envisagé cette beauté merveilleuse à qui la souffrance semblait avoir donné un prestige de plus, une révolution étrange s'était opérée en lui.

Hector avait compris qu'il aimait désormais Sarah d'un amour profond, inaltérable, éternel.

Mais, au lieu de s'abandonner à l'espérance, au lieu de se laisser aller sur-le-champ à ces rêves pleins de promeses que fait naître la première heure de l'amour, Hector avait éprouvé, au contraire, comme le pressentiment terrible que cet amour allait être le malheur de sa vie entière.

Et c'est pour cela que Noë l'avait trouvé sombre et morne.

C'est pour cela, que, durant la journée qui s'écoula, Hector se tint constamment à l'écart, évitant de parler à Guillaume, fuyant Sarah sans pour cela s'écarter de la maison.

Lorsque Lahire, Hogier et Hector avaient quitté leur pays à la suite de Noë, ils avaient tacitement reconnu celui-ci pour leur chef. Noë ordonnait, on obéissait.

Aussi Hector avait-il cédé d'abord à ce sentiment docile, lorsque Noë lui avait dit :

— L'homme que Sarah aime est mon meilleur ami. Tu veilleras sur *elle* et tu attendras qu'il vienne...

Mais bientôt le sentiment de la dignité humaine, de l'indépendance et de l'égalité entre gentilshommes s'éveilla chez Hector.

— Et de quel droit, se dit-il enfin, Noë ferait-il de moi son esclave ? Pourquoi me serait-il défendu d'aimer la femme qu'aime *son ami ?*... Pourquoi ?

Ici une étrange pensée traversa le cervau d'Hector.

— Et si je tuais cet homme ? se dit-il.

D'abord il repoussa cette pensée avec énergie, avec indignation.

Mais Sarah descendit au jardin où il se promenait toujours et elle lui dit de cette voix harmonieuse et douce qui l'avait si pronfondément ému déjà :

— Vous paraissez me fuir, monsieur ?

— Moi ! fit Hector en tressaillant...

Et alors il perdit la tête et il faillit tomber aux genoux de l'argentière.

Il n'osa point...

Mais il la suivit dans la maison, il causa avec elle, il partagea son repas...

Et alors il oublia presque la confidence que Noë

lui avait faite, et, pendant quelques heures, il s'eni-
vra du regard et du pâle sourire de Sarah...

Comme la nuit venait, elle le quitta. Alors le rêve
se dissipa, Hector s'éveilla et songea qu'il avait un
rival, un rival heureux et aimé... que ce rival allait
venir... et que lui, Hector, serait chargé de veiller
sur leurs amours. Le jeune homme se sentit pris,
en ce moment, d'une sorte de haine profonde et
pour Noë qui avait osé lui confier ce rôle, et pour
cet inconnu qui avait l'audacieux bonheur d'être
aimé...

— Allons ! décidement, fit-il, je tuerai cet homme !

On entrait dans la maison par le jardin, et le jardin n'avait qu'une seule porte.

— Il faudra bien qu'il passe par là, pensa Hector.

Le Gascon s'enveloppa dans son manteau et se
mit à se promener de long en large devant la porte
du jardin qu'il entre-bâilla.

La nuit allait s'obscurcissant ; les dernières lueurs
du crépuscule s'étaient éteintes. Une église lointaine
sonna dix heures...

Tout à coup Hector entendit un bruit auquel il ne
pouvait se tromper.

C'était le trot d'un cheval.

— Le voici ! pensa-t-il.

Et il s'arrêta pour écouter.

Le bruit éloigné d'abord devint plus distinct, s'ap-

procha, et bientôt Hector put discerner, dans les
ténèbres, la noire silhouette du cheval et du cavalier.

Le cavalier vint jusqu'à la haie qui clôturait le
jardin.

Là il s'arrêta et mit pied à terre.

Puis il attacha son cheval à un arbre qui se dé-
gageait de la haie.

Et il marcha ensuite vers la porte.

Hector l'avait entr'ouverte ; le cavalier n'eut qu'à
la pousser, et il se trouva dans le jardin.

Alors Hector, immobile depuis un instant, porta
la main à la garde de son épée et fit un pas vers le
nouveau venu.


## XLIV

Il n'y avait guère que cinq jours entiers que les
quatre valets étaient arrivés à Paris.

Lahire seul avait pénétré au Louvre. Hogier et
Hector n'avaient jamais vu le roi de Navarre.

On se souvient que Noë leur avait dit :

— Le roi notre maître serait furieux s'il savait
que nous veillons sur lui. Il faut le protéger et le
défendre à son insu.

Depuis plusieurs jours, Henri n'était point sorti
du Louvre, et Hector ne l'avait jamais vu.

Or, le cavalier qui venait d'entrer dans le jardin de feu le chanoine de Notre-Dame, ne supposant point qu'on l'attendait à la porte, fit trois pas vers la maison aux fenêtres de laquelle brillaient plusieurs lumières.

Mais tout à coup il s'arrêta.

Hector était devant lui et paraissait vouloir lui barrer le passage.

— Ventre-saint-gris! murmura le cavalier. Qui va là?

— Moi, dit Hector d'une voix brève.

— Qui êtes-vous?

— Peu vous importe!

— Que voulez-vous?

— Monsieur, dit Hector, je ne serais pas fâché de savoir à qui j'ai affaire moi-même.

— Pardon, monsieur! répliqua le cavalier, je vais à cette maison où on m'attend.

— Ah! ah! ricana Hector.

— Cela vous étonne?

— Non!

— Alors, laissez-moi passer!

Mais Hector ne bougea pas.

— Monsieur, dit-il, vous êtes celui qu'attend madame Sarah?

— Précisément.

— Celui qui l'aime...

— Oui, monsieur.

— Et... qu'elle aime...

— Heu! Heu! je l'espère...

— Eh bien! halte-là!

— Plaît-il?

— Vous ne passerez pas...

Le cavalier répondit par un éclat de rire moqueur :

— Mon cher monsieur, dit-il, j'ai l'habitude de passer partout.

L'humeur gasconne d'Hector se fit jour à ces mots.

— Cela tient, monsieur, dit-il, à ce que vous ne m'avez jamais rencontré sur votre chemin.

Le cavalier se mit à rire de plus belle.

— Ventre-saint-gris! dit-il, la nuit est noire, monsieur; mais à une pareille réponse je devine que vous êtes un joli garçon.

— Vous êtes trop aimable...

— Et, ventrebleu! si votre accent ne me le prouvait surabondamment, j'aurais juré que vous êtes Gascon?

— Des bords de la Garonne, monsieur.

— Eh bien! mon bel ami, vous êtes un aimable plaisant.

— Vous trouvez.

— Et maintenant que vous m'avez prouvé combien vous avez d'esprit...

Hector salua.

— Laissez-moi continuer mon chemin, car, vous le savez, l'amour n'aime pas attendre...

— Cette fois-ci, monsieur, il attendra.

— Allons donc!

— Car je me suis mis en tête de vous passer mon épée au travers du corps.

— C'est une jolie idée, ma foi! dit le cavalier toujours souriant.

— Vous trouvez?

— Mais elle est prétentieuse...

— Ah! ah!

— Et cela pour deux raisons...

— Je les écoute, monsieur.

— La première, c'est que je n'ai pas l'habitude de me battre avec les gens qui ne m'ont point décliné leurs titres ou qualités.

— Monsieur, répondit Hector, je me nomme le sire de Galard et je descends en ligne directe du *Valet de carreau.*

— C'est une belle généalogie, monsieur, ricana le cavalier.

— Pensez-vous que vous puissiez vous battre avec moi!

— Heu! neu!... à la rigueur...

— J'attends la deuxième raison, monsieur.

— Ah! celle-là, dit le cavalier, est plus sérieuse...

— Voyons !

— C'est que, jusqu'à présent, j'ai eu pour coutume de tuer mes adversaires.

Hector se prit à ricaner.

— Que voulez-vous? reprit le cavalier, cela me paraît plus commode...

— Allons! monsieur, dit Hector dont la patience commençait à s'évanouir, trêve de gasconnades, et veuillez mettre l'épée à la main.

— Comme vous voudrez, monsieur.

Et le cavalier dégaîna.

Hector avait déjà l'épée hors du fourreau.

Les deux fers se croisèrent et grincèrent l'un sur l'autre.

— Tiens, dit le cavalier dès la première passe, vous avez une bonne méthode.

— On me l'a toujours dit, répondit Hector, qui venait de reconnaître que son adversaire était de première force.

— Et je vois, continua le cavalier, que nous aurons le temps de causer un peu.

— Volontiers...

Et Hector porta au cavalier un vigoureux coup de quarte qui se trouva paré.

— Cela vous chagrine donc que j'aime Sarah, hein?

— Un peu...

— Et qu'elle m'aime?

— Beaucoup.

— Bah! fit le cavalier, est-ce que vous l'aimeriez?

— Peut-être...

— Eh bien! franchement, vous avez bon goût.

Et le cavalier se fendit à moitié.

Hector fit un bond de côté, esquiva le coup et riposta; mais déjà son adversaire était arrivé à la parade.

— Et elle a la cruauté de ne vous point aimer?...

Cette raillerie exaspéra Hector.

— Cornes du diable! s'écria-t-il, elle ne vous aimera pas longtemps, vous!

Et il eut le malheur de se fendre à fond sur son adversaire.

Mais ce dernier, aussi calme que s'il eût été dans une salle d'armes, répliqua :

— Vous tirez bien, monsieur, mais vous êtes jeune et manquez d'habitude. Tenez, on pare prime, on lie l'épée de son adversaire tierce sur tierce et... voyez vous-même!

Le cavalier avait mis la théorie en pratique, et l'épée d'Hector venait de sauter à vingt pas.

Hector poussa un cri de rage et s'élança pour ressaisir son épée.

Mais le cavalier, plus agile, avait déjà mis le pied dessus.

— Mon cher monsieur de Galard, lui dit-il, je consens à vous rendre votre épée et à recommencer avec vous...

— Ah! fit Hector, ivre de rage.

— Mais j'y mets une condition...

Et le cavalier riait toujours.

— C'est, acheva-t-il, si je ne vous tue aujourd'hui et que vous retourniez jamais en Gascogne, vous proclamiez que je suis d'une certaine force en escrime.

Le cavalier se baissa, ramassa l'épée d'Hector et la lui offrit galamment.

— Convenez, dit-il, que je vous ai montré là un joli coup...

Hector écumait.

— Eh bien! s'écria-t-il, je vais vous en montrer un autre moi! Et par l'écusson de mes aïeux...

— Peuh! dit le cavalier, vos aïeux étaient gentils-hommes, monsieur, mais enfin ils ne descendaient pas de Jupiter lui-même.

Cette raillerie acheva d'exaspérer Hector.

— Hé! parbleu! monsieur, dit-il en se remettant en garde, je serais assez flatté de savoir quels sont les vôtres...

— Ah! monsieur, répondit modestement le cavalier, je suis d'une assez bonne famille, croyez-moi.

— En vérité! ricana Hector.

— Le premier de mes ancêtres directs se nommait Robert...

Hector tressaillit.

— Il descendait du roi saint Louis.

Hector jeta un cri.

— Et mon père, acheva le cavalier avec une bonhomie parfaite, avait nom Antoine de Bourbon, roi de Navarre.

Cette fois, Hector ne jeta pas un cri, mais il recula pétrifié, et l'épée s'échappa de sa main.

Puis, tout à coup, il mit un genou en terre et murmura éperdu :

— Ah! Sire, Sire... pardonnez-moi!...

Henri le prit dans ses bras et se hâta de le relever.

— Mon bel ami, lui dit-il, n'ayez nulle honte de votre action.

— Ah! Sire, je suis un butor, un belître, un misérable...

— Vous êtes un brave garçon.

— J'ai osé tirer l'épée contre mon roi...

— Bah! vous êtes gentilhomme...

— Oh! certes.

— Eh bien! le roi est un simple gentilhomme, lui aussi, et tous les gentilshommes se valent.

Henri à ces mots prit la main d'Hector et la serra cordialement.

Puis, lui frappant sur l'épaule :

— Et maintenant, bonsoir... Vous savez... on m'attend...

Hector se sentit défaillir; mais il s'effaça, et le roi de Navarre continua son chemin vers la maison.

Guillaume était sur le seuil de la porte, il reconnut Henri et vint à sa rencontre.

— Venez, Sire, dit-il.

— Chut!...

Guillaume se tut. Mais il prit Henri par la main et le conduisit à travers la maison que les ténèbres avaient envahie. Il lui fit gravir l'escalier, ouvrit une porte, et Henri vit Sarah devant lui.

Sarah était assise auprès d'une table, appuyant son beau front dans ses mains blanches et transparantes comme la cire vierge. Son émotion fut si grande à la vue de Henri qu'elle ne put se lever, mais elle poussa un cri étouffé et tendit les bras à son cher prince...

— Ah! Sarah... Sarah ! ma bien-aimée, murmura Henri en se jetant à ses genoux et couvrant ses mains de baisers ardents... Enfin je vous revois!...

Sarah se disait en ce moment :

— Mon Dieu! je me sens mourir.

. . . . . . . . . . . . . . . . . . . . . . . . . . . . . . . . . . . . .

Cependant Hector était demeuré dans le jadin.

Pendant quelques minutes, le pauvre jeune homme resta comme abasourdi et privé de raison.

Il avait tiré l'épée contre son roi, contre ce roi de Navarre qu'avaient servi ses pères, et pour lequel il avait juré quelques jours auparavant de verser son sang jusqu'à la dernière goutte...

Cela lui semblait si monstrueux que pendant quelque temps il oublia tout, même Sarah...

Mais enfin il finit par se demander pourquoi il avait provoqué cet inconnu qui n'était autre que son roi.

Et alors il se souvint.

Et quand il se fut souvenu, il leva un œil éperdu sur la maisonnette dont le premier étage était éclairé...

Et il lui sembla voir derrière les rideaux passer deux ombres enlacées, l'ombre de cette femme que déjà il aimait d'un ardent amour, — l'ombre de cet homme qui n'était plus un rival, mais son roi...

Alors encore le malheureux jeune homme tomba sur ses genoux, cacha sa tête dans ses mains et se prit à fondre en larmes. ˙

Hector sanglota longtemps ; mais tout à coup un bruit se fit derrière lui, une main s'appuya sur son épaule, une voix murmura à son oreille :

— Pauvre ami !...

Hector se redressa vivement.

— Pauvre ami ! répéta Noë.

C'était Noë, en effet, Noë qui revenait de Montmorency avec le roi de Navarre et que celui-ci avait distancé, dans son impatience de voir Sarah.

Hector avait dix-huit ans, l'âge où les larmes coulent abondantes, où l'on est encore un peu enfant...

Il se jeta dans les bras de Noë; il lui raconta en pleurant ce qui lui était arrivé. Il lui dit qu'il avait failli tuer son roi...

— Tu l'aimais donc bien cette femme ? murmura Noë.

— A ce point, répondit Hector, que je vais me tuer!...

Et il ramassa son épée, qui gisait à terre, et il allait se la passer au travers du corps.

Noë la lui arracha et la jeta loin de lui.

— Tu es fou! dit-il.

— Je n'ai plus la force de vivre, répondit Hector, laisse-moi mourir.

— Ta vie ne t'appartient pas.

Hector tressaillit.

— Elle est au roi, dit simplement Noë, à ce roi qui te voile ton bonheur, à ce roi qui est aimé de la femme que tu aimes. Mais la fidélité, mon ami, doit passer par tous les chemins, sécher toutes les larmes, fermer toutes les plaies, tarir la source des plus grandes douleurs...

Il prit Hector dans ses bras et l'y pressa long-temps.

8.

— Ah ! reprit-il, nous servons une cause sainte, ami... Nous serons dans l'avenir les compagnons du roi Henri, de ce roi que la distinée fera grand... de ce roi dont les peuples futurs vénéreront la mémoire...

Et puis, n'as-tu pas dix-neuf ans, l'âge où le cœur est une cire molle, où la première empreinte s'efface sous une seconde ?... Oublie cette femme, ami...

— Jamais !... murmura Hector... jamais, je le sens !...

Noë ne répondit pas et baissa la tête.

Mais il comprit ce qu'Hector devait souffrir, si près de Sarah aux pieds de laquelle à cette heure se trouvait Henri.

— Tiens, lui dit-il, prends mon cheval et va-t'en. Je te rejoindrai dans une heure à l'hôtellerie du Cheval rouan.

## XLV

— Fangas ?

— Monseigneur...

— Es-tu allé au Louvre, aujourd'hui ?

— Oui, monseigneur.

— As-tu vu quelqu'un ?

— J'ai aperçu le roi de Navarre.

— Lui as-tu parlé ?

— Je n'ai pas pu.

— Pourquoi cela ?

— Parce qu'il passait rapidement dans le grand corridor.

— Et où allait-il.

— Je ne sais, mais son cheval était sellé et je l'ai vu partir avec M. de Noë.

— Quelle heure était-il alors ?

— Cinq heures.

Ainsi causaient M. de Crillon et son écuyer, le provençal Fangas.

Le pauvre duc était dans son lit où il avait toutes les peines du monde à se tourner, car sa blessure le faisait horriblement souffrir.

On avait transporté le duc dans sa maison du pays latin, au carrefour Saint-André-des-Arcs.

Le premier jour, le roi était venu le visiter :

— Ah ! mon pauvre Crillon, lui dit-il, tu peux compter que je te vengerai !...

Le lendemain le roi n'était point venu, mais il avait envoyé M. de Pibrac, son capitaine des gardes.

Le troisième jour, le roi n'avait envoyé personne.

— Allons ! s'était dit le duc, il fait mauvais être dans son lit. Les rois qu'on a servis fidèlement vous oublient.

Cependant il avait envoyé Fangas au Louvre, en lui disant :

— Tâche de voir soit Pibrac, soit le roi de Navarre, soit M. de Noë. Tu sauras ce qui se passe...

Fangas avait vu le roi de Navarre.

— Mon pauvre ami, lui dit Henri, dis à M. de Crillon que le roi Charles et la reine-mère sont au mieux, que René est rentré au Louvre et qu'il faut perdre tout espoir de le voir rompre.

Fangas était revenu avec ces mauvaises nouvelles.

Le duc avait éprouvé une si violente colère que sa blessure s'était rouverte. Puis il s'était calmé et avait dit à son écuyer :

Tu retourneras au Louvre demain.

Or, le duc, qui avait eu la fièvre pendant deux jours et deux nuits, s'était assoupi une grande partie de la journée, et ce fut en s'éveillant qu'il adressa ces nouvelles questions à son écuyer.

La nuit était venue.

M. de Crillon était couché dans cette vaste pièce où jadis il avait gardé René prisonnier toute une nuit; une nuit pleine d'émotion, durant laquelle Fangas gagna des poignées de haricots avec la conviction que chacun de ces farineux représentait une pistole de René.

La chambre était éclairée par deux lampes.

La première était posée sur un guéridon placé au chevet du lit.

Auprès de ce guéridon l'écuyer Fangas, qui avait des connaissances chirurgicales assez approfondies préparait un appareil.

Ce fut lui que le duc vit d'abord en s'éveillant.

Mais, à l'autre extrémité de la pièce, deux jeunes gens étaient attablés et vidaient silencieusement une bouteille de ce vieux vin récolté au flanc des coteaux de Villeneuve-lès-Avignon, où M. de Crillon possédait, comme on sait, un clos de vigne de quelque importance.

Ces deux jeunes gens n'étaient autres que Lahire et Hogier.

Hector, on s'en souvient, était encore chargé de veiller sur Sarah.

Chaque jour les Gascons étaient venus ensemble ou séparément s'informer de la santé du bon duc.

Ce jour-là ils étaient arrivés ensemble.

Fangas, en les voyant apparaître sur le seuil, avait posé un doigt sur ses lèvres :

— Chut! avait-il dit, le duc dort.

Hogier et Lahire étaient entrés sur la pointe du pied.

— Il dort, avait continué Fangas, mais il ne saurait tarder à s'éveiller.

Fangas était hospitalier comme Crillon lui-même.

A Paris, comme à Avignon, c'était l'usage, on n'entrait jamais chez Crillon sans vider une bou-

teille. Fangas posa un flacon poudreux et trois gobelets sur la table, but à la santé de son maître et se
remit à préparer son appareil.

Après avoir regardé Fangas et échangé ces quelques mots avec lui, Crillon s'aperçut qu'ils n'étaient
pas seuls.

Il se servit de sa main comme d'un abat-jour.

— Harnibieu! dit-il, je crois que voilà mes jeunes
amis.

Hogier et Lahire s'approchèrent.

— Bonsoir, monsieur le duc, dit Lahire, comment
vous sentez-vous!

— Heu! heu! un peu mieux...

— Allons! fit Hogier, je vois que vous serez sur
pied avant quinze jours.

Le duc hocha la tête.

— Mettons un mois et n'en parlons plus dit Lahire.

Un sourire bonhomme vint aux lèvres de Crillon.

— Mes bons amis, dit-il, le roi ne paraît plus
avoir besoin de mes services, et j'en conclus que
j'ai tout le temps nécessaire pour me guérir à l'aise.

— Le roi est ingrat...

Crillon soupira :

— Je m'étais longtemps refusé à le croire, dit-il.

—Ah! monsieur de Crillon, murmura Hogier, si
vous serviez le roi de Navarre...

— Crillon tressaillit.

— Ma foi! dit-il, tâchez que Dieu en fasse un jour un roi de France, et ventrebleu! vous verrez... Mais pour le moment, mes seigneurs, le seul maître de Crillon, c'est le roi Charles.

— Qui a fait sa paix avec la reine mère.

— Hélas!

— Et qui a pardonné à René..

Un nuage passa sur le front pâle du blessé.

— Vive Dieu! mes enfants, dit-il, je vais vous parler à cœur ouvert.

— Alors vous ferez comme toujours, monsieur le duc, dit Lahire.

— Soit!

— Et nous vous écouterons avec bien du plaisir ajouta Hogier.

— Je vais d'abord vous établir un principe. Les gens comme moi ne servent pas un homme dans la personne de leur roi, ils servent la monarchie.

— C'est juste.

— La monarchie, mes enfants, c'est un principe institué par Dieu. Peu importe qui le représente. Le roi François Ier était un grand homme, le roi Henri II, son fils, en était la monnaie...

— D'assez bon aloi, dit Hogier.

— Je le veux bien. Mais feu le roi François II, et le roi Charles IX, qui n'a pas descendance, et le roi

do Pologne, et le duc l'Alençon, ressemblent dian-
trement à la fausse monnaie, mes enfants!

Et le duc eut son gros rire mélangé de finesse et
de bonhommie.

— Écoutez-moi bien, poursuivit-il; j'ai peu d'estime pour le roi Charles, peu de confiance dans son
frère de Pologne, je méprise le duc d'Alençon. Eh
bien je verserai mon sang pour le premier, le second et le troisème avec la même abnégation, si
chacun d'eux monte sur le trône...

Et savez-vous pourquoi? continua Crillon dont le
visage semblait entouré d'une auréole de fierté che-
valeresque : — c'est que je suis un serviteur, un soldat de la monarchie : — c'est que, moi aussi, j'entrevois l'avenir et que je prie Dieu chaque jour de
me conserver jeune longtemps, afin que je puisse,
quand ce trône pourri des Valois sera tombé, saluer
la race nouvelle qui lui succédera, et voir la France
abaissée se redresser hautaine et dominer le
monde?...

Crillon s'arrêta un moment, ferma les yeux, et sa
pensée sembla interroger les mystères de l'avenir.

— Ah! mes enfants, reprit-il enfin, je vois bien
du sang, bien des larmes, bien des douleurs s'abattre
dans le lointain, sur notre pauvre France... Mais à
l'horizon, là-bas, je vois aussi se dresser une grande
figure, je vois un héros apparaître, j'entends une

voix mystérieuse qui prononce un grand nom...

Hogier et Lahire regardaient le duc avec étonnement.

Crillon était en proie à ce délire raisonnable qui s'empare des blessés ; sa fièvre ardente semblait lui avoir donné une seconde vue.

— Écoutez-moi encore, reprit-il après un nouveau silence. Un jour viendra où le coq gaulois chantera d'une voix plus sonore, où le clairon de la guerre civile ne retentira plus au milieu de nos campagnes désolées. Tenez, dans l'avenir, je vois flotter sur les Alpes et les Pyrénées la vieille oriflamme de saint Louis ; je vois un roi vraiment Français, vraiment patriote, remettre au fourreau l'épée des discordes intestines, pour pointer sur l'Espagne et l'Autriche, nos mortelles ennemies, le canon victorieux de la France !...

— Le délire l'a repris murmura Fangas à l'oreille d'Hogier de Lévis.

— Que parles-tu de délire ? fit Crillon qui entendit ces mots.

Et, se mettant sur son séant, il lui dit encore :

— Ce roi, mes enfants, vous le servez déjà, je ne le sers point encore...

— Au nom du ciel ! monsieur le duc, murmura Fangas, si vous vous animez ainsi, votre blessure se rouvrira...

9

Crillon sourit de nouveau.

— Vous l'entendez, messieurs, dit-il, voilà le chirurgien qui parle... obéissons... Et en attendant que le roi de France ait besoin de moi, songeons à nous en aller un peu dans nos terres.

— A la bonne heure! dit Fangas; voici que M. le duc devient raisonnable.

— Imbécile!

— Et si je pouvais parler à mon tour...

— Parle!

Fangas reprit:

— Voyez-vous, monseigneur, dans huit jours Votre Seigneurie pourra se lever.

— Tu crois?

— J'en suis sûr.

— Tant mieux, harnibieu!

— Dans quinze jours elle pourra monter en litière.

— Ah! ah!

— Et nous nous en irons à Avignon faire nos vendanges.

— C'est mon idée, murmura Crillon.

— On dit beaucoup de mal du Midi, voyez-vous; on médit de cette pauvre Provence tant qu'on peut, mais, en fin de compte, on y revient toujours volontiers. Le mistral a du bon, monsieur le duc.

— Je le crois bien, dit Crillon; c'est un purgatif!...

— Et le bon vin !

— C'est un tonique.

Fangas se frotta les mains :

— Allons ! allons ! dit-il, je vais inventer quelque baume merveilleux qui vous guérira plus vite.

Comme Fangas se réjouissait ainsi de la perspective d'un prochain voyage à Avignon, on frappa légèrement à la porte.

— Entrez ! dit le duc.

Et soudain il étouffa un véritable cri de joie.

Un jeune homme que Crillon reconnut était sur le seuil.

C'était le roi de Navarre.

— Ah ! Sire... murmura le duc, c'est bien le cas de dire qu'on voit la queue du loup quand on en parle.

— Vous parliez de moi ?

— Oui, Sire.

— Eh bien ! vous me direz cela tout à l'heure.

Le roi connaissait Lahire pour l'avoir vu dans la chambre de Noë, mais il n'avait jamais vu Hogier.

— Messieurs, dit-il, je désire causer tête à tête avec le duc.

Lahire et Hogier, dont le martial et spirituel visage séduisit le prince, s'inclinèrent sans répondre.

Puis ils sortirent.

—Va-t'en pareillement, dit Henri à l'écuyer Fangas.

Fangas obéit.

Alors Henri s'assit au chevet de Crillon et lui parla longtemps bas à l'oreille.

Le duc écouta attentivement sans interrompre le jeune roi.

Mais quand celui-ci eut fini, le brave duc répondit :

— Sire, j'ai eu tout à l'heure comme une révélation de l'avenir, et dans cet avenir je me suis vu votre serviteur.

Henri tressaillit.

— Mais alors, reprit Crillon, vous étiez roi de France, Sire !

— Un éclair brilla dans les yeux du prince.

— Aujourd'hui, acheva Crillon avec sa brusque franchise, vous me proposez de vous servir contre le roi de France, et je refuse ! Crillon est le soldat de la monarchie française !

Henri soupira, mais il tendit la main à Crillon.

— Voilà une belle parole, duc, dit-il, et ventre-saint-gris ! je m'en souviendrai !...

Pour deviner ce que le roi Henri de Navarre venait proposer à Crillon, il nous faut reporter à quelques heures en arrière et suivre le jeune prince à Montmorency où il s'était rendu avant d'aller voir Sarah.

## XLVI

Le prince, on le sait, était escorté de Noë. Mais Noë, en montant à cheval, n'avait pu se défendre de faire la réflexion suivante :

— Je veux que le diable m'étrangle, si je sais ce que Henri va comploter avec son cousin le prince de Condé !

Durant la route, le roi s'était montré taciturne, ou bien il avait parlé de Sarah.

Mais quant au but de sa visite au prince de Condé, il n'en avait soufflé mot.

Pendant la première heure du voyage, Noë avait espéré que le prince lui ferait quelque confidence.

Mais ils étaient déjà bien au delà de Saint-Denis que Noë n'était pas plus avancé.

Alors il perdit patience et laissa échapper un gros juron.

— Plaît-il ? fit le roi.

— Oh ! ce n'est rien, dit Noë.

— Comment ! rien ?

— Je me parle à moi-même.

— Et que te dis-tu ?

— Que je suis un belître.

— En vérité ! mon compère...

— Oui, dit Noë, car depuis quelque temps Votre Majesté me traite si mal et fait si peu de cas de moi, que je ferais mieux de m'en aller...

— Où cela, Noë mon ami?

— Dans mes terres, Sire.

— Prends garde! dit le roi en riant; si c'est un voyage de santé que tu veux entreprendre et que tu veuilles prendre de l'exercice, je te conseille d'aller ailleurs.

— Pourquoi donc, Sire?

— Parce que tes terres sont si petites que tu en auras fait le tour en peu de temps, mon bel ami.

Noë se mordit les lèvres.

— Vraiment, reprit le roi, tu trouves que je te traite mal?

— Très-mal, Sire.

— Bah! comment cela?

— Votre Majesté n'écoute plus mes conseils, d'abord.

— C'est qu'ils sont mauvais.

— Ensuite...

— Ah! tu as encore d'autres griefs?...

— Oui, Sire.

— Parle.

— Ensuite Votre Majesté ne daigne même pas me mettre au courant de ses projets.

— Diable! diable! murmura le roi de Navarre,

j'ai peut-être bien un peu tort, mon bel ami, mais...

Il s'arrêta et parut réfléchir :

— Écoute donc, reprit-il enfin, je gage que tu vas m'approuver.

— Voyons ? fit Noé, qui crut enfin à une confidence.

— Nous allons voir mon cousin, reprit le roi.

— Parbleu ! je le sais...

— Et je lui vais proposer une petite affaire dont j'attends bon résultat.

— Ah ! ah !

— Reste à savoir s'il acceptera.

— Mais... cette affaire ?...

— Ta ta ta ! tu es trop pressé, mon bel ami. Attends donc un peu.

— J'écoute.

— Si Condé pense comme moi, s'il est de mon avis, lui et moi nous aurons bon besoin de vaillants et fidèles serviteurs tels que toi...

— Ah ! C'est bien heureux !...

— Et alors tu peux compter que je te mettrai au courant...

— Et s'il n'accepte pas ?

— Alors, ma foi ! tu ne sauras rien...

Noë fronça le sourcil :

— Voilà, dit-il, une confiance qui m'honore, Sire.

— Hé! mon pauvre ami, dit le roi, je te vais répondre par un proverbe qui est du feu roi Antoine, mon père :

« Il vaut mieux parler d'une conspiration en voie d'exécution que d'une conspiration en projet. »

— Tiens! dit Noë, nous conspirons donc?

— C'est-à-dire que nous conspirerons...

Noë se tut.

Le roi poussa son cheval et parla d'autre chose.

La nuit tombait lorsque les deux cavaliers atteignirent la lisière de la forêt de Chantilly.

— Hé! hé! dit le roi qui aperçut au loin les croisées du château illuminées, je vois qu'on nous attend!...

Le prince de Condé, cousin du roi de France, et plus près cousin du roi de Navarre, était un homme d'environ trente ans. Comme son cousin le Béarnais, il se nommait Henri.

Henri de Condé avait acquis déjà une belle réputation militaire.

Malheureusement il était huguenot, et comme tel, il portait ombrage à la reine-mère et aux Guise.

Depuis près d'une année, à la suite de quelques paroles désagréables qui étaient échappées au roi à son sujet, le prince s'était retiré à Chantilly et n'avait point remis les pieds à la cour.

Cependant il était venu à Paris, d'abord pour y

voir la malheureuse reine de Navarre, qui devait mourir quelques jours après si malheureusement ; ensuite pour assister au mariage du roi son fils.

Mais il n'avait point voulu entrer au Louvre.

Le prince boudait comme Achille, — avec cette différence qu'il avait choisi pour tente cette magnifique vallée de Montmorency dont il était le seigneur et maître.

La veille, Noë, accompagné d'Héctor de Galard, lui était venu demander rendez-vous pour le roi de Navarre.

Lorsque ce dernier arriva, Henri de Condé était seul en une vaste pièce au rez-de-chaussée, dont les murs étaient couverts de trophées de chasse. Il alla avec empressement à la rencontre du jeune roi, qui lui tendit la main et lui dit :

— Bonjour, mon cousin.

— Soyez le bïen-venu, mon cousin, répondit le prince sur le même ton de cordiale égalité et partant sans doute de ce principe qu'un prince de Condé valait bien un roi de Navarre.

Noë était demeuré au dehors.

— Êtes-vous seul, mon cousin ? demanda Henri.

— Oui, répondit le prince.

— Personne ne saurait nous entendre ?

— Personne.

— Nous pouvons donc causer !

Le prince avança un fauteuil au jeune roi.

— Je vous écoute, dit-il.

— Mon cher cousin, reprit alors le roi de Navarre, vous êtes huguenot et moi aussi, en dépit de la messe qu'on m'a fait entendre le jour de mon mariage à Saint-Germain l'Auxerrois.

Le prince de Condé s'inclina d'un air qui signifiait :

— Je n'en ai jamais douté.

Le roi poursuivit :

— A cette heure, mon cousin, d'un bout à l'autre du royaume de France, deux partis sont en présence : les huguenots et les catholiques.

Ces derniers ont à leur tête nos cousins de Lorraine et la reine-mère.

— Oh ! je sais cela, dit le prince de Condé ; seulement la reine et les Guise sont mal ensemble.

— Vous vous trompez...

— Bah !

— Depuis huit jours le duc est à Paris, il a vu la reine-mère et la paix est faite.

— Oh ! oh ! fit le prince en fronçant le sourcil.

— La reine mère et le duc de Guise se voient tous les jours ; tous les soirs, la reine passe chez le roi Charles.

— Ah ! ah !

— Si nous n'y mettons bon ordre, nous serons

pris traîtreusement. Qui sait? on nous assassinera peut-être...

— Cordieu! fit le prince qui, instinctivement, porta la main à la garde de son épée.

— Si nous laissons la reine s'ancrer de plus en plus dans l'esprit du roi, nous sommes perdus.

— Comment l'empêcher?

— Ah! ma foi! dit Henri, c'est pour me concerter avec vous que je suis venu ici.

— Voyons?

— Si on supprimait la reine-mère?...

— Plaît-il.

— Oh! mon Dieu! dit tranquillement Henri de Navarre, la chose est plus simple que vous ne pensez.

Le prince regarda Henri avec étonnement.

— Figurez-vous, mon cousin, que depuis quelques jours madame Catherine à la manie de sortir tous les soirs du Louvre.

— Seule?

— Oui...

— Oh! oh! dit le prince.

— Pour la *supprimer*, il suffit de quatre hommes déterminés et d'une bonne litière.

— Bon! mais où la conduire?

— Ici d'abord.

— Diable! fit le prince, l'idée me sourit, mais...

— J'écoute vos objections, mon cousin.

— Savez-vous que nous jouons notre tête ?

— Bah ! dit Henri, qui secoua la sienne par un mouvement rapide : la mienne tient fièrement sur mes épaules, voyez...

— Et puis, dit encore le prince, la reine enlevée, le roi Charles sera furieux.

— C'est vrai.

— Il la fera chercher par tout le royaume.

— Non, mon cousin.

— Vous croyez ?

— Sans doute, car la reine lui écrira...

— Au roi ?

— Oui, et elle lui donnera un motif de sa retraite qui aura bien son petit mérite.

Alors Henri tira de sa poche la lettre que Noë avait trouvée sur le corps du page assassiné.

Le prince lut cette lettre.

— Corbleu ! dit-il, voilà qui compromettrait fort madame Catherine et notre cousin d'Alençon aux yeux du roi Charles.

— C'est mon avis.

— Et je crois que point n'est besoin d'enlever la reine-mère.

— Au contraire. Ah ! mon cher cousin, dit Henri, vous ne la connaissez pas aussi bien que moi. Si elle pouvait s'expliquer avec le roi touchant cette lettre, qui a été écrite par ses ennemis et non par le duc d'Alençon...

— Mais enfin, qu'en ferez-vous ?

— C'est la reine-mère qui l'enverra au roi.

— Vous plaisantez !...

— Avec quelques mots bien sentis que je me charge de lui dicter.

Le sourire du roi de Navarre était fort compréhensible.

— Mais quand nous aurons la reine ici, qu'en ferons-nous ?

— Nous l'y garderons dans votre meilleure tour, à trente ou quarante pieds sous terre.

— Longtemps ?

— Jusqu'à ce que nous puissions la transférer en Navarre.

— Et là ?...

— Ah ! ma foi ! dit froidement Henri, vous êtes chasseur comme moi, mon cousin, et vous savez qu'il vaut mieux tuer la bête fauve que d'être dévoré par elle.

— C'est juste.

— Quand je tiendrai madame Catherine en Navarre, je la garderai jusqu'à ce qu'elle soit trop vieille pour se mêler des choses de la politique.

— Mon cher cousin, répondit le prince, je m'as-

socie dès aujourd'hui à votre plan , que j'approuve
fort. Seulement, je vois surgir une difficult'.

— Laquelle ?

— Le roi Charles est faible , et il est aisé de le
faire passer du camp des catholiques dans celui des
huguenots. Cependant, la transition ne peut s'opérer
si rapidement... et ce n'est ni vous ni moi...

— J'ai trouvé un homme dont nous ferons son
premier ministre, et qui, en dépit de sa religion, a
conservé sur son esprit un grand empire.

— Vous voulez parlez de l'amiral?

— Justement.

— Coligny est, en effet, le conseiller qui nous vaut
le mieux. Mais j'aimerais assez voir dans nos intérêts un homme comme Crillon.

Henri hocha la tête.

— Je lui proposerai d'entrer dans notre camp, dit-il,
mais je doute qu'il y consente. Vous ne connaissez
pas Crillon !

Le jeune roi et le duc causèrent une heure encore.

Puis ils se donnèrent rendez-vous pour le lendemain et se séparèrent.

Henri remonta à cheval et dit à Noë :

— Je me suis attardé avec le cousin Condé. Il
faut rattraper le temps perdu et songer que Sarah
m'attend.

Et il mit son cheval au galop.

— Eh bien ! demanda Noë, le prince a-t-il consenti ?

— Oui.

— Alors je saurai ?...

— Tu sauras tout.

— J'écoute.

— Ah ! dit Henri, je n'ai pas le temps maintenant. Quand j'aurai vu Sarah... Adieu !...

Le cheval du roi valait mieux que celui de son
compagnon.   .

Noë eut beau jouer de l'éperon, il demeura en arrière, et le roi eut bientôt pris sur lui une telle
avance, qu'il eut le temps de se battre avec Hector
et ensuite de passer une grande demi-heure aux genoux de Sarah.

.   .   .   .   .   .   .   .   .   .   .   .   .   .   .   .

Maintenant, nous allons suivre Hector, qui rentrait dans Paris et gagnait l'hôtellerie du *Cheval
rouan*.


## XLVII


Hector était monté machinalement sur le cheval
de Noë. Le pauvre jeune homme semblait n'avoir
plus que vaguement la conscience de son existence.

Quand il fut en selle, il rendit la main à sa monture.

Le cheval était un peu las; il prit une allure modérée sur la route de Paris.

Hector, perdu en sa morne rêverie, se laissa emporter à l'aventure, et sans même songer que Noë venait de lui donner rendez-vous à l'hôtellerie du *Cheval rouan.*

Le cheval monta la porte Montmartre et suivit la rue de ce nom, la bride sur le cou.

Son cavalier paraissait endormi.

Vers l'église Saint-Eustache, la bête se mit à hennir, et Hector s'aperçut qu'il avait devant lui un cavalier qui suivait le même chemin.

Mais cet incident n'était point de nature à arracher le jeune homme à sa torpeur.

Le cavalier continuait sa route; le cheval de Noë pressa le pas.

La nuit était tombée; mais tout à coup le cavalier qui chevauchait devant Hector passa dans le cercle de lumière projeté par une des rares lanternes qui éclairaient alors la bonne ville de Paris.

Le cheval de Noë hennit de nouveau; celui du cavalier répondit, et Hector tressaillit soudain.

On se souvient que la veille Noë avait pris son cheval à l'auberge de Létourneau et laissé celui d'Hector à l'écurie. Il y avait une heure, Noë s'était

souvenu pour la première fois depuis la veille de
cette circonstance ; mais il était tellement pressé de
voir partir Hector qu'il lui avait remis son propre
cheval, se réservant d'aller prendre le sien pour regagner Paris.

Or, dans le cheval qu'il avait devant lui, Hector
crut reconnaître ce fameux Lucifer que son valet
avait sellé, un soir, dans son manoir des bords de
la Garonne, pour aller quérir une outre de vin qui
n'existait pas.

Hector était venu à Paris sur Lucifer, et il l'avait
abandonné, la veille au soir, pour la première fois.

Si morne que fût sa rêverie, si noir son chagrin,
notre héros n'était pas un homme à voir son cheval
entre des mains étrangères sans s'en inquiéter.

D'abord il crut avoir mal vu.

Mais le cheval de Noë hennissait toujours, et
l'autre lui répondait.

Hector rendit un peu la main et le cheval de Noë
rejoignit celui que montait le cavalier inconnu juste
au moment où il passait sous une deuxième lanterne.

Cette fois, Hector remarqua la trace de balzane
que Lucifer avait au pied-montoir.

Ce signe était caractéristique.

— Holà ! Lucifer ! cria-t-il.

Le cheval s'arrêta net.

Le cavalier qui le montait joua de l'éperon, mais Lucifer se cabra et n'avança point.

En même temps, Hector vint se ranger tout à côté.

— Parbleu, mon gentilhomme, dit-il, je serais curieux de savoir si vous avez acheté mon cheval à un voleur ou si vous l'avez volé vous-même.

Le cavalier auquel Hector s'adressait était enveloppé dans un grand manteau couleur muraille; il avait un feutre rabattu sur les yeux, et il était difficile de voir son visage.

— Ce cheval est à moi, répondit-il, et je n'ai pas d'explications à vous donner.

Puis de nouveau il joua de l'éperon et ensanglanta les flancs de Lucifer.

Cette fois, Lucifer bondit en avant, sembla prendre un galop précipité, puis exécuta violemment cette manœuvre de tout cheval vicieux qui veut jeter bas son cavalier et qu'on appelle le saut de mouton.

Le cavalier s'y attendait si peu qu'il vida les arçons et alla piquer une tête à dix pas.

Fort heureusement la rue n'était point pavée et l'édilité parisienne d'alors était peu chatouilleuse à l'endroit de la propreté.

Le cavalier tomba sur un tas d'immondices et ne se fit aucun mal. Mais déjà le cheval avait fait volte-face et revenait en hennissant à son maître, qui, malgré son chagrin, n'avait pu s'empêcher de rire à goorge déployée de la mésavanture de l'inconnu.

Ce dernier se releva furieux, tira son épée et revint vers Hector, qui avait pris son cheval par la bride.

— Rendez-moi ce cheval, mon gentilhomme, dit-il, il est à moi.

— Je ne le pense point, monsieur, répondit Hector, car, vous le voyez, il m'a suffi de l'appeler pour qu'il me revînt après vous avoir désarçonné.

— Il est à moi, je l'ai payé! répéta l'inconnu avec colère.

— Ah! voilà ce que je ne nie point, monsieur... Vous n'avez pas l'air en effet, d'un voleur de chevaux.

— Donc, rendez-le-moi.

— Plaît-il? fit Hector. On me vole mon cheval et vous l'achetez. Je le retrouve et le repeends. C'est mon droit·

— Soit, monsieur, dit l'inconnu, mais si je vous le paie une seconde fois?

— Mon cheval n'est pas à vendre, monsieur.

— Ah çà! monsieur, dit l'inconnu avec hauteur, vous me savez point le prix que je veux y mettre?

— Je vous répète, monsieur, qu'il n'est pas à vendre.

— Je vous en donne cent pistoles.

— Merci bien!... je ne le vends pas.

— Monsieur, reprit l'inconnu, j'ai absolument besoin de votre cheval; fixez-en le prix vous-même, et je vous le paierai.

La voix du cavalier démonté demeurait hautaine et brève, en dépit de la tournure courtoise de son langage.

— Je suis gentilhomme et non marchand de chevaux, monsieur.

Et Hector voulut passer, monté sur le cheval de Noë et tenant toujours le sien par la bride.

Mais cette fois, l'inconnu perdit patience. Il prit hardiment la bride du cheval d'Hector, ce qui, en en tout temps, a été une véritable insulte.

— Eh bien! dit-il, puisqu'il en est ainsi, nous le jouerons...

— Ah! parbleu! répliqua Hector, je ne demande pas mieux et vous tombez bien, mon gentilhomme. Je suis aujourd'hui d'humeur maussade, et ne demande pas mieux que de m'égayer un peu.

Tout le sang gascon d'Hector avait été mis en ébullition par l'insulte qu'on venait de lui faire.

Il mit pied à terre, noua la bride de son cheval autour du cou de Lucifer et dégaîna.

Le gentilhomme inconnu s'était déjà débarrassé de son manteau.

Comme Hector, il avait l'épée à la main.

— Monsieur, lui dit ce dernier, j'ai horreur de me battre dans les ténèbres.

— Moi aussi, monsieur.

— Voulez-vous venir sous cette lanterne?

— Volontiers.

Le cavalier inconnu fit quelque pas en arrière.

Lucifer, qui était un cheval parfaitement dressé, suivit son maître, qui rétrogradait pareillement, entraînant après lui le cheval de Noë.

Quand ils furent sous la lanterne, les deux adversaires purent s'examiner à loisir avant de croiser le fer.

L'inconnu était un grand et beau jeune homme, au visage martial, aux cheveux bruns, à la barbe taillée en pointe.

Une grande balafre s'étendait de son front à sa joue gauche, en passant au-dessus de l'arcade sourcillière, sans pour cela le défigurer aucunement.

C'était un homme qui pouvait avoir vingt-cinq ans, dont les manières et l'attitude étaient fort nobles, et dont le pourpoint de velours brodé d'or annonçait qu'il ne s'était point trop avancé en offrant de payer Lucifer le prix qu'Hector fixerait lui-même.

— J'ai affaire à quelque seigneur de la cour, pensa Hector, qui ne connaissait pas grand monde à Paris.

De son côté, l'inconnu regarda Hector et lui trouva bonne mine.

En même temps l'accent du jeune homme lui révélait son origine.

— Allons! monsieur, dit Hector, dépêchons-nous!

— Monsieur, dit l'inconnu en croisant le fer, je vous renouvelle ma proposition.

— Je la refuse!

Et Hector attaqua le premier.

Mais l'inconnu était un rude tireur : dès la première passe, Hector crut retrouver cette méthode solide, cette main sûre qu'il avait rencontrée tout à l'heure chez le roi de Navarre.

Cependant Hector tirait fort bien; ensuite il avait un merveilleux sang-froid, que doublait son humeur chagrine.

Hector, depuis qu'il savait que Sarah ne l'aimerait jamais, ne tenait plus à la vie.

Enfin notre héros avait, sur le terrain, une qualité rare : il se souvenait des beaux coups qu'il avait vu faire et osait les essayer.

— Monsieur, reprit l'inconnu, si vous saviez le besoin pressant que j'ai de votre cheval, vous ne me le refuseriez pas... car...

L'inconnu termina sa phrase par une exclamation de colère.

L'épée d'Hector l'avait effleuré en pleine poitrine.

— Ah ! puisqu'il en est ainsi, s'écria-t-il, je ne vais plus vous ménager, mon jeune coq.

Et il porta un coup furieux à Hector.

Celui-ci le para à moitié, mais l'épée de l'inconnu ne l'atteignit pas moins au bras.

Hector jeta un cri, fit un bon en arrière, puis, se souvenant de la leçon que le roi de Navarre lui avait donnée tout à l'heure, il retomba en garde, attaqua vivement, parvint à lier l'épée de son adversaire tierce sur tierce, et, d'un revers de poignet, la fit voler à dix pas en même temps qu'il appuyait la sienne sur la poitrine de l'inconnu.

— C'est le coup qu'on m'a montré ce soir, dit-il.

L'inconnu se crut mort.

— Monsieur, lui dit alors Hector, vous êtes en mon pouvoir et j'ai le droit de vous tuer.

— Tuez-moi ! dit l'inconnu froidement.

— Mais je ne le ferai pas, car je viens de songer que, peut-être, vous n'aviez si grand besoin de mon cheval que pour aller à un rendez-vous d'amour ; et moi qui aime, acheva le jeune homme en soupirant, je comprends ces choses-là...

L'inconnu tressaillit.

— En effet, dit-il, j'allais à un rendez-vous... une femme m'attend.

Hector releva son épée :

— Eh bien ! monsieur, dit-il, prenez mon cheval, je ne vous le vends pas, je vous le prête. Vous me le renverrez demain à l'hôtellerie du *Cheval rouan*, rue Saint-Jacques.

— Monsieur, répondit l'inconnu, touché de la noblesse du procédé, je n'accepterai votre cheval que si vous consentez à me tendre la main.

— Oh ! de grand cœur, monsieur.

Et Hector prit la main de l'inconnu.

Puis il détacha le cheval de Noë du cou de Lucifer.

Les deux animaux étaient demeurés paisibles spectateurs du combat.

— Voilà le cheval, dit Hector, sautez en selle, monsieur, et que Dieu vous rende heureux...

La voix d'Hector était triste.

— Mon jeune ami, répondit l'inconnu, vous sèmblez malheureux... Auriez-vous le cœur malade ?

— Hélas !

— Et votre mal est-il sans remède?

— Sans remède, monsieur.

Hector sauta en selle à son tour :

— Adieu! monsieur, dit-il, bonne chance!...

Et il s'éloigna au galop.

. . . . . . . . . . . . . . . . . . . . . . . . .

Hector, arraché par cette aventure à sa torpeur

morale, dirigea le cheval de Noë vers le Pont-au-
Change, traversa la Cité et gagna l'hôtellerie du
*Cheval rouan.*

Là il s'enquit de ses amis.

Lahire et Hogier étaient sortis sans dire où ils allaient.

Hector monta dans sa chambre, s'y enferma et
fut bientôt replongé dans son désespoir. Une heure
s'écoula, pendant laquelle il oublia l'inconnu pour
ne songer qu'à Sarah. Mais on frappa à la porte, et
ce bruit l'arracha de nouveau à sa prostration.

— Qui est là ? demanda-til.

— Moi ! répondit la voix de Noë.

Hector alla ouvrir.

Noë était sur le seuil, un flambeau à la main, et
la lumière de ce flambeau tombant d'aplomb sur
Hector fit étinceler quelques gouttes de sang qui
jaspaient son pourpoint de couleur grise.

Le jeune homme, on s'en souvient, avait été
légèrement blessé, si légèrement qu'il n'y avait pas
pris garde.

— Qu'est-ce que ce sang ? s'écria Noë.

— Ah ! ce n'est rien, dit Hector.

— Tu t'es battu ?

— Oui.

— Avec un inconnu à qui on avait vendu mon
cheval.

11

— Que me chantes-tu là ?

— La vérité.

— Je sais bien qu'on t'a volé ton cheval, mais...

Hector prit le parti de raconter à Noë son aventure tout au long.

Noë l'écouta attentivement, puis il lui demanda le signalement exact de son inconnu.

— Ma foi ! dit Hector, il est jeune, grand, fort, beau garçon, en dépit d'une large balafre qui lui coupe le visage en deux.

— Une balafre ?

— Oui.

— A-t-il la barbe brune ?

— Oui.

— Taillée en pointe.

— Justement.

— Et n'as-tu pas remarqué, lorsqu'il parle, un léger grasseyement dans la voix ?

— Tiens ! dit Hector, c'est vrai. Tu le connais donc ?

— Et tu lui as mis ton épée sur la poitrine, et tu as pu le tuer ?

— Parbleu ! comme un poulet...

Noë lâcha un affreux juron.

— O triple niais ! s'écria-t-il, comment n'as-tu pas eu le pressentiment que cet homme était notre ennemi mortel ?

— Notre... ennemi ?

— Oui, acheva Noë ivre de rage, tu as eu dans tes mains la vie de l'homme qui a juré la mort de notre roi, et tu l'as laissé échapper !... Sais-tu quel est cet homme ?...

C'est le duc Henri de Guise, dit le Balafré !

. . . . . . . . . . . . . . . . . . . . . . . . . . . . . . . . . . . . . . . . . .

## XLVIII

Comment le cavalier que Noë prétendait être le duc de Guise était-il en possession du cheval Lucifer, lorsqu'il fut rencontré par Hector ?

Il nous faut pour l'expliquer, revenir à un personnage de notre histoire que nous avons entrevu à peine.

Nous voulons parler de Pandrille, ce colosse inintelligent dont Létourneau avait fait son complice.

Pandrille, dominé par l'éloquence un peu brutale du pistolet d'Hector, s'était laissé conduire à la cave et enfermer par Guillaume Verconsin, le fidèle valet de Sarah, dans ce caveau qu'une solide porte de chêne ferrée avec soin pouvait, à la rigueur, élever à la dignité de prison.

Nature violente et féroce, Pandrille était lâche.

Quand il se vit sous les verrous, le colosse pensa bien que le chevalier du guet serait averti au plus vite et que, par conséquent, il serait transféré au

Châtelet, d'où il ne sortirait que pour aller se faire pendre en Grève.

Il se coucha sur le sol et se prit à fondre en larmes ni plus ni moins qu'un enfant.

Puis un accès de fureur succéda chez lui à cette faiblesse momentanée, et, ivre de rage, il se dressa et appuya ses larges épaules contre la porte, espérant l'enfoncer ; mais la porte demeura close et ne fut pas même ébranlée.

Alors Pandrille avisa la petite lucarne par laquelle il découvrait un lambeau du ciel étoilé, et qui laissait arriver jusqu'à lui une bouffée d'air frais.

La lucarne était haut percée.

Cependant, comme il était d'une taille gigantesque et de plus très-agile, Pandrille réunit toutes ses forces, se ramassa sur ses jarrets et, bondissant à la manière des chats, il parvint à saisir les barreaux de la lucarne et s'y cramponna.

Puis il se hissa, à la force des poignets, jusqu'à l'entablement étroit de la lucarne, et, plongeant un œil ardent à l'intérieur, il reconnut qu'elle donnait dans le jardin et était percée sur la façade opposée à la porte.

Pandrille eut bientôt pris son parti.

Il se laissa retomber dans le caveau, et, à tâtons, il se mit à chercher un objet de quelque résistance, barre de fer ou morceau de bois.

Le hasard le servit à souhait.

Il y avait dans le souterrain, auprès d'une futaille vide, un énorme maillet de fer destiné à cercler les tonneaux.

Le manche avait près de deux pieds de long. Pandrille s'en empara, puis, usant du même moyen, il bondit de nouveau jusqu'à la lucarne.

Attaquer les barreaux à coups de maillet était un moyen impraticable, car le bruit aurait sans nul doute attiré l'attention de Guillaume et des deux gentilshommes.

Mais il passa le manche du maillet à travers les barres de fer de façon à lui faire jouer le rôle de levier.

Il ne fallait rien moins que la force gigantesque de Pandrille pour mener à bien une semblable opération.

Le barreau résista d'abord, puis craqua, se tordit et finit par se casser net comme un fer dans lequel se trouve une paille.

Alors Pandrille prit le tronçon du haut, le secoua et parvint à l'arracher de son alvéole.

Le tronçon du bas lui offrant plus de résistance, le géant le tordit et le coucha sur l'entablement.

Tout cela s'opéra sans trop de bruit.

Le passage que Pandrille venait de se frayer était étroit, mais le géant s'inquiétait peu de se déchirer et de se meurtrir. Il s'écorcha les épaules et les jambes et se trouva dans le jardin.

Une fois là, Pandrille ne se soucia point de savoir ce qui se passait dans la maison. Il prit sa course à travers les jardins, et d'un bond il franchit la haie vive.

Quand il fut en pleins champs, Pandrille hésita. Où irait-il?

Malgré son peu d'intelligence, le géant comprit que la maison de Létourneau ne pouvait être un refuge...

Evidemment, les premières recherches des archers seraient dirigées sur ce point. Mais, en même temps, le garçon cabaretier songea que son défunt maître était à la tête d'assez belles économies, lesquelles étaient serrées dans un sac de cuir, enfermé lui-même dans un coffre de chêne à triple serrure, sur lequel, par luxe de précaution, il avait établi le matelas qui lui servait de lit.

Pandrille, guidé par la cupidité, se dirigea vers le cabaret du *Bon-Catholique*.

Lorsqu'il y arriva, Noë et le fermier royal, Antoine Perrichon, venaient d'en sortir.

Pandrille alluma la lampe éteinte et put constater le désordre qui régnait dans la salle d'auberge.

La table était surchargée de gobelets et de bouteilles.

La trappe de la cave était soulevée...

Pandrille était ivrogne.

La cave ouverte fut pour lui une tentation sans pareille, il prit un gobelet et sa lampe et descendit, bien décidé à vider une de ces vieilles bouteilles que feu Létourneau vendait une pistole huit sous trois deniers.

Mais là il s'aperçut que le caveau était ouvert, et il vit le cadavre du page au beau milieu.

La peur prit Pandrille.

Le drôle, qui assassinait un homme d'un coup de barre aussi froidement qu'il eût vidé un verre de vin, était pris d'une terreur superstitieuse à la vue d'un cadavre.

Lorsque Pandrille avait assassiné quelqu'un, c'était Létourneau qui se chargeait de faire disparaître la victime.

Depuis que le caveau servait de sépulture au pauvre page, Pandrille n'y était point entré.

Toutes les sornettes dont le populaire était nourri, toutes les histoires de revenant qu'il avait entendu conter, lui revinrent alors. Il s'imagina que le page s'était réveillé, puis était sorti de la cave, qu'il était ensuite monté dans l'auberge et s'était mis à boire; qu'enfin il était venu pour se recoucher dans le tonneau qui lui servait de sépulture, et trahi par l'ivresse, n'avait pu arriver jusque-là...

La terreur s'empara si bien de Pandrille qu'il laissa tomber la lampe, qui s'éteignit.

Il remonta à tâtons, se heurta vingt fois, s'arrêta vingt fois, la sueur de l'angoisse au front et les cheveux hérissés... Mais enfin il sortit de la cave et se précipita au dehors de la maison, sans plus songer au sac de cuir de Létourneau.

Cependant il n'avait pas fait dix pas qu'il entendit un hennissement derrière lui. C'était le cheval d'Hector qui s'ennuyait. Pandrille revint vers l'écurie, toujours dominé par cette terreur qui lui faisait souhaiter des ailes.

Il s'empara du cheval, sauta dessus, le frappa avec les talons et le lança au galop.

Pandrille ne savait trop où il allait.

Il fuyait, et dans sa fuite, il s'imaginait que le page mort et les archers vivants le poursuivaient de compagnie. Pandrille s'en alla tout d'abord emporté par le cheval jusqu'au bord de la Seine, en dehors des remparts.

Là l'absence de pont l'empêcha de passer outre.

Il avait galopé une heure, et sa terreur s'était un peu calmée, du moins par son côté superstitieux.

Pandrille ne songea plus au page mort, mais il songea aux archers du chevalier du guet, et il se dit que plus il mettrait de distance entre eux et lui, et plus il serait en sûreté. Mais le colosse n'avait pas

un sou vaillant sur lui, il avait des vêtements en
désordre, et c'en était assez pour qu'il fût appré-
hendé au collet en mettant le pied sur le premier
bailliage des environs de Paris.

Alors le garçon cabaretier eut une idée, chose rare
pour son obtuse intelligence! Il songea à vendre le
cheval, et se souvint que Létourneau, quand il avait
trouvé sur les jeunes seigneurs qu'il assassinait un
objet de prix autre que de l'argent monnayé et dont
il n'aurait pu se défaire sans exciter les soupçons,
allait le vendre à un aubergiste de l'intérieur de Paris.

Cet aubergiste, qui était en même temps brocan-
teur, était établi dans la rue du Rempart, non loin
de la porte Montmartre.

Pandrille rentra dans Paris par le bord de l'eau et
remit le cheval au galop.

A cette époque, il n'y avait guère que les gentilshommes qui montassent à cheval.

Paris était mal éclairé; un homme qui le traversait à cheval était, pour les rares passants attardés,
un gentilhomme. Pandrille arriva à la porte de l'au-
bergiste-brocanteur sans avoir fait de mauvaise rencontre.

La porte du bouchon était entr'ouverte, mais il
n'y avait pas de lumière.

Pandrille attacha le cheval à l'anneau de fer scellé
dans le mur, poussa la porte et entra.

— Est-ce toi, Crèvecœur? dit une voix.

Pandrille s'arrêta interdit. Il venait d'entrer précisément dans cette maison où le duc de Guise vivait caché depuis quelques jours.

— Est-ce toi ? répéta la voix.

Pandrille ne répondit pas.

Alors un bras vigoureux le saisit et la voix ajouta :

— Qui est-ce donc ?

En même temps une porte s'ouvrit à l'intérieur de l'auberge, et un flot de clarté envahit la première pièce.

Pandrille eut le vertige.

Sur le seuil de la porte qui venait de s'ouvrir, deux jeunes gens apparaissaient et le regardaient curieusement. En même temps un troisième le secouait rudement et lui disait :

— Qui es-tu? que veux-tu? où vas-tu?

Pandrille était sans armes, les trois jeunes gens avaient l'épée au côté et la dague au flanc.

Le garçon cabaretier s'imagina qu'il était tombé aux mains des archers, et il perdit tout à fait la tête.

— Grâce ! messeigneurs, dit-il, grâce ! Ce n'est pas moi qui ai voulu tuer Sarah Loriot, c'est Létourneau... Moi je n'ai rien fait !...

Si on se souvient que quelques jours auparavant la duchesse de Montpensier disait que, pour rapprocher de nouveau Henri de Guise de Marguerite, il était urgent de retrouver Sarah Loriot, on comprend l'effet que produisit son nom sur les trois jeunes gens, qui n'étaient autres que Conrad, Gaston de Lux et le duc lui-même. C'était le duc qui étreignait le bras de Pandrille.

— Sarah Loriot! dit-il, tu as tué Sarah Loriot?

— Non, non, ce n'est pas moi! hurla Pandrille.

— Qui donc alors ?

— Létourneau.

— Il l'a tuée?

— Non... non... il a voulu la tuer... mais les gentilshommes sont venus...

— Quels gentilshommes ?

— Je ne les connais pas.

Les dents de Pandrille claquaient de terreur.

Le duc comprit qu'il fallait d'abord calmer cet homme.

— Imbécile! lui dit-il, nous ne sommes point les soldats du guet et nous ne te pendrons pas; mais si tu ne t'expliques point, et si tu ne nous dis pas tout ce que tu sais sur Sarah Loriot, nous te tuerons. Tiens! choisis... cet or, si tu parles; ce poignard, si tu te tais !

Le duc tira sa bourse pleine d'or et la jeta sur une table.

La vue de l'or rassura Pandrille et lui délia la langue.

Il raconta tout ce qu'il avait vu, c'est-à-dire comment Létourneau avait reconnu l'argentière et formé le projet de l'assassiner pour lui voler ses trésors, et comment l'expédition avait avorté.

Le duc demeura persuadé que l'un des deux gentilshommes qui étaient accourus au secours de Sarah était le roi de Navarre lui-même.

— Hé! hé! pensa-t-il, je conterai cela à ma sœur Anne, et elle me donnera un bon conseil.

Puis il dit à Pandrille :

— Sais-tu, mon garçon, après semblable chose, que tu ne peux plus sortir d'ici?

Pandrille tressaillit.

— Tu n'aurais pas fait dix pas dans la rue que tu tomberais dans une des patrouilles du chevalier du guet.

— Oh! fit Pandrille.

— Et tu serais pendu sous huit jours...

Pandrille devint livide.

— Tandis que si tu restes ici, continua le duc, tu seras en sûreté.

Le garçon cabaretier regarda le duc d'un air de doute.

Henri de Guise était sorti sur le pas de la porte et examinait le cheval.

— Voilà un bel animal, dit-il, je le prends pour moi, et je t'en donne vingt pistoles...

Les yeux de Pandrille brillèrent de convoitise.

— Ensuite tu vas demeurer ici; je te prends à mon service. L'audace revint au colosse.

— Votre Seigneurie veut faire tuer quelqu'un? demanda-t-il.

— Peut-être...

— Je vois que Votre Seigneurie est généreuse, murmura le garçon cabaretier.

Henri de Guise se tourna vers Gaston de Lux :

— Monte sur ce cheval, dit-il, et va-t'en à Meudon.

Gaston s'inclina.

— Tu diras à Anne qu'elle ne cherche pas plus longtemps... que nous avons trouvé...

— Bon !

— Et que, acheva le duc, la nuit prochaine je l'irai voir.

Gaston sauta sur le cheval et partit.


## XLIX


Le duc Henri de Guise ne sortait jamais le jour.

Caché dans ce cabaret du bord des remparts, il ne s'aventurait au dehors que lorsque la nuit était venue.

Mais alors il s'enveloppait soigneusement dans son manteau et se rendait chez La Chesnaye, ou bien encore il s'en allait rôder aux environs du Louvre.

Les actions du roi de Navarre intéressaient le duc au plus haut point.

Quoi qu'il en eût à madame Catherine, Henri de Guise aimait toujours Marguerite, et son désespoir eût été sans bornes, s'il n'avait eu la secrète espérance de se débarrasser du roi de Navarre tôt ou tard.

Leo d'Arnembourg, grièvement blessé par Lahire, avait été transporté dans cette petite maison où le duc se cachait.

Malgré la gravité de son état et grâce aux soins empressés que ses trois amis et le duc lui prodiguaient, il était hors de danger.

Chaque soir, le duc envoyait un message à sa sœur, après le départ d'un mystérieux personnage qui ne manquait pas un seul jour de venir, à la tombée de la nuit, s'entretenir avec lui longuement.

Ce personnage, on le devine, n'était autre que madame Catherine.

La reine-mère empruntait divers déguisements pour venir voir le duc.

Tantôt elle était vêtue en page, chose que sa taille encore mince lui permettait ; tantôt elle s'enveloppait dans la mante d'une duègne.

Quelquefois même elle usait d'une robe de moine dont elle rabattait le capuchon sur ses yeux.

Or, le lendemain soir de cette nuit où Pandrille était tombé par hasard au milieu du duc et de ses affidés, comme neuf heures sonnaient, la reine arriva.

Ce soir-là, elle avait pris une robe de moine et suspendu un gros chapelet à la corde qui lui servait de ceinture.

Le duc la reçut dans cette petite pièce qui ressemblait à une cellule, dans laquelle nous l'avons déjà vu stipuler avec elle les bases de cette mystérieuse alliance dont le but unique était la perte du roi de Navarre et de tous les huguenots.

Le duc était botté et éperonné.

— Madame, lui dit-il quand ils furent seuls, j'ai trouvé l'argentière.

— Ah! fit Catherine dont l'œil s'alluma de colère.

La reine-mère se souvenait que la belle argentière avait failli coûter la vie à son cher René, et elle avait pour elle une haine violente.

— Ah! vous l'avez trouvée? répéta-t-elle avec une sombre joie.

— Oui.

— Où est-elle ?

— Près d'ici.

La reine songea à René.

— Je connais quelqu'un dit-elle, qui voudrait être aussi instruit que vous.

— Et, ajouta le duc, je saurai dans une heure si le roi de Navarre la voit toujours.

— Oh ! dit Catherine, cela me semble impossible, mon cher duc.

— Vous croyez, madame ?

— J'en suis presque certaine.

— Remettez votre capuchon, madame.

— Pourquoi ?

— Afin que la personne que je vais faire entrer ici ne vous voie point.

La reine remit son capuchon, le duc ouvrit la porte et appela :

— Pandrille !

Catherine vit entrer le colosse, qui salua gauchement.

— Conte à ce bon religieux, dit le duc, ce qui s'est passé hier dans la maison de feu le chanoine.

Pandrille ne se le fit point répéter.

Pour de l'argent, le garçon cabaretier faisait tout ce qu'on voulait.

Il narra dans ses plus petits détails l'histoire que nous connaissons déjà.

— Oh ! oh ! murmura la reine, ceci m'étonne singulièrement. Comment étaient ces deux gentilshommes ? demanda-t-elle à Pandrille.

— L'un d'eux a une barbe blonde.

— Ah !

— Et il me semble que l'autre l'a appelé d'un singulier nom.

— Te le rappelles-tu ?

— Noë, je crois.

— Très-bien, dit la reine, et l'autre ?

— Je ne sais pas son nom, mais il a une petite barbe noire.

— Ah ! ah !

— Et il est plus grand que le premier.

Ce vague signalement d'Hector pouvait s'appliquer à Henri.

Pandrille le compléta en disant :

— Tous les deux parlent comme des Gascons.

— C'est lui ! murmura Catherine, persuadée que l'homme à la barbe noire n'était autre que Henri de Bourbon.

— Du reste, dit le duc, je vais aller rôder autour de cette maison. Nous verrons bien s'*il* y vient. Où pourrai-je vous voir, madame ? murmura-t-il tout bas à l'oreille de Catherine.

— Ici. Je vous attendrai.

— C'est bien.

Le duc laissa Catherine installée dans son oratoire, il prit son manteau et fit signe à Pandrille de le suivre.

12.

Tous deux longèrent la petite rue des Remparts et arrivèrent à la porte Montmartre...

— Conduis-moi, dit le duc.

Pandrille fit prendre au noble personnage le chemin qui, passant d'abord au pied de l'abbaye de Montmartre, se dirigeait vers Saint-Denis.

Mais, comme ils arrivaient à la bifurcation de ce chemin et du sentier qui conduisait à la maison habitée par Sarah, le duc, prêtant l'oreille, entendit le galop forcené d'un cheval.

— Oh ! oh ! se dit-il, voilà un homme bien pressé, ce me semble.

Et le duc et Pandrille s'arrêtèrent

Le chemin était bordé d'une haie assez haute.

Comme le galop du cheval devenait plus distinct, le duc et Pandrille se jetèrent derrière cette haie et attendirent.

Le cavalier ne tarda point à arriver à la bifurcation.

Le cheval, qui était lancé à fond de train, voulut passer outre ; le cavalier voulut le jeter dans le sentier ; il y eut une lutte d'une seconde, au bout de laquelle le cheval fut réduit et prit le sentier.

Mais, dans la lutte, un énergique *ventre saint-gris !* était échappé au cavalier, et le duc avait reconnu la voix de Henri.

Caché derrière la haie, il attendit que le cavalier

eût atteint la clôture du jardin qui entourait la petite maison. Puis il dit à Pandrille :

— Tu vas rester là, en observation...

— Oui, messire.

— Jusqu'à ce que ce cavalier sorte.

. — Oui, messire.

— Et tu calculeras à peu près le temps qu'il sera resté dans cette maison.

Pandrille s'inclina.

— Après quoi tu viendras me rejoindre.

— Pandrille était désormais dévoué corps et âme au duc.

Ce dernier s'en retourna tranquillement par où il était venu.

La reine-mère l'attendait avec impatience.

— Vous l'avez vu ? dit-elle.

— Je l'ai entendu, ce qui revient au même, il me semble.

— Vous ne vous êtes pas trompé ?

— Non.

— Et il est chez Sarah ?

— Oui madame.

La reine réfléchit un moment.

— Il y est venu hier, il y revient ce soir... Certainement, il y reviendra demain.

— C'est probable...

— Ah ! si Marguerite sait cela...

Le duc frissonna de joie .

— Elle le saura, j'imagine, dit-il.

Madame Catherine eut, sous son capuchon, un de ces sourires énigmatiques dont seule elle possédait le secret.

— Mon cher duc, dit-elle, nous voici tous deux à une heure critique où il faut frapper juste, si nous frappons...

— C'est mon avis, madame.

— Henri de Navarre, jusqu'à présent, a été protégé par l'amour de sa femme, qui a sur le roi mon fils un empire excessif.

— Je le sais.

Si sa femme l'abandonne, le roi nous le livrera demain.

— Mais, dit le duc avec feu, il me semble que Marguerite ne peut pas aimer le roi de Navarre du jour où elle saura...

— Ah! mon cher duc, dit la reine d'un ton protecteur, vous qui êtes versé dans les choses de la politique, vous ne comprenez rien à celles de l'amour.

— Comment cela !

— Marguerite haïra son époux du jour où elle aura la preuve de sa trahison : mais cette preuve, comment la lui donner ?

— J'irai la voir, dit le duc avec impétuosité.

— Bon! Après ?

— Je lui affirmerai sur ma parole...

— Elle ne vous croira pas. L'amour est aveugle, vous le savez...

— Et si je lui montre Henri aux pieds de Sarah ?

— Voilà le difficile.

— Cependant...

— Écoutez, dit Catherine, tant que ma fille Marguerite aura près d'elle cette fine mouche qu'on nomme Nancy.

— Eh bien ?

— Vous ne parviendrez pas à la voir...

— Oh !

— Et si vous y parvenez, qu'elle consente à vous suivre, que vous la conduisiez dans cette maison où Sarah reçoit Henri de Navarre et que vous lui montriez ce dernier aux genoux de l'argentière, Nancy lui prouvera qu'elle a mal vu.

— Que faut-il donc faire ?

— Il faut *supprimer* Nancy, dit froidement la reine.

Le duc tressaillit :

— Oh! dit-il, on ne peut pourtant pas faire assassiner une femme.

— Hé ! dit la reine-mère en haussant les épaules, qui vous parle de l'assassiner? Êtes-vous fou, mon cher duc ?

— Alors que comptez-vous faire ?

— L'enlever.

— Comment?

— Je m'en charge.

— Où la conduira-t-on ?

— Il faudra que la duchesse votre sœur devienne sa geôlière.

— J'y songeais, dit le duc.

— Tenez dit la reine, il faut la voir cette nuit.

— Je suis prêt à monter à cheval.

— Vous vous chargerez d'avoir une litière et deux hommes masqués.

— Quand ?

— Demain ?

— Où attendra cette litière ?

— Dans la rue des Prêtres-Saint-Germain. Je me charge du reste.

Le duc se leva et appela Gaston de Lux :

— Selle mon cheval, lui dit-il.

Dix minutes après, le duc de Guise quittait la reine-mère et, monté sur Lucifer, le cheval volé par Pandrille, il descendait la rue Montmartre.

On sait ce qu'il advint, comment il rencontra le véritable propriétaire du cheval, et ce qui suivit cette rencontre. Une heure plus tard, le duc arrivait à Meudon et conférait avec la duchesse sur le prochain enlèvement de Nancy et le moyen de renouer avec madame Marguerite.

## L

Vingt-quatre heures après l'entrevue de la reine-mère et du duc de Guise, madame Marguerite était seule en son oratoire avec Nancy.

Nancy était légèrement soucieuse. La reine l'était plus encore.

Depuis plus d'une heure, Nancy allait et venait par l'oratoire comme une âme en peine.

Depuis plus d'une heure madame Marguerite n'avait point desserré les dents, et son beau et large front était plissé comme la mer un jour de tempête.

Enfin Nancy n'y tint plus. L'espiègle camériste éprouvait le besoin de parler et sa langue était en proie à une violente démangeaison.

— La reine ne s'habille donc pas ce soir? dit-elle.

— Non! répondit sèchement Marguerite.

— Cependant, Votre Majesté avait coutume, le soir, d'aller chez le roi.

— Je n'irai pas.

— Votre Majesté est peut-être souffrante?

— Non.

— Ou inquiète?

A cette question plus directe, la reine tressaillit profondément.

— Oui, dit-elle

— Pourquoi ? fit ingénument la camérière.

Marguerite ne répondit à cette seconde question que par une autre :

— Crois-tu que le roi m'aime ? reprit-elle.

-- Hum ! pensa Nancy, voici l'orage arrivé, gare ! si le nuage crève...

Puis tout haut :

— Mais je trouve la question plaisante !

— Hein !

— Votre Majesté sait mieux que moi que le roi l'adore.

— En es-tu sûre ?

— Dame ! cela se voit.

Marguerite ne donna point un démenti à Nancy, mais elle ne parut pas convaincue. Elle alla s'asseoir auprès de la fenêtre ouverte et jeta un mélancolique regard au dehors.

Un nouveau silence régna dans l'oratoire. Nancy continua de ranger divers objets et se dit :

— A présent que le premier mot est lâché, il faudra bien que madame Marguerite aille jusqu'au bout.

Et la fine mouche attendit que la reine lui adressât la parole.

Tout à coup Marguerite se retourna :

— quelle heure le roi de Navarre est-il parti ce soir ? demanda-t-elle brusquement.

— Mais, dame ! répondit Nancy de plus en plus ingénue, je ne sais trop, madame. Après souper... il était nuit.

— Ah !

Nancy prit un air mystérieux.

— Votre Majesté sait bien, dit-elle, que la politique est une maladie qui gagne tous les princes. Le roi de Navarre se mêle de politique.

— Tu crois ?

— Oh ! j'en suis sûre...

Marguerite quitta la fenêtre et alla s'asseoir devant un métier à broder.

Pendant quelques minutes encore elle garda le silence ; puis elle reprit :

— C'est singulier ! le roi s'occupe de politique bien tard.

— Votre Majesté veut dire *bien tôt !* le roi est si jeune...

— Oh ! je veux dire, fit Marguerite, qu'il rentre fort tard... dans la nuit...

— Cela ne prouve rien. Il est des affaires qui ne peuvent se traiter en plein jour.

— Sais-tu qu'il était trois heures du matin quand il est revenu ?

— Bah ! si tard !...

— Et puis...

Marguerite hésita.

— Eh ! mais, dit Nancy en riant, on dirait que Votre Majesté est jalouse.

— Ah ! c'est que , répondit la reine, j'ai mes raisons pour cela.

— C'est différent.

— Le roi est froid, mélancolique, indifférent, depuis trois jours.

— La politique l'absorbe...

— Et, ajouta Marguerite, qui se décida tout à coup à faire ses confidences à Nancy, je n'aime point qu'il mêle des femmes dans ses intrigues politiques.

— Des femmes ! exclama Nancy, qui feignit une vive indignation.

— Lesquelles lui prêtent des mouchoirs brodés.

Et la reine, qui serrait depuis quelque temps un mouchoir brodé dans sa main crispée, le jeta au nez de Nancy.

Nancy ramassa gravement le mouchoir, le tourna et le retourna en tous sens, et finit par laisser bruire un éclat de rire moqueur entre ses lèvres roses.

— Tu ris ? fit la reine indignée.

— Ah ! c'est juste, murmura Nancy, j'ai tort... Si Votre Majesté savait la vérité...

— La vérité !

— Elle me chasserait peut-être.

— Te chasser !

— Dame ! j'ai eu tort... J'en conviens...

— Toi ?

— C'est moi qui ai prêté ce mouchoir au roi de Navarre... Et peut-être que... Votre Majesté...

Marguerite écoutait stupéfaite.

Nancy avait pris un air confus, elle baissait les yeux... elle était dans l'attitude d'un grand coupable.

— Car enfin, acheva-t-elle, si Votre Majesté allait me croire indigne de ses bontés... moi qui voudrais donner tout mon sang pour elle.

Marguerite croyait avoir mal entendu.

— Mais explique-toi donc! s'écria-t-elle. Ce mouchoir est à toi ?

— Oui, madame.

— Et c'est toi qui l'as donné au roi...

— Oh! non, dit Nancy. Je l'ai prêté, madame : je suis une pauvre fille qui ne peut faire de tels cadeaux. Ce mouchoir est de fine batiste. C'est un mouchoir de famille. Je le tiens de mon aïeule...

— Comment? tu l'as prêté au roi?

— Oui, madame.

— Mais... quand? pourquoi?...

Nancy retrouva son air confus :

— Ah! murmura-t-elle en baissant les yeux de plus belle, j'ai eu tort... mais je suis jeune, j'aime à rire...

— Explique-toi donc! répéta Marguerite avec impatience.

— Votre Majesté me chassera.

— Tu es folle!

— Ah! si j'étais sûre qu'elle me pardonnât!

— Je te pardonne.

— D'avance?

— Oui.

— Ma foi! tan pis! murmura Nancy; quand on a seize ans, on aime à s'amuser un peu... Je vais tout narrer à Votre Majesté.

— Parle!

— Eh bien! hier au soir, le roi de Navarre m'a rencontrée dans le petit escalier qui conduit à la poterne du bord de l'eau.

— Quand il est parti?

— Oui, madame. Il faisait nuit... c'est vous dire que l'escalier, qui est dans le jour assez sombre déjà, était tout à fait noir.

Nancy s'interrompit pour se remettre à rire.

— Mais parle donc! fit la reine.

— Le roi descendait, reprit Nancy, moi je montais...

— D'où venais-tu?

— Je m'était promenée au bord de l'eau.

— Avec qui?

— Avec Raoul.

— Bon! après?

— Le roi descendait sans faire de bruit. Moi je

faisais un tapage de tous les diables avec ma robe dont les frou-frou sont bruyants...

« — Qui donc va là? » a demandé le roi tout bas. Je n'ai pas reconnu sa voix et je l'ai pris pour M. de Pibrac, qui gasconne passablement, lui aussi.

— Et puis? fit Marguerite.

Nancy poursuivit :

— Alors, au lieu de répondre, j'ai jeté mes deux bras autour du cou du roi que je prenais toujours pour M. de Pibrac, et déguisant ma voix, je lui ai dit à l'oreille :

« Je suis une femme de la cour qui vous aime follement et n'a jamais osé vous l'avouer. »

Marguerite, à ce récit empreint de l'espièglerie ordinaire de Nancy, ne put s'empêcher de sourire.

— Comment dit-elle, tu as fait cela?

— Oui, madame.

— Et qu'a dit le roi?

— Ah! madame quand j'y songe, j'en ai la chair de poule.

— En vérité!

— Le roi s'est écrié, en partant d'un éclat de rire :

« — Vraiment! vous m'aimez, belle inconnue? »

Cette fois j'ai reconnu sa voix, et la peur m'a prise : je n'ai pas répondu.

« — Ah! vous m'aimez, ma mie! a repris le roi.

Eh bien, dites-moi votre nom, que je l'aille répéter à madame Marguerite. »

J'ai voulu m'esquiver, mais il m'a prise par le bras. Je me suis débattue, et mon mouchoir lui est resté dans les mains.

Nancy baissa les yeux pour la troisième fois.

— Ah ! dit-elle, je sais que c'est bien mal... car enfin je me suis permis d'embrasser le roi. Mais...

— Tu est belle fille ! interrompit Marguerite qui riait à se tordre. Ah ! ma pauvre Nancy, ajouta-t-elle, figure-toi que j'ai trouvé ce matin ce mouchoir sous l'oreiller de mon cher Henri, et depuis ce matin je suis folle !

— Si Votre Majesté m'avait plus tôt confié son inquiétude, tout serait expliqué.

— Mais mon tourment est passé, va !

— Ah ! madame, dit Nancy, je suis bien certaine, moi, que le roi vous adore.

— Mais où peut-il être allé ?

— Chut ! c'est de la politique...

Et Nancy prit un air câlin :

— Est-ce que Votre Majesté ne me permettra point, dit-elle, d'aller prendre un peu l'air...

— Plaît-il ?

— Au bord de l'eau...

— Où t'attend Raoul ?

— Ce pauvre garçon, dit Nancy, je lui ai promis

de l'épouser sitôt qu'il aurait vingt ans... et il a encore six mois à attendre. Il faut bien lui faire prendre patience.

— Va! dit la reine souriant.

— Ah! Votre Majesté est trop bonne....

Et Nancy s'esquiva en murmurant un *ouf* qui avait une éloquence sans pareille.

.   .   .   .   .   .   .   .   .   .   .   .   .   .   .   .

Nancy ne descendit pas au bord de l'eau où Raoul ne l'attendait point, mais elle courut vers les antichambres du roi Charles IX où le page était de service.

— Viens vite! lui dit-elle, viens! j'ai besoin de toi...

Raoul confia le poste qu'il occupait à un autre page et suivit Nancy avec cette docilité particulière aux amoureux.

La camérière le suivit dans sa chambre et s'y enferma avec lui à double tour.

— Ah! mon pauvre ami, dit-elle, je t'assure que je viens d'éviter un joli coup de tonnerre.

— Que dites-vous? fit Raoul étonné.

— Eh bien! la reine était jalouse. Tu sais ce que je t'ai conté hier...

— Oui, la conversation que vous avez surprise à travers la serrure entre Noë et le roi de Navarre?

— Précisément.

— Le roi a revu Sarah ?

— C'est-à-dire, fit Nancy, que c'est une horreur.
Il est resté chez elle jusqu'à trois heures du matin.

— Et la reine...

La reine a trouvé un mouchoir que Sarah a donné
à son royal adorateur.

— Ah! diable!

— Heureusement le mouchoir, tout brodé qu'il
était, ne portait aucune couronne, aucun écusson,
pas même une initiale.

— Eh bien?

— Je l'ai pris sur mon compte.

— Comment cela?

— J'ai dit qu'il était à moi.

— La reine l'a cru?

— Oui, grâce à une petite histoire que j'ai imagi-
née...

— Bravo!

— Et que je vais te narrer. Ecoute bien... car il
faut que tu te rappelles bien textuellement.

— Oh! soyez tranquille, chère Nancy, dit Raoul.
J'ai bonne mémoire.

Nancy raconta alors à Raoul cette fabuleuse histoire qu'elle avait narrée à madame Marguerite.

— Bon! dit Raoul... Maintenant, ma petite Nancy,
que dois-je faire?

— Tu vas descendre au bord de l'eau.

— Bien.

— Le roi rentrera je ne sais à quelle heure, mais il rentrera...

— C'est probable.

— Il rentrera par la poterne du bord de l'eau.

— Vous croyez?

— C'est son habitude.

— Que lui dirai-je?

— Tu lui conteras ce qui est advenu et tu lui répéteras mot pour mot la fable du mouchoir.

— Soyez tranquille.

— Tu lui recommanderas même de prendre les devants et de narrer cette histoire avant que madame Marguerite l'interroge.

Raoul inclina la tête.

Nancy reprit :

— Moi je ferai bonne garde auprès de madame Marguerite.

— Ah çà! dit Raoul, voici l'orage détourné pour aujourd'hui ; mais... demain ?...

— Oh! demain, c'est une autre affaire.

— Vous en convenez?

— D'abord il n'y aura pas de lendemain.

— Je ne comprends pas...

— Je verrai le roi de Navarre ce soir... seul à seul, et je te réponds bien qu'il me jurera de ne pas retourner chez Sarah.

— Qui sait? fît Raoul.

— Bah! répondit Nancy, je ne suis pas trop maladroite, conviens-en!

— C'est vrai.

— Quant à M. de Noë, poursuivit Nancy, comme c'est lui qui a déniché l'argentière et qu'il en a parlé au roi qui n'y pensait plus, je me charge de lui donner une rude leçon.

Nancy accompagna ces paroles résolues d'un petit air mutin qui lui seyait à ravir.

— Ah! Nancy... chère Nancy! murmura Raoul, vous êtes une femme comme il n'y en a pas!...

— Niais? dit-elle en lui passant sa jolie main sous le menton. Va, mon mignon!... ou plutôt viens, car j'ai demandé à madame Marguerite une heure de liberté pour causer avec toi, et j'ai dit que tu m'attendais au bord de l'eau.

Nancy prit Raoul par la main, le fît descendre par le petit escalier que nous connaissons, et tous deux s'allèrent promener au dehors devant la poterne, prenant bien garde que le roi ne rentrât au Louvre tandis qu'ils causaient.

Au bout d'une heure, Nancy quitta Raoul et de nouveau elle s'engouffra dans l'escalier ténébreux, pour remonter auprès de madame Marguerite.

Mais elle avait à peine gravi une dizaine de marches que deux bras vigoureux l'enlacèrent...

En même temps une main invisible lui appliqua un masque de poix sur le visage pour l'empêcher de jeter un seul cri...

Nancy fut terrassée, garrottée, emportée, sans que la sentinelle qui veillait en bas eût rien entendu.

## LI

Nancy avait été saisie et enlacée si rapidement, on lui avait appliqué le masque de poix sur le visage avec tant de promptitude, que non-seulement elle n'avait pu se dégager, mais qu'il lui avait été impossible de jeter un cri.

L'obscurité était profonde dans l'escalier, et il était impossible à Nancy de deviner à quels agresseurs elle avait affaire. Aucune parole n'avait été prononcée et les bras qui l'étreignaient étaient vigoureux.

Cependant Nancy comprit qu'elle n'était point attaquée par une seule personne.

On lui jeta sur la tête, en outre du masque de poix, une sorte de capuchon qui lui descendit jusque sur le cou. Puis un de ses mystérieux ravisseurs la chargea sur son épaule.

Nancy se sentit emportée sans qu'il lui fût possible de savoir où. Le capuchon et le masque l'aveuglaient.

Celui qui la portait chemina environ cinq minutes,

après avoir redescendu l'escalier ; puis il déposa la
jeune fille dans une litière et s'assit auprès d'elle.
Nancy essayait vainement de se débattre. Tout à
coup, et comme la litière se mettait en route, celui
de ses ravisseurs qui était à côté d'elle se pencha et
d'une voix qui lui était inconnue il dit à la camérière :

— Si vous voulez être débarrassée de ce masque
qui vous étouffe, on vous en débarrassera. Mais si
vous avez le malheur de crier, on vous tuera, ma
petite. Promettez d'un signe de tête, et ce sera fait.

Nancy inclina la tête de bas en haut.

Alors l'inconnu passa ses deux mains sous le capuchon et enleva le masque de poix.

Nancy avait les bras lié derrière le dos.

Le masque enlevé, elle pouvait parler, mais elle
n'y voyait pas davantage, car le capuchon descendait plus bas que son menton.

Nancy était une fille prudente et qui connaissait
à merveille les mœurs de son temps.

Elle comprit que, si, en effet, elle appelait à son
aide, on lui enfoncerait un stylet dans la poitrine
avant que personne fût venu à son secours.

Aussi dit-elle tranquillement :

— Je ne crierai pas, mais dis-moi où vous me
conduisez.

— Impossible ! lui répondit-on.

Nancy était courageuse, elle ne se désola point, mais elle rassembla tous ses souvenirs pour deviner qui pouvait lui jouer un pareil tour.

Nancy ne se connaissait pas d'ennemis personnels ; mais elle savait qu'on disait, au Louvre, qu'elle était le meilleur conseil de madame Marguerite.

Aussi, loin de chercher à qui elle pouvait avoir nui, elle songea sur-le-champ que, si on l'enlevait, c'est qu'on la voulait empêcher d'être utile à la reine de Navarre.

Nancy était trop sagace pour errer longtemps à côté de la vérité. Elle se remémora la conversation de Lahire et de Noë, et ce que le premier avait dit au second touchant les projets de la duchesse de Montpensier.

On se souvient que Lahire avait surpris, à travers une porte ou un trou de serrure, ces paroles de la duchesse à M. d'Arnembourg :

« Il faut que le duc mon frère revoie Marguerite et qu'on retrouve Sarah l'argentière. »

— Bon ! se dit Nancy, c'est le duc qui me fait enlever. Allons ! c'est, au demeurant, un galant homme, et je n'ai rien a craindre pour ma vie. On me gardera prisonnière, mais je serai bien traitée.

Elle fit toutes ces réflexions en quelques minutes, puis elle dit à son ravisseur :

— Mon cher monsieur, je ne sais pas où vous me

conduisez et je n'insiste point pour le savoir. Seulement, si vous voulez réfléchir que je suis une pauvre femme sans défense, vous verrez qu'on me traite avec la dernière brutalité.

L'inconnu répondit :

— J'ai des ordres.

— Ne vous serait-il point possible de me délier les mains ? la corde qui les attache me fait un mal horrible !

— Soit, dit le ravisseur, mais à la condition que vous ne chercherez point à vous échapper.

— Je vous le jure.

— D'ailleurs, s'il en était autrement, ma petite, répondit l'inconnu, vous exposeriez votre vie.

— Comment ! vous avez ordre de me tuer ?

— Non, si vous ne cherchez point à nous résister.

— Je vous promets d'être raisonnable.

Le ravisseur délia les mains de Nancy.

— Et, continua celle-ci, allez-vous me laisser ce vilain capuchon sur la figure ?

— Hélas ! il le faut.

— Pourquoi ?

— Parce que vous ne devez pas voir où l'on vous conduit.

— Ah ! soupira Nancy, ce capuchon m'étouffe !

— Rassurez-vous, votre supplice ne sera pas long.

— Vraiment ?

— En moins d'une heure nous serons arrivés au lieu où l'on vous mène.

— Ah! tant mieux!...

Et Nancy résignée se rejeta au fond de sa litière.

La litière était emportée au grand trot de deux mules dont le cou était garni de clochettes.

La camérière se prit à méditer et se dit :

— M. le duc de Guise a sans doute calculé qu'il pourrait arriver sans encombre jusqu'à madame Marguerite, s'il me faisait enlever. Mais il a compté sans mon petit Raoul, qui, en prévenant le roi de Navarre de ce qui m'est advenu ce soir, le mettra sur ses gardes.

Ainsi que l'inconnu qui accompagnait Nancy prisonnière le lui avait annoncé, la litière s'arrêta au bout d'une heure.

— Nous voici arrivés, lui dit son ravisseur.

Il descendit le premier et prit la main de la jeune fille.

— Appuyez-vous sur moi, lui dit-il, et laissez-vous conduire.

Nancy était d'une docilité parfaite ; elle savait que la soumission est le rôle obligé de tout prisonnier qui a l'espoir de s'évader.

Elle se laissa donc conduire sans résistance aucune.

— Vous avez cinq marches à monter, lui dit son guide.

Nancy monta les cinq marches et sentit sous ses pieds un sol dallé, en même temps qu'une atmosphère plus fraîche l'entourait.

On lui fit faire quelques pas, puis elle entendit ouvrir une porte.

Ensuite au sol dallé succéda sous son pied un tapis épais qui assourdit le bruit de ses pas.

Alors le ravisseur lui ôta son capuchon.

Nancy jeta autour d'elle le regard avide de ceux qui ont été momentanément privés de la vue.

Elle était dans une sorte d'oratoire coquettement décoré.

— Bon ! se dit-elle, je sais où je suis. La description que M. Lahire a fait de l'oratoire de madame de Montpensier à Noë est exactement celle du lieu où je me trouve. Voyons ce qu'on va faire de moi ?

Elle se retourna et regarda son mystérieux conducteur.

Celui-ci était un homme de haute taille, revêtu d'une robe de génovéfain, et la figure couverte d'un masque noir qui lui descendait jusqu'au menton.

— Voilà des gens de précaution, pensa la camérière.

L'homme masqué frappa à une porte qui s'ouvrit presque aussitôt.

Un jeune homme vêtu d'un costume de page et pareillement masqué entra alors et salua Nancy.

Nancy lui fit une belle révérence.

Puis l'homme masqué, supposant sans doute que Nancy ne conprenait point l'allemand, s'adressa au page dans cette langue :

— Où est madame ? demanda-t-il.

— Elle va monter dans la litière.

— Ah ! fit l'homme masqué.

— Et retourner à Paris...

— En sorte que nous resterons seuls ici !

— C'est-à-dire que je resterai seul, dit le page, car vous allez retourner avec elle.

— En es-tu sûr ?

— Très-sûr.

— Tu sais que tu réponds de la petite ?

— Oh ! soyez tranquille...

Alors l'homme masqué s'approcha de Nancy impassible et qui ne paraissait pas avoir entendu un mot.

— Vous savez, ma petite, lui dit-il, que si vous tentiez de vous évader, il pourrait vous arriver malheur...

— Je n'y songe pas, monsieur.

— Je vois que vous êtes raisonnable.

Cependant j'aimerais assez savoir, reprit Nancy, pour combien de temps je suis ici.

— Pour quelques jours.

— Et... après ?

— On vous reconduira au Louvre.

Nancy fit une deuxième révérence.

— Bien obligée du renseignement, monsieur, dit-elle.

L'homme masqué s'en alla. Alors Nancy regarda le page.

Le page était masqué. Mais le masque était étroit, transparent, pour ainsi dire ; il ne cachait ni le front qui était large, blanc, uni, avec une belle veine bleue au coin des tempes, ni le menton qui était creusé d'une jolie fossette.

A travers les trous on voyait les yeux, deux yeux vifs, pétulants, amoureux sans doute, car ils s'arrêtaient sur la camérière avec une complaisance sans égale.

Nancy n'avait pas précisément la candeur d'une jeune fille des champs ; elle avait vécu au Louvre, elle savait ce que parler veux dire, et quand elle regardait un cavalier, elle faisait sur lui telle ou telle réflexion qui dénotait de l'expérience. Or, Nancy regarda le page, et quand elle l'eut regardé, elle se dit :

— Il est fort joli garçon, ma foi ! Et si je n'aimais pas Raoul, j'aurais sûrement du penchant pour lui.

Cette réflexion faite, Nancy eut une fort belle idée.

Quand Nancy avait une idée, elle la tournait, la

retournait sous toutes les faces, la pesait, l'examinait. Puis l'idée adoptée, elle se disait : « En
avant ! »

Or, il paraît que l'idée qu'eut Nancy lui parut
bonne, car elle se mit à l'œuvre sur-le-champ.

Le page Amaury ( car c'était lui ) s'était assis dans
un coin de l'oratoire et, de cet endroit, il regardait
Nancy avec une naïve admiration.

Amaury avait seize ans, l'âge où l'amour est un
rêve, où le cœur bat sans qu'on sache pourquoi.
Amaury contemplait Nancy; il la trouvait belle et
se disait :

— Est-il possible, en vérité, qu'on lui ait lié les
mains, placé un masque de poix sur le visage et un
capuchon sur la tête ? Ah ! si on m'avait chargé de
l'enlever !...

Et l'enfant soupirait.

Nancy s'était laissé tomber sur l'ottomane qui se
trouvait entre les deux croisées du boudoir. Là, elle
avait pris une attitude pleine de tristesse, jetant autour d'elle un coup d'œil désolé. Le page, non moins
silencieux, la contemplait avec cet œil mélancolique
dont la vingtième année emporte le secret.

Comme le page se contentait de la regarder,
Nancy soupira.

Le soupir de Nancy fit tressaillir le page. Nancy
remarqua qu'il avait fait un mouvement, et elle

soupira de nouveau. Cette fois, Amaury fut ému ; il se leva et s'approcha d'elle :

— Mon Dieu ! mademoiselle, dit-il, vous paraissez avoir un profond chagrin.

Nancy ne répondit pas, mais elle plaça ses deux mains sur ses joues, et le page crut voir jaillir une larme à travers ses jolis doigts roses.

— Hélas ! reprit le page, voici la première fois qu'il me répugne d'obéir aux ordres que je reçois.

Nancy releva la tête et arrêta sur le page son regard le plus fascinateur :

— Merci de cette bonne parole, monsieur, dit-elle.

Puis elle parut retomber en sa mélancolie profonde.

Le page avait commencé à parler. Il ne se tint point pour battu, et il reprit :

— On m'a commandé de vous garder, et je vous garde, mademoiselle ; mais je fais, croyez-le, des vœux ardents pour que vous soyez bientôt rendue à la liberté.

Nancy haussa les épaules d'un air résigné :

— Oh ! dit-elle, vivre ici ou au Louvre, c'est pour moi la même chose.

Ces mots intriguèrent le page.

— Tenez, dit Nancy, j'ai horreur de tous ces grands seigneurs, de toutes ces femmes de qualité

parmi lesquels je vis... Je serais si heureuse si mon
rêve pouvait se réaliser !

— Votre rêve ?...

— Ah! pardon, monsieur, j'ai perdu un moment
l'esprit. Je ne vous connais pas, vous êtes mon geôlier, et cependant je vous parlais comme à un ami.

— Mademoiselle...

— Que voulez-vous ? continua Nancy, il est des
moments où l'on a tant besoin de s'épancher...

— Ah! mademoiselle, murmura le page qui donna
dans le piége, pourquoi ne me parleriez-vous point
comme à un ami ?... Si vous saviez... cependant...

L'enfant se prit à rougir.

— Quel âge avez-vous ?

— Seize ans.

— A votre âge, les hommes ne sont pas encore
méchants.

Et elle le regarda plus tendrement encore :

— Vous avez l'air bon dit-elle.

— Mademoiselle...

— Et je vais vous parler comme si vous étiez mon
frère...

Le page s'approcha de Nancy et vint s'asseoir auprès d'elle.

Nancy lui prit la main :

— Tenez, voyez-vous, dit-elle, j'avais rêvé une
bonne petite vie bien paisible, une vie à deux en

quelque coin du monde, loin de Paris, loin du Louvre... J'aurais voulu rencontrer un homme qui m'aimât...

Le page frissonna :

— Comment ! dit-il, personne ne vous aime ?...

— Personne, soupira Nancy d'un air désolé.

— Et vous n'aimez personne ?...

— Hélas ! dit-elle, je n'ai point encore rencontré celui que je rêve.

Le page eut un éblouissement. L'œil humide de Nancy était fixé sur lui, et cet œil avait des rayonnements magnétiques. Nancy avait arrondi un de ses bras sur un des coussins de l'ottomane ; sa main blanche et rose jouait avec un gland qui pendait à ce coussin.

Le page osa prendre cette main, que Nancy ne retira point. Puis il la porta à ses lèvres.

— Que voulez-vous ? lui dit-elle vivement.

— Ah ! murmura le page, pardonnez-moi, mais il vient de se passer en moi quelque chose d'étrange.

— Vraiment ?

Et Nancy eut un regard de plus en plus fascinateur.

— Il m'a semblé, murmura le jeune homme, que, si vous le vouliez, je vous aimerais ardemment.

Nancy étouffa un cri.

— Vous ! dit-elle.

— Moi...

Et le page frémissant se mit à genoux devant elle.

— Allons ! pensa Nancy, je le tiens !...

## LII

Nancy se plut un moment à voir le page à ses genoux.

Puis elle lui retira brusquement ses mains, le repoussa et lui dit :

— Mon cher page inconnu, je suis fort touchée de votre amour, mais...

Elle eut un sourire railleur et mutin qui produisit sur le page l'effet d'un seau d'eau glacée sur la tête d'un homme en colère.

— Mais, acheva-t-elle, je suis prudente, et j'aime à voir ce que j'achète.

Le page se releva tout confus.

— Avant de répondre à vos protestations d'amour, murmura Nancy, j'aimerais assez voir votre visage.

Ces mots, si simples en apparence, bouleversèrent Amaury.

— Car, enfin, acheva l'espiègle soubrette, en passant une de ses belles mains dans la chevelure du page qui venait de se remettre à genoux, vous êtes fort bien de tournure, je n'en disconviens pas ; vous avez de jolis cheveux châtin clair, vous paraissez avoir de beaux yeux, et votre voix est charmante, mais vous pouvez être... laid !

— Ah ! fit le page, outré de cette supposition malveillante.

— Hé ! mon Dieu ! qui sait ?

Et Nancy décocha au page naïf une œillade assassine.

— Ensuite, et même en admettant, poursuivit-elle, que vous soyez le plus accompli des cavaliers, c'est pour moi une question d'amour-propre.

— Ah ! fi ! dit le page.

— O mon Dieu ! reprit Nancy, je suis une fille sans expérience, mais je n'en ai pas moins ouï conter bien des choses...

Le page s'était remis à genoux, et il baisait avec enthousiasme les mains que Nancy lui abandonnait sans trop se fâcher.

— Vraiment ? dit-il.

— Mais oui.

— Eh ! mon Dieu ! qu'a-t-on pu vous conter, mademoiselle ?

— L'histoire de plus d'une pauvre fille comme moi qui s'est laissé séduire par un page beau parleur...

— Oh ! je ne suis pas de ceux-là, moi !

— Qui m'en répond ?

— Et si j'ai osé vous dire que je vous aime, poursuivit Amaury, c'est que la chose est bien vraie.

— Bah !

— Je vous aime, et je sens que je vous aimerai toujours !...

— Tarare ! dit Nancy, vous ne me connaissiez point il y a une heure.

— C'est vrai, mais. .

— Et il me paraît difficile...

— Oh ! fit le page, croyez-moi ! j'ai éprouvé une sensation bizarre, étrange, inexplicable, en vous voyant.

— Juste ciel !

— Et j'ai compris que, désormais, je vous appartenais corps et âme...

— En vérité !

— Que je serais votre esclave...

Nancy interrompit les protestations du page par un éclat de rire.

— Raison de plus, dit-elle, pour que je voie votre visage.

Le page pâlit sous son masque.

— Mais, dit-il, si je fais cela, je manquerai à tous mes devoirs.

— Comment cela ?

— Il m'est défendu de me laisser voir.

— La raison ?

— Parce que vous ne devez pas me reconnaître quand vous me rencontrerez.

— Ah ! Ah !

— Afin que vous ne sachiez pas où l'on vous a conduite.

Cette fois le rire de Nancy devint homérique.

— Ah ! page, mon bel ami, dit-elle, que vous êtes vraiment amusant ! vous me parlez d'amour, vous m'aimez, vous devez m'aimer toujours...

— Ah ! je le sens !

— Et vous convenez que, si, plus tard, nous nous rencontrons, je ne dois pas pouvoir vous reconnaître. Ah ! ah ! ah !

Nancy continua à rire de plus belle, et le page tout décontenancé garda un moment le silence.

— Mais alors, mon bon ami, reprit Nancy, il est parfaitement inutile que vous me parliez de votre amour...

— Cependant, mademoiselle...

— Et je vous engage à reprendre tout simplement votre métier de geôlier : car n'êtes-vous pas mon geôlier ?

— C'est-à-dire que je suis chargé de vous garder ici.

— Jusques à quand ?

— Je l'ignore.

— Et il vous est enjoint de demeurer masqué, sans doute ?

— Hélas !

— Ce qui fait que vous m'offrez votre cœur. C'est commode... et pour vous... et pour moi...

Nancy riait toujours.

Le page se mit à ses genoux, baisa de nouveau ses mains et lui dit d'une voix émue :

— Je ferai ce que vous voudrez.

— Non! répondit Nancy, laissez-moi... ne me parlez pas d'amour... Je veux tout ou rien... je veux que l'homme qui m'aimera n'aime que moi, n'obéisse qu'à moi...

— Je serai cet homme.

— Tarare! vous ne voulez pas vous démasquer...

Amaury, complétement fasciné, oublia tous ses devoirs et arracha son masque. Alors Nancy put voir un charmant visage d'adolescent, blanc et rose, un visage un peu féminin, mais plein de mystérieuses séductions.

— Oh! oh! pensa Nancy, il est gentil. Songeons à Raoul... C'est bien nécessaire en ce moment.

Et elle parut regarder Amaury avec une naïve admiration. Puis elle soupira.

Amaury jeta un cri de joie :

— Parlez, dit-il, ordonnez... Je vous aime...

Nancy prit la tête du page dans ses mains et lui posa un baiser sur le front.

Ce baiser brûla l'enfant comme un fer rouge et lui mit du salpêtre dans les veines.

Ensuite elle l'attira doucement auprès d'elle, sur l'ottomane où elle était assise, et lui dit :

— Vous êtes un gentil garçon ; votre nom ?

Le page n'avait plus assez de raison pour taire son nom.

— Amaury, dit-il.

— C'est un joli nom.

— Vous trouvez ?

— Eh bien ! mon petit Amaury, dit Nancy, causons raison, s'il vous plaît.

— Raison ! oh ! le vilain mot !...

— Soit ! mais causons.

— Hé ! fit le page avec un naïf abandon, que voulez-vous donc que je vous puisse dire, si ce n'est que je vous aime ?...

— Je vous défends de me le répéter.

— Oh !

— Avant de m'avoir entendue... C'est moi qui vais vous parler raison. Vous avez seize ans. J'en ai tout à l'heure dix-huit : donc je suis votre aînée, donc vous me devez l'obéissance.

— Oh ! de grand cœur !...

Amaury porta les mains de Nancy à ses lèvres, ajoutant :

— Parlez, je vous écoute... Ce que vous ordonnerez, je le ferai.

— Mon mignon, dit alors Nancy, il en est de l'a-

mour comme de la fortune, il frappe une seule fois
à votre porte, et si on ne lui ouvre pas, il ne revient
plus. Or, je m'étais fait un serment depuis longtemps...

— Et... ce serment ?

— C'était d'ouvrir ma porte à l'amour s'il se présentait. Si vous m'aimez, je vous aimerai.

— Oh ! je vous aime déjà de toutes les forces de
mon âme.

— Très-bien, dit Nancy, mais si je vous mettais à
l'épreuve ?

— Ordonnez...

— Si je vous disais : J'ai horreur du Louvre, horreur des intrigues de cour... Je voudrais fuir avec
vous... aller ensevelir notre amour dans une solitude ignorée ?...

— J'accepterais avec enthousiasme.

— Vrai ?

— Sur mon honneur !

— Et si je vous disais encore : La nuit n'est point
avancée. Nous avons quatre heures avant que le
jour paraisse...

— Fuyons sur-le-champ ! dit le page enivré...

— Ta ! ta ! ta ! fit la prudente Nancy, réfléchissons
un peu d'abord.

— A quoi bon !

15.

— Si, écoutez-moi. De quel pays êtes-vous, mon mignon ?

— Je suis Lorrain.

— Est-ce joli, la Lorraine ?

— Oh ! le vieux manoir de mon père est caché dans les bois, aux bords de la Meurthe.

— Votre père a un manoir ?

— Oui, certes.

— Est-il riche ?

— C'est un pauvre gentilhomme, mais il a de quoi vivre.

— Et si vous me conduisiez chez lui, me recevrait-il ?

— Oui, dit l'enfant, quand il saura que je vous aime.

— Et que je suis votre femme, mon mignon, ajouta Nancy, car vous m'épouserez, j'imagine.

— Certainement.

— Eh bien ! nous irons chez votre père. Mais...

Chacun des *mais* de Nancy faisait frissonner le page. Il craignait toujours qu'elle ne se rétractât.

— Mais, reprit la fine mouche, comment fuir d'ici ?

— C'est facile...

— Et ce vilain homme qui était là tout à l'heure ?

— Il est parti.

— Mais il y a d'autres personnes dans cette maison ?

— Non, je suis seul avec vous.

— Eh! partons, dit Nancy, partons sur-le-chnmp.

— J'ai un cheval, dit Amaury, je vous prendrai en croupe.

— A merveille!

— Venez, je vais lui donner une poignée d'avoine et le seller.

Et le page prit Nancy par la main, s'arma d'un flambeau et entraîna la jeune fille hors de l'oratoire de madame de Montpensier.

Nancy n'avait pas encore un plan bien arrêté, mais l'essentiel pour elle était de quitter la maisonnette du bois de Meudon. Après, elle verrait.

Le page la conduisit à l'écurie, posa son flambeau sur le râtelier et se mit en devoir de harnacher le cheval.

Tout en le sellant et le bridant, le jeune fou, ivre d'enthousiasme, entretenait Nancy de mille projets d'avenir.

Ils devaient se marier dans le premier village où ils rencontreraient un prêtre, s'en aller directement au manoir du père d'Amaury, etc., etc.

Nancy écoutait, mais elle ne perdait de vue aucun des mouvements d'Amaury.

— Et votre manteau? lui dit-elle.

— Ah! c'est juste, dit le page, j'allais l'oublier.

— Où est-il?

— Je vais le prendre.

— Ah ! dit Nancy, si vous pouviez en trouver un pour moi... la nuit est fraîche... je frissonne !...

— Je vous envelopperai dans le mien, répondit le page.

Puis il passa la main dans les fontes de sa selle.

— Que faites-vous ? demanda la jeune fille.

— Je vois si mes pistolets y sont.

— Ah ! c'est une précaution ; avec toutes les querelles de religion, les routes ne sont pas sûres.

Amaury prit ses pistolets l'un après l'autre, en visita les pierres, le bassinet, fit jouer le rouet, et dit en souriant :

— Voilà toujours de quoi tuer deux huguenots...

Et il dit à Nancy :

— Venez, nous allons chercher mon manteau.

— Je vous attends ici... allez !

Amaury était trop épris pour avoir la moindre défiance. Il prit Nancy dans ses bras, la pressa sur son cœur, et elle ne se défendit pas. Puis il rentra en courant dans la maison, emportant le flambeau et laissant Nancy dans l'obscurité.

Nancy se tint un moment sur le seuil de l'écurie, regardant les étoiles qui brillaient dans un ciel sans lune.

Puis, tout à coup, elle prit son parti, rentra à tâ-

tons dans l'écurie, chercha le cheval, mit les mains
sur les fontes et s'empara des pistolets.

Cinq minutes après, Amaury revint. Le page avait
trouvé un manteau appartenant à madame de Montpensier. Il l'apporta à Nancy.

— Tenez, lui dit-il, voici pour vous, ma bien-aimée.

— Bon! dit Nancy qui s'était appuyée contre la
muraille et dissimulait les pistolets; roulez-le et le
placez à l'arçon de la selle.

Alors, tandis que le page se livrait à cette opéra-
ration, Nancy se mit à rire aux éclats.

— Qu'avez-vous? dit Amaury qui se retourna
stupéfait.

Nancy fit deux pas en arrière, éleva un de ses
pistolets à la hauteur du front du page et lui dit :

— Mon mignon, si vous bougez, si vous faites un
pas vers moi, sur le salut de mon âme vous êtes
mort!...

L'œil de Nancy n'était plus rempli d'effluves magnétiques, il n'avait plus ce regard mélancolique et
langoureux qui avait fait sur le cœur d'Amaury une
si vive impression. Bien au contraire, il brillait
d'une résolution froide et hautaine. Et le malheureux page, se dégrisant tout à coup, comprit qu'il
avait été joué et qu'il était à la merci de la rusée camérière!

. . . . . . . . . . . . . . .

## LIII

La stupéfaction du page Amaury n'est traduisible en aucune langue. Il regardait Nancy et ne pouvait en croire ses yeux. Nancy, le pistolet au poing, était froide et résolue.

— Mon mignon, lui dit-elle, l'heure des jolis mots, des serments d'amour et des phrases charmantes est passée...

Amaury, pétrifié, regardait et ne comprenait pas.

Il voulut faire un pas vers Nancy, mais la camérière s'écria :

— Si vous avancez, je vous tue !

Amaury s'arrêta.

Nancy poursuivit avec calme :

— Mon mignon, il faut nous expliquer, vous et moi.

— Que voulez-vous dire? balbutia le page Amaury.

Nancy retrouva sa voix moqueuse.

— Mon cher mignon, dit-elle, je m'appelle Nancy.

— Je le sais, dit le page tout confus de cette aventure inattendue.

— Je suis la première camérière de Sa Majesté la reine de Navarre.

— On me l'a dit.

— Or, ce soir, il y a environ deux heures, on m'a enlevée, garrottée, et il m'a été impossible de jeter un cri, puis on m'a emportée...

Amaury regardait Nancy et ne savait pourquoi elle lui rappelait tout cela.

Nancy poursuivit :

— On m'a enlevée, puis on m'a conduite ici... puis... on ma confiée à votre garde.

— Eh bien ? fit naïvement Amaury.

— Eh bien ! mon mignon, on m'a horriblement violentée.

— Hé ! dit le page, je le sais... et c'est pour cela...

Nancy l'interrompit d'un geste :

— C'est pour cela, dit-elle, que j'ai songé à m'échapper.

Le page était au trois quarts dégrisé, ces mots le rendirent tout à fait à la raison.

— C'est-à-dire, fit-il, que je suis un misérable fou qui s'est laisser duper ?

Et, dans un accès de colère, il voulut faire un pas vers Nancy et lui arracher un de ses pistolets.

Prenez garde ! s'écria la jeune fille, je vais vous tuer !

Le sentiment de la conservation l'emporta sur la colère du jeune homme. Il s'arrêta.

Toujours calme, toujours souriante, Nancy reprit :

— Pour qui avez-vous pu me prendre, mon mignon ?

Et comme il semblait ne pas comprendre :

— Mais, cher enfant, dit-elle avec un sentiment de protection maternelle, vous ne savez donc pas que, moi aussi, j'ai un père qui possède un vieux manoir ?... Je suis fille de bonne maison, j'ai les sentiments des gens de ma caste, et il serait vraiment inouï, convenez-en, qu'une fille de ma race se fît enlever subitement par un page joli garçon et s'en allât avec lui courir les aventures ! Fi !...

Et Nancy eut un geste de reine, un geste où plusieurs siècles de noblesse se révélaient.

Amaury écoutait et semblait faire un mauvais rêve.

Nancy continua :

— J'étais prisonnière... et j'avais grand besoin de ma liberté. J'ai cherché à la reconquérir par tous les moyens possibles. Le hasard m'a servie...

Amaury, à ces paroles, ne douta plus du rôle ridicule qu'il jouait depuis une heure.

— Le hasard m'a servie, continua la camérière. Vous m'avez parlé d'amour, je vous ai écouté. Vous m'avez proposé de fuir, j'y ai consenti, avec l'espoir de trouver une occasion favorable de vous échapper.

Amaury était d'une pâleur mortelle et semblait jeté dans les espaces imaginaires.

Nancy éprouva sans doute un mouvement de
pitié, car elle lui dit :

— Ah! mon cher enfant, je suis bien fâchée que
ce soit à vous qu'advienne l'aventure, car vous êtes
joli à croquer et vous me paraissez aimable...

— Vous êtes cruelle ! murmura l'enfant.

— Mais il faut que je m'en retourne, acheva
Nancy. On m'attend au Louvre cette nuit.

— Eh bien ! murmura le page au désespoir, tuez-
moi alors !

— Vous tuer ?

— Oui, puisque vous voulez fuir.

— Bah ! dit Nancy, vous êtes vraiment trop gentil pour ne point m'obéir, mon ami.

— Que voulez-vous dire ?

— Je vais vous enfermer quelque part dans cette
maison... de cette façon vous n'aurez cédé qu'à la
force...

— Je suis un homme déshonoré, soupira Amaury.

— Non, puisque vous aurez cédé à la force.

— Et puis, ajouta l'enfant, je suis le plus malheureux des hommes.

— Pourquoi ?

— Parce que je vous aime et que vous me refusez
la seule grâce que vous n'ayez point le droit de me
refuser.

— Quelle est-elle ?

— Celle de me tuer.

L'accent du page était si désolé que Nancy eut pitié de lui.

— Pauvre enfant ! dit-elle.

— Oh! tuez-moi! tuez-moi! puisque vous ne m'aimez pas... puisque...

Nancy l'interrompit.

— Vous êtes un fou! dit-elle.

— Un fou ?

— Oui.

— Parce que je vous aime.

— Non, mais parce que vous vous désespérez...

Amaury tressaillit.

— Mon pauvre ami, dit Nancy, aujourd'hui je suis Nancy, la camérière de la reine de Navarre, Nancy qu'on a brutalement enlevée, Nancy qui aspire à sa liberté et cherche à la reconquérir.

— Ah! dit le page désolé, c'est votre droit, j'en conviens.

— Vous, poursuivit Nancy, vous êtes le page de la duchesse de Montpensier.

Amaury fit un pas en arrière.

— Comment, dit-il, vous savez!...

— Je sais que je suis à Meudon...

— Ah!

— Chez la duchesse de Montpensier.

— Mais alors...

— Alors, dit froidement Nancy, vous pensez bien que je ne vous considère point comme un ami, mais comme un ennemi, et, entre ennemis, toutes les ruses de guerre sont bonnes.

— Hélas!

— Donc, je me suis jouée de vous. Mais, continua Nancy d'une voix émue, vienne demain, c'est-à-dire une heure ou je serai redevenue Nancy tout court, où vous ne serez plus qu'Amaury, un joli damoiseau que j'aime de tout mon cœur, eh bien!

Nancy s'arrêta. Amaury tressaillit de nouveau, car le regard de la jeune fille devint humide et s'arrêta sur lui plein de magnétiques effluves.

— Eh bien? fit-il avec angoisse.

— Eh bien! dit Nancy, qui sait? Je me souviendrai peut-être de tous nos projets, de tous nos rêves d'aujourd'hui.

— Oh! dit le page devenu incrédule, vous me raillez encore.

— Non.

Et Nancy prononça ce seul mot avec franchise; puis elle ajouta :

— Tenez, mon mignon, si je vous raillais, je ne parlerais point ainsi; car je n'ai plus besoin de vous en ce moment, car je puis vous tuer si vous refusez de me laisser sortir d'ici...

Le page secoua la tête :

— Oh! dit-il, partez, si vous le voulez, partez, mademoiselle... Je vous aime et n'ai plus d'autre maître que vous... Et ce que vous ordonnerez, je suis prêt à le faire.

— Vous êtes un joli garçon, dit Nancy, mais je ne puis accepter.

— Pourquoi?

— Parce que, demain, la duchesse viendra et demandera ce que je suis devenue.

— Eh bien! dit l'enfant avec fierté, je lui dirai la vérité.

— Alors, fit Nancy, la duchesse appellera un de ses hommes d'armes qui vous pendra à un arbre.

— Non pas, dit Amaury qui se redressa plein de fierté.

— Et pourquoi cela?

— Parce que je suis gentilhomme et que les gens comme moi ne meurent que par la hache.

— Soit! on vous tranchera la tête.

— Eh bien! je mourrai en songeant à vous, Nancy.

— Et moi, dit la jeune fille émue, qui ne veux pas que vous mourriez... moi qui veux vous revoir... moi qui veux que vous soyez innocent de mon évasion!...

— C'est impossible!

— Bah! dit Nancy, vous allez voir...

Et puis, comme elle était toujours prudente, elle ajouta :

— Mon mignon, je vous aime fort, mais j'aime
encore plus ma liberté; et si j'ai à choisir... je vous
tuerai. Par conséquent, marchez devant moi... et
rentrons dans la maison.

Amaury obéit, non point à la menace de mort,
mais à cette voix fascinatrice de Nancy qui le bou-
leversait si profondément.

La camérière le ramena ainsi dans l'oratoire de
la duchesse, et là elle lui dit :

— Allez chercher une cruche de vin et deux
verres.

Amaury obéit, sans savoir dans quel but Nancy
lui donnait cet ordre.

— Bon! dit celle-ci, placez tout cela sur une
table. Très-bien. Versez du vin dans votre verre et
dans le mien. A merveille! Jetez ensuite le contenu
dans les cendres de la cheminée...

Amaury exécuta toutes ces manœuvres.

Alors Nancy approcha de la table, posa dessus un
de ses pistolets, garda l'autre à la main et dit à
Amaury :

— Éloignez-vous!

Amaury s'éloigna.

— Maintenant, dit Nancy en retirant de son doigt
une bague dont elle tourna le chaton, je vais vous
procurer le moyen de dormir.

Le chaton de la bague enfermait une poudre grisâtre que Nancy répandit tout entière dans le verre vide.

Après quoi elle remplit ce verre et le tendit à Amaury :

— Buvez! dit-elle.

Le page n'avait plus d'autre volonté que celle de Nancy.

Il prit le verre et avala le contenu d'un trait

Alors Nancy le regarda en souriant :

— Vous ne comprenez pas? dit-elle.

— Non.

— Eh bien! écoutez : vous venez d'avaler un narcotique comme celui que l'on a fait prendre ici au Gascon Lahire...

— Comment! exclama le page, vous savez aussi cela?

— Je sais tout.

Amaury regarda la camérière avec une sorte d'admiration.

Elle reprit :

— Je vous aurai demandé à boire.

— Bien! dit le page.

— Et vous aurez trinqué avec moi, sans me poupouvoir refuser. Or, au second verre, j'aurai mêlé à votre boisson la poudre que voici. Vous aurez bu et le sommeil vous aura pris. Comprenez-vous, mon mignon?

— Mais...

— Il n'y a pas de *mais*, dit Nancy. Vous avez été imprudent, mais non coupable... la duchesse sera furieuse... mais elle ne saurait vous punir... Tiens! tiens! fit la camérière, voici que vous chancelez... que vos yeux papillonnent... Ah ! ce narcotique est prompt, allez!

— En effet!... balbutia Amaury, qu'une ivresse inconnue gagnait rapidement.

— Ce narcotique, dit Nancy, je l'ai volé au Florentin René, tandis que j'accompagnais madame Marguerite et la reine Catherine qui lui faisaient une visite dans son laboratoire du pont Saint-Michel. Je le conservais depuis longtemps comme un vrai trésor; mais, convenez-en, je ne pouvais le conserver pour une meilleure occasion...

Nancy n'acheva point.

Le page, dompté par l'ivresse, commença à tourbillonner sur lui-même, attachant sur la jeune fille un regard plein d'amour, puis il tomba à la renverse et ferma les yeux.

Alors Nancy posa sur la table son second pistolet désormais inutile.

Sous l'influence du foudroyant narcotique, Amaury le page ronflait déjà comme le bourdon des tours de Notre-Dame.

Nancy, qui était forte à l'occasion, le prit à bras

le corps et le porta sur l'ottomane où elle lui donna
l'attitude d'un homme qui s'est assoupi tout naturellement.

— Allons! allons! murmura-t-elle, ceci n'est
point trop mal réussi.

Puis, laissant le page endormi, elle s'enveloppa
dans le manteau de la duchesse et regagna l'écurie
où le cheval était sellé.

Elle ouvrit toutes les portes, replaça les pistolets
dans leurs fontes, s'élança lestement en selle et
lança le cheval au grand galop hors de la cour en se
disant :

— Mon Dieu! pourvu que je n'arrive pas trop
tard!... Qui sait ce qui s'est passé au Louvre en
mon absence?...

Et Nancy galopa vers Paris.


## LIII


Cependant madame Marguerite ne voyait pas revenir Nancy. Il y avait plus d'une heure que la
jolie camérière avait demandé la permission de rejoindre Raoul. Mais madame Marguerite était in-
dulgente pour les amoureux en général et pour
Nancy en particulier. D'ailleurs elle n'avait pas besoin des offices de la camérière, attendu qu'elle

avait pris la résolution bien formelle de ne se mettre au lit qu'après que le roi de Navarre serait rentré au Louvre.

Tout à coup on gratta légèrement à la porte.

— Entrez! dit Marguerite, qui eut l'espoir que c'était le roi son époux.

Marguerite se trompait. C'était madame Catherine qui lui venait faire une petite visite nocturne.

Cette visite était dans les habitudes de la reine-mère, qui travaillait très-tard, soit qu'elle se livrât à son goût particulier pour les sciences abstraites, soit qu'elle travaillât à la politique.

Dans ces moments-là, quand la lassitude venait, madame Catherine était bien aise que sa fille veillât encore. Alors elle passait chez elle et s'en allait babiller une heure ou deux.

Elle entra souriante et mielleuse à faire frémir.

— Bonjour, mignonne, dit-elle, bonjour, mon enfant chérie.

— Madame, dit Marguerite un peu désappointée, je suis votre servante.

— Comme je pensais bien vous trouver seule, poursuivit madame Catherine, je suis venue vous tenir compagnie.

— Ah! fit la reine de Navarre, vous pensiez que j'étais seule?

— Dame ! répondit Catherine, votre époux est absent du Louvre.

Marguerite tressaillit :

— Comment ! dit-elle, vous savez ?...

— Je sais même où il est murmura Catherine avec un sourire hypocrite.

La jeune reine de Navarre éprouva un violent battement de cœur. Cependant elle se tut et ne fit aucune question.

— Pauvre chère enfant ! murmura la reine-mère en s'asseyant auprès de sa fille et lui tendant la main. Tu l'aimes donc bien ?

— Qui ? fit Marguerite en tressaillant.

— Le roi ton époux.

— Oh ! certes...

— Et crois-tu qu'il t'aime ?

— Lui !... j'en suis sûre.

Madame Catherine ne donna point un démenti direct à sa fille, mais elle se prit à soupirer.

— Mon Dieu ! madame, fit Marguerite avec impatience, me sera-t-il permis de vous faire deux questions ?

— Parle, mignonne...

— D'abord, qui me vaut l'honneur que vous me faites de me visiter ?

— Je te l'ai dit, chère belle ; je te savais seule et je suis venue.

— Comment me saviez-vous seule ?

— Parce que je savais où est, à cette heure, le roi de Navarre.

— Ah ! vous le savez ?

Marguerite eut un air de doute.

— Oui, certes.

— Eh bien ! vous êtes plus savante que moi, madame.

La reine-mère soupira de nouveau, et cette fois d'une façon déchirante.

— Ah ! pauvre chère mignonne... répéta-t-elle.

— Mais enfin, madame, s'écria Marguerite à qui revinrent ses soupçons jaloux que Nancy avait eu tant de peine à calmer, puisque vous savez où est le roi de Navarre...

— Hélas ! oui... je le sais...

— Peut-être me ferez-vous l'honneur de me le dire.

— Non, dit-elle, à quoi bon ?

— Mais, madame...

— Et puis tu l'aimes ?

— Certainement, mais...

— Et enfin, ce ne sont point là mes affaires, acheva la perfide Italienne.

Mais un éclair passa dans les yeux de Marguerite :

— Ah ! madame, dit-elle, puisque vous m'avez dit

tout cela, vous irez bien jusqu'au bout, j'imagine.

— Mais… mignonne…

— Et, acheva Marguerite pâle et frémissante, je saurai où est Henri et ce qu'il peut faire hors du Louvre à pareille heure…

— Oh! mon Dieu, murmura Catherine, ne t'alarme point ainsi, chère enfant. Le roi de Navarre est jeune… étourdi… cela ne l'empêche point de t'aimer, peut-être… Et puis… Catherine semblait hésiter.

— Mais parlez donc, madame! s'écria la jeune reine avec angoisse, ne voyez-vous pas que vous me faites mourir?

— Tu le veux? fit Catherine, qui changea tout à coup d'attitude.

— Je vous le demande à genoux.

— Ah! c'est que, reprit Catherine, avant, de te dire où est le roi de Navarre, il faut que je te narre certains faits que tu ignores…

— Parlez! je vous écoute…

— As-tu entendu parler d'un certain Loriot?

— Samuel Loriot que René…

— Chut! dit la reine.

— Certes oui. Et j'ai même vu sa veuve.

— Ah! tu l'as vue?

— Oui.

— Quand et en quel lieu?

Marguerite tressaillit :

— C'était, dit-elle, chez ce brave homme d'épicier où on avait transporté Henri après son duel avec le duc de Guise.

— Eh bien ! comment l'as-tu trouvée?

Marguerite frissonna.

— Je n'ai point fait attention à elle.

— Tant pis !

— Pourquoi ?

— Parce qu'elle est fort belle, cette Sarah Loriot... tant pis !

— Mais madame, exclama la princesse d'une voix altérée, pourquoi me demandez-vous tout cela ?

— Attends...

Et le sourire machiavélique de Catherine lui revint aux lèvres. Elle reprit :

— Sarah Loriot est l'amie d'enfance de cette comtesse Corizandre de Gramont qui t'a porté tant d'ombrage.

— Ah ! dit Marguerite dont le trouble augmentait.

— Lorsque Henri de Bourbon vint à Paris, il y a environ trois mois, il était porteur d'une lettre de Corizandre pour Sarah Loriot.

— En vérité !

— Ah ! murmura la reine-mère avec son rire moqueur, cette pauvre comtesse, elle ne se doutait guère que...

17

Marguerite interrompit sa mère avec impétuosité, et, lui posant sa main sur le bras :

— Un seul mot ! dit-elle.

— Parle...

— Croyez-vous que Henri ait aimé Sarah ?

— Oui.

— Avant qu'il m'aimât ?

— D'abord.

— Et... ensuite.

La voix de Marguerite tremblait et sa pâleur était
horrible.

— Ma chère enfant, dit Catherine, il faut pardonner à ton époux... il est si jeune... et puis, Sarah
est si belle !

Marguerite était debout, frémissante, échevelée...

— Pauvre enfant ! répéta la reine-mère.

Et elle lui mit un baiser au front, ajoutant :

— Allons ! calme-toi... Sonne Nancy et mets-toi
au lit... le sommeil donne l'oubli de tous les maux...
Bonsoir !...

Et madame Catherine s'en alla comme un reptile
qui vient de baver son venin.

Marguerite n'essaya point de la retenir. La jeune
reine était comme foudroyée. Longtemps immobile,
muette, l'œil hagard, elle eut à peine conscience de
sa situation et du lieu où elle était.

Mais bientôt une clarté se fit dans son esprit, une pensée traversa son cerveau et l'illumina.

— Mon Dieu! dit-elle, qui sait si tout cela n'est point l'invention de madame Catherine, qui sait si le roi mon époux?...

Et elle appela :

— Nancy! Nancy!...

Pour madame Catherine, Nancy était passée à l'idée de confident tragique, avec cette différence qu'au lieu d'écouter toujours, la camérière se permettait des observations et quelquefois des conseils.

Dans ses joies comme dans ses peines, Marguerite avait besoin d'elle.

— Nancy! répéta-t-elle en entr'ouvrant la porte qui donnait sur le corridor ténébreux que nous connaissons.

Mais Nancy ne répondit pas.

Tout à coup un pas se fit entendre dans l'escalier qui terminait ce corridor. Le pas était léger, mais l'oreille exercée de Marguerite ne s'y trompa point, cependant. C'était un pas d'homme.

— Ah! c'est Henri! pensa-t-elle.

Et tout son sang afflua de nouveau à son cœur, et elle se précipita en avant à sa rencontre.

Le pas approchait.

Marguerite fut convaincue que ce pas était celui

du roi de Navarre, et elle continua à avancer à tâtons, les mains tendues...

— Est-ce toi? dit-elle.

Et ses bras enlacèrent un pourpoint de soie et elle sentit une haleine brûlante se mêler à son haleine.

Cependant l'homme au pourpoint ne répondit pas.

— Est-ce toi, Henri? répéta Marguerite à demifolle.

— Oui, c'est moi.

La jeune reine jeta un cri.

La voix qui venait de lui répondre n'était pas celle du roi de Navarre, et cependant elle avait dit :

— Oui, c'est moi!

Marguerite crut que la terre s'entr'ouvrait sous ses pieds; elle s'imagina qu'elle faisait un rêve affreux...

La voix qu'elle avait entendue était une voix connue aussi, une voix qui jadis avait fait battre son cœur... une voix aimée autrefois.

C'était la voix d'un homme qui pareillement s'appelait Henri.

Et cet homme qu'elle venait d'enlacer de ses bras, le prenant pour son époux, la soutint à son tour et la porta défaillante dans l'oratoire...

Après une rupture de six mois, le duc Henri de Guise pénétrait de nouveau dans l'appartement de madame Marguerite qu'il avait tant aimée et qu'il aimait encore!...

. . . . . . . . . . . . . . . . .

Un moment étourdie, stupéfaite, paralysée, la jeune reine se redressa tout à coup avec fierté :

— Que faites-vous ici? dit-elle, que me voulez-vous?...

— Marguerite!...

Et la voix du duc était suppliante.

— Sortez, prince; sortez, mon cousin!... murmura Marguerite éperdue.

Mais le duc avait osé se mettre à genoux devant elle.

— Non, dit-il, non, je ne sortirai pas, madame, avant de vous avoir dit tout ce que j'ai souffert depuis six mois que je suis loin de vous... depuis six mois que vous ne m'aimez plus...

— Monsieur le duc... mon cousin... Henri... supplia Marguerite, au nom du ciel! partez!

— Oh! Marguerite, je vous aime! dit le prince avec l'accent de l'enthousiasme.

— Mais, malheureux! s'écria la jeune reine, ne savez-vous pas que le roi mon époux va venir?... et que s'il vous trouve ici... à mes pieds... Ah! fuyez... fuyez!...

Mais le duc s'était relevé précipitamment.

— Votre époux? dit-il, vous croyez que votre époux va venir?

— Je l'attends...

— Il ne viendra pas.

Marguerite étouffa un cri et leva sur le prince lorrain un œil hagard.

— Il ne viendra pas, répéta le duc, car à cette heure il est aux genoux de Sarah Loriot, votre rivale.

Ces mots éclatèrent comme la foudre.

— Oh! s'écria Marguerite éperdue, voici la seconde fois qu'on me parle de cette femme... et qu'on me dit...

Elle s'arrêta, considéra un moment le duc et lui dit tout à coup.

— Eh bien! vous qui me dites cela, comme la reine ma mère me le disait tout à l'heure, vous qui accusez le roi, me prouveriez-vous sa trahison?

— Oui, dit froidement le duc Henri de Guise.

— Vous me le montreriez aux genoux de cette femme?

— Oui, dit encore le duc.

— Quand?

— A l'instant, si vous voulez me suivre.

— Oh!... s'écria Marguerite, malheur à Henri, s'il m'a trahie!...

— Venez, répéta le duc avec l'accent de la conviction.

## LXII

Marguerite ne songea point qu'on lui pouvait tendre un piége.

La jalousie s'était emparée de son cœur et le brûlait.

Elle jeta un manteau sur ses épaules, s'enveloppa la tête dans un capuchon, posa un masque sur son visage et dit au duc d'une voix altérée :

— Marchez ! je vous suis.

— Le cœur du duc de Guise éclatait.

— Ah ! Marguerite... Marguerite... mumura-t-il au moment où, sortant de l'oratoire, ils entraient dans le corridor, si vous saviez ce que j'ai souffert !

Marguerite ne répondit pas. Elle songeait à Henri qu'elle avait tant aimé, qu'elle aimait tant encore !

Le duc s'engagea le premier dans l'escalier où naguère Nancy avait été prise au piége. Marguerite le suivit. Ils passèrent devant cette sentinelle qui avait pour consigne de fermer les yeux quand on entrait ou sortait par la poterne du bord de l'eau.

Une fois hors du Louvre, Marguerite s'arrêta un moment. Un sentiment de défiance venait de s'emparer d'elle.

— Et bien ! fit le duc.

Mais Marguerite immobile levait les yeux sur la façade du Louvre, et regardait les fenêtres de l'oratoire de madame Catherine. Ces fenêtres étaient éclairées.

— Vous avez vu ma mère? dit-elle brusquement au duc.

Henri de Guise tressaillit.

— Répondez! fit-elle; vous l'avez vue?

— Oui, dit le duc.

— Et vous lui avez dit?...

— Peut-être...

Et, comme la reine de Navarre ne bougeait pas, le duc ajouta :

— Venez, Marguerite : nous n'avons pas de temps à perdre...

— Et qui me dit, répondit-elle tout à coup, que vous ne me trompez pas?

— Vous tromper?

— Oui.

— Moi vous tromper, Marguerite? répéta le duc interdit.

— Oui, dit-elle, qui m'assurera que vous ne cherchez pas à m'attirer dans un piége?

Un nuage passa sur le front du duc.

— Ah! Marguerite, murmura-t-il en proie à une émotion subite, j'ai déjà bien souffert, mais votre abandon m'a été moins cruel que votre défiance.

L'accent du duc était navré.

— Hé! mon Dieu! fit la reine de Navarre, vous m'aimez donc?...

— A en mourir, Marguerite.

— Vous êtes jaloux et vous haïssez le roi de Navarre?

— Oh! fit le duc dont la poitrine se souleva, si je le hais!

— C'en est assez pour que...

Le duc interrompit Marguerite d'un geste. Puis il retira son gant et lui montra sa main gauche dont l'index était orné d'une bague.

— Reconnaissez-vous ce joyaux? lui dit-il.

Marguerite tressaillit.

— C'est vous qui me l'avez donné, Marguerite. Le chaton renferme de vos cheveux. C'est tout ce qui me reste de vous... Eh bien!...

Il hésita un moment. Puis, retirant la bague de son doigt, il la tendit à la reine de Navarre:

— Tenez, Marguerite, lui dit-il, reprenez-la. Vous la garderez si j'ai menti, vous me la rendrez si j'ai dit vrai.

Ce gage que le duc lui offrait parut suffisant à la jeune reine. Elle ne douta plus de la sincérité de Henri de Guise.

— Marchez! répéta-elle en prenant la bague. Et elle le suivit.

— Vous ne voulez point vous appuyer sur moi ? demanda-t-il.

— Non, marchez.

Il se mit à côté d'elle, et tandis qu'il lui faisait traverser la place de Saint-Germain-l'Auxerrois et la guidait dans la direction de Saint-Eustache : '

— Mon Dieu ! mon Dieu ! Marguerite, lui disait-il, pourquoi donc avez-vous cessé de m'aimer ?

Marguerite haussa les épaules et répéta :

— Marchons !

— La reine votre mère, poursuivit-il, se repend cruellement aujourd'hui... Ah ! Marguerite, je ne vous eusse point fait reine, moi, mais le duché que j'aurais mis à vos pieds valait mieux que ce méchant royaume, que...

— Duc, interrompit brusquement Maguerite, je ne vous ai point suivi pour que vous me parliez d'amour... mais pour que vous me donniez la preuve de ce que vous m'avanciez.

Le duc eut un mouvement de rage.

— Venez donc !... fit-il, hâtez le pas... car *votre* Henri ne passera point la nuit tout entière aux pieds de la belle Sarah.

Ce nom fouetta le sang de la jeune reine, qui précipita sa marche sans répondre.

Ils arrivèrent à la porte Montmartre. Le duc était

sombre, Marguerite ne prononçait pas un seul mot.
Cependant, lorsqu'ils eurent franchi la porte, lorsque la reine de Navarre se trouva seule avec le duc
au milieu des champs, elle eut peur.

— Où donc me conduisez-vous ? demanda-t-elle,
envahie de nouveau par un sentiment de défiance.

Mais le duc étendit la main.

— Tenez, dit-il, voyez-vous là-bas, auprès de la
Grange-Batelière, cette lumière qui brille ?

— Oui.

— Distinguez-vous le toit d'une maison ?

— Oui.

— C'est là !

Marguerite eut un moment de défaillance, mais
la jalousie lui rendit ses forces, et elle redoubla de
vitesse.

Alors le duc la prit par la main et l'entraîna à travers champs. A cent pas de la haie vive qui clôturait le jardin de la petite maison où Sarah recevait
Henri, le duc s'arrêta.

— Que faites-vous ?... demanda la reine de Navarre surprise.

— Chut ! attendez...

Le duc mit sa main sur sa bouche et fit entendre
un cri étrange, rauque, glapissant, et qui imitait
à merveille le houlement de la chouette. Aussitôt
un cri lointain, semblable à celui-là, lui répondit.

Puis, à quelque distance et malgré la nuit, Marguerite vit se mouvoir une forme humaine qui vint à la
rencontre du duc.

Celui-ci dit à mi-voix :

— Est-ce toi Pandrille ?

— C'est moi.

— Y est-*il* toujours?

— Toujours.

Et l'homme se trouva en présence de Marguerite
qui laissa échapper un geste d'effroi. Le géant Pandrille avait toute la tête de plus que le duc.

Celui-ci reprit la main de la reine de Navarre.

— Venez! venez! dit-il.

Ils se mirent en marche escortés par le garçon cabaretier.

Lorsqu'ils furent parvenus aux pieds de la haie,
le géant qui était aussi agile que robuste, la franchit
d'un bond ; puis il grimpa le long d'un peuplier jusqu'à la hauteur des croisées du premier étage.

Après quoi il se retourna vers Marguerite et le
duc et fit un signe affirmatif en agitant sa tête de
haut en bas.

— Il est toujours là, souffla le duc à l'oreille de la
princesse.

Alors Pandrille qui sans doute avait médité cette
manœuvre avec le duc, Pandrille noua ses deux
jambes à l'entour du peuplier, et, comme un acro-

bate de profession, il rejeta, son corps en arrière et laissa pendre ses bras.

Alors aussi le duc prit Marguerite, l'enleva de terre et la remit à Pandrille.

Marguerite, plus morte que vive, se laissa hisser jusqu'à l'endroit d'où le regard pouvait plonger dans l'intérieur de la maison. La fenêtre de la chambre de Sarah était entr'ouverte pour laisser pénétrer l'air frais de la nuit. L'argentière était assise. Henri, agenouillé devant elle, lui baisait les mains avec transport.

Marguerite étouffa un cri et s'évanouit dans les bras de Pandrille. Celui-ci se laissa glisser au bas du peuplier et la remit au duc frémissant qui la chargea sur son épaule et l'emporta, comme la bête fauve emporte une proie...

## LXIII

Tandis que le duc de Guise emportait Marguerite évanouie, Nancy galoppait vers Paris et arrivait à la porte du Louvre.

Un homme se promenait toujours de long en large devant la poterne. C'était Raoul.

— Raoul ! cria Nancy en arrêtant court son cheval.

Raoul accourut au son de cette voix. Rien ne saurait peindre l'étonnement du page. Il voyait Nancy reparaître devant le Louvre à cheval.

Raoul n'était pas très-superstitieux, cependant il fut tenté de croire que le diable avait emprunté, pour le séduire, la gracieuse apparence de la camérière.

— Vous? vous? dit-il.

— C'est moi, prends ma bride.

Nancy se laissa couler à terre.

— Prends ma bride et dis-moi vite si le roi de Navarre est rentré.

— Non.

— Tu n'as vu sortir personne du Louvre?... demanda Nancy.

— Oh! pardon... mais vous ne m'aviez pas commandé de veiller sur les gens qui sortaient.

— Eh bien! qu'as-tu vu?

— D'abord deux hommes, dont l'un portait quelque chose sur ses épaules.

— Ah!

— Ils se sont dirigés vers une litière qui attendait à une centaine de pas en aval de la rivière.

— Très-bien! Et sais-tu quels étaient ces deux hommes?

— Non.

— Et ce qu'ils portaient?

— Pas davantage.

— Eh bien ! c'était moi... Mais, dit Nancy, je n'ai pas le temps de t'expliquer tout cela ; attache mon cheval quelque part, et puis...

— Ah ! pardon ! dit le page, j'oubliais encore de vous dire que, il y a environ une heure, il est sorti un homme et une femme du Louvre.

— Par la poterne ?

— Oui.

Nancy eut un pressentiment.

— Comment étaient-ils ?

— L'homme était de haute taille, son manteau lui cachait le visage tout entier.

— Et la femme?

— Elle était masquée ?

— A-t-elle pris le bras de l'homme ?

— Non, mais elle s'est mise à marcher à côté de lui. Ils allaient d'un pas rapide.

— Et quelle direction ont-ils prise?

— Je les ai vus disparaître du côté de Saint-Germain-l'Auxerrois.

Nancy n'en entendit pas davantage :

— Ah ! dit-elle tout est perdu !

Raoul ne comprenait pas.

— Attache ce cheval! dit Nancy, et viens avec moi.

Raoul passa la bride du cheval dans un anneau de fer scellé au mur et se mit en devoir de suivre Nancy.

Mais celle-ci ajouta :

— Tire ton poignard et passe devant : le Louvre n'est plus sûr pour moi. Marche !

Raoul, abasourdi, gravit l'escalier ténébreux, donnant la main à Nancy, et tous deux arrivèrent sans encombre jusqu'au couloir qui conduisait à l'appartement de madame Marguerite. La porte en était ouverte. Nancy y pénétra seule. La chambre à coucher, l'oratoire et même le cabinet du roi de Navarre étaient déserts.

— Mon Dieu ! murmura Nancy, la chose est sûre, c'est Marguerite que tu as vue sortir.

Cependant elle eut un dernier espoir : cet espoir, léger comme un fil de la Vierge, était que madame Marguerite eût été mandée par la reine Catherine, laquelle avait parfois de longues insomnies et était sujette à de fréquents caprices nocturnes.

Nancy fit à l'instant cette réflexion :

— Si madame Catherine est complice de mon enlèvement, elle fera un mouvement de surprise en me voyant apparaître ; si, au contraire, elle n'y est pour rien, il n'y a aucun inconvénient à ce que je me présente inopinément chez elle.

Cette résolution prise, Nancy, toujours suivie de Raoul, se dirigea vers l'oratoire de la reine-mère.

Quand elle fut à la porte, elle se tourna vers Raoul et lui prit la main :

— M'aimes-tu ? dit-elle.

— Oh! fit l'enfant.

— Me défendrais-tu envers et contre tous.

— Contre le roi, si vous l'ordonniez.

— Eh bien ! reste-là, mon mignon, colle ton oreille au trou de cette serrure, regarde parfois, et et si j'appelle à mon aide, accours|!

— O Nancy, dit le page avec l'accent du dévouement absolu et fanatique, je me ferai hacher avant qu'il vous arrive malheur !

Nancy fut émue. Elle, étendit les mains dans les ténèbres, prit la tête du page et lui donna un baiser.

— Moi aussi, dit-elle, je t'aime !

Et, pour ne point s'attendrir davantage, elle se hâta de frapper à la porte de madame Catherine.

Cette porte était celle des intimes de la reine-mère, de ceux qui conspiraient avec elle. C'était par là qu'étaient entrés successivement, et à diverses époques, René le Florentin, pour comploter l'empoisonnement de la reine de Navarre ; le duc d'Alençon, qui songeait à devenir roi ; le duc de Guise, qui conspirait contre les huguenots ; et tant d'autres...

—Entrez, dit à l'intérieur la voix de madame Catherine.

Nancy entr'ouvrit la porte et vit la reine-mère assise auprès de René, devant une table qui supportait un bocal de verre rempli d'eau, dans lequel nageaient deux poissons rouges.

La reine et René qui, sans doute, attendaient un troisième personnage, crurent que c'était lui qui entrait, car ils ne tournèrent même pas la tête et continuèrent à regarder nager les poissons. Un coup d'œil suffit à Nancy pour la convaincre que madame Marguerite était absente.

Une inspiration subite lui traversa l'esprit. Elle referma brusquement la porte et entraîna Raoul, en lui disant :

— Fuy ons

Cette manœuvre fut accomplie avec une telle promptitude que la reine-mère s'imagina un moment que le personnage qu'elle attendait était entré. Ce ne fut qu'au bout de quelques minutes qu'elle s'aperçut qu'elle était seule avec René. Mais ces quelques minutes avait permis à Nancy de regagner l'appartement de madame Marguerite.

— Avez-vous encore besoin de moi ? demanda Raoul.

— Certainement.

— Où dois-je me mettre ?

— Reste là… dans ce cabinet.

Nancy poussa Raoul dans le cabinet attenant à la chambre à coucher ; puis, en proie à une vive anxiété, elle attendit.

Deux heures du matin sonnaient à Saint-Germain-l'Auxerrois. Où donc était, à cette heure tardive, Henri de Bourbon, roi de Navarre? Où donc était madame Marguerite?

Nancy essayait vainement de résoudre ces deux questions, lorsqu'elle entendit un pas assourdi dans le couloir.

La personne qui marchait ainsi avec précaution s'arrêta devant la porte de l'oratoire que Nancy avait fermée et frappa. Nancy alla ouvrir.

— Ouf! dit une voix joyeuse.

Et le roi de Navarre entra. Nancy poussa un cri de soulagement, sinon de joie, à sa vue.

— Bonjour, petite, bonjour, ma mie, dit-il en lui tappant amicalement sur la joue.

— Bonjour, Sire...

— Peste! comme te voilà renfrognée?

— J'ai des soucis.

— Bah! et où donc est la reine!

— Madame Marguerite?

— Hé! sans doute...

— Je ne sais pas, dit Nancy.

— Comment! tu ne sais pas!

— Ma foi! non, dit la camérière. Peut-être est-elle allée reporter certain mouchoir brodé que votre Majesté avait emprunté la nuit dernière, je crois.

— Ventre-saint-gris ! exclama le jeune roi pâlissant, que parles-tu de mouchoir ?

Nancy alla fermer de nouveau la porte avec précaution :

— Les murs ont des oreilles, dit-elle.

— Plaît-il ?

— Et comme je ne sais où est la reine...

— Mais tu es folle !

— Nullement, Sire.

— La reine ne sort jamais du Louvre à pareille heure...

— C'est vrai.

— Et si elle sortait... elle te préviendrait.

— Je n'étais pas au Louvre quand elle est sortie.

— Et... où... étais-tu ?

— Prisonnière, avec un masque de poix sur le visage et un capuchon de moine sur la tête.

Le roi considéra attentivement la jeune fille et se demanda si elle n'avait point perdu la raison. Nancy, quoique pâle, était calme, et rien dans son regard n'indiquait la folie.

— Ah çà ! fit Henri, t'expliqueras-tu clairement, ma petite ?

— Oui, Sire.

— J'attends, en ce cas.

— On m'a enlevée parce que ma présence auprès de la reine gênait fort certaines personnes.

— Mais qui t'a enlevée?

— Les gens de M. le duc de Guise.

Henri fit un pas en arrière et une sueur glacée baigna ses tempes.

— Eh ! Sire, ricana Nancy, la vie est ainsi faite que la loi la plus juste et la plus souvent appliquée est celle du talion.

— Explique-toi... murmura Henri d'une voix altérée.

— Ah ! reprit Nancy, vous avez une intrigue, Sire ; vous revoyez Sarah l'argentière, sous prétexte de politique...

— Tais-toi !

— Et vous ne voulez point que durant ce temps, M. le duc de Guise, qui aime toujours, qui aime plus que jamais madame Marguerite, profite de votre absence?

Henri était pâle et appuyait sa main sur la garde de son épée.

— Sire, reprit Nancy, je ne sais pas où est la reine, je ne sais pas ce qui s'est passé, mais je vous jure qu'une catastrophe vous menace... Prenez garde !...

Comme Nancy prononçait ce mot de catastrophe, la porte s'ouvrit violemment et le roi et la camérière virent apparaître sur le seuil madame Marguerite.

La jeune reine avait la blancheur de ces statues

qui décoraient le grand escalier du Louvre. Son œil étincelait, ses narrines étaient frémissantes.

Elle regarda le roi son époux, et, pour la première fois, son regard ne fut point éclairé de ce rayonnement de tendresse qui avait si fort séduit l'ex-sire de Coarasse.

— Allons! pensa Nancy, la reine sait tout !...

Après avoir regardé longtemps Henri muet et confus, Marguerite se tourna vers Nancy. D'un geste impérieux, elle lui montra la porte.

— Sortez! dit-elle.

— Bon! pensa la pauvre camérière, me voilà disgraciée !...

Nancy sortit. Alors Marguerite fit un pas vers Henri et lui dit :

— Sire, vous avez cessé de m'aimer puisque vous en aimez une autre.

Le roi fit un geste de dénégation. Mais Marguerite l'arrêta.

— La femme que vous aimez, dit-elle. se nomme Sarah Loriot.

— Madame !...

— Je le sais.

— Marguerite... je vous le jure...

— Ne jurez pas, vous feriez un faux serment. Il y a une heure, je vous ai vu à ses genoux, dans une

maison hors des murs, au delà de la porte Montmartre.

A ces derniers mots, Henri demeura comme fou-
droyé.

Alors la reine reprit :

— Sire, je suis votre épouse devant Dieu, et
comme telle je dois suivre votre fortune politique.
Vous m'avez trompée et j'ai cessé de vous aimer ;
mais je resterai votre alliée.

— O Marguerite, Marguerite! s'écria Henri.

Pris d'un remords immense, il tomba à ses genoux et voulut prendre ses mains.

Mais elle les retira et dit froidement :

— Sire, ne me parlez jamais d'amour. Cette heure
est passée, elle ne reviendra pas. Désormais, entre
vous et moi, il n'y a plus de commun que la couronne que nous portons. Je serai pour vous la reine
de Navarre, c'est-à-dire que nos intérêts seront les
mêmes, que la politique nous trouvera constamment
unis. Mais ne demandez rien à mon cœur, il est
*mort* pour vous!

Et Marguerite, fière, hautaine, se redressa, et
sans daigner accorder un dernier regard à celui
qu'elle avait tant aimé, elle rentra dans sa chambre
et s'y enferma.

. . . . . . . . . . . . . . . . . . . . . . . . . . . . . . . . . . . . .

## ·LVII

Comment, à si peu de distance du moment où elle s'était évanouie, Marguerite se trouvait-elle au Louvre ?

Comment avait-elle quitté le duc de Guise ?

Ce dernier, on s'en souvient, avait pris dans ses bras la jeune reine évanouie ; puis, chargé de ce fardeau sans prix pour lui, il s'était mis à courir à travers champs jusqu'à la porte Montmartre.

De là il avait gagné la rue des Remparts et cette misérable auberge où il vivait caché depuis plusieurs jours. Trois hommes l'attendaient : c'étaient le comte Éric, Conrad de Saarbruck et Léo d'Arnembourg. Celui-ci, faible encore, était néanmoins sur pied.

Le coup d'épée de Lahire ne l'avait point mortellement atteint.

Quant au quatrième amoureux de la belle duchesse de Montpensier, il était absent ; Gaston de Lux était à Meudon, sans doute.

Le duc était sorti de l'auberge deux heures auparavant, en compagnie de Gaston et du comte Éric. Tous trois s'étaient dirigés vers le Louvre. A quelque distance du royal édifice, le duc s'était arrêté

et était entré dans un cabaret rival de celui de Malican.

Éric et Gaston avaient continué leur chemin. Puis
ils s'étaient présentés à la grande grille du Louvre
et avaient montré un laisser-passer signé du roi. Ce
laisser-passer avait été donné au duc|par madame
Catherine.

On devine ce qu'ils étaient allés faire au Louvre.
Ils étaient entrés chez madame Catherine, qui les
avait postés dans l'escalier de la poterne ; et c'étaien.
eux qui avaient enlevé Nancy.

Nancy enlevée, Gaston était monté avec elle dans
la litière, tandis que le comte Éric rejoignait le duc.

Alors, à son tour, ce dernier était rentré au Louvre en disant au comte :

— Vous me verrez sortir probablement. Si je suis
seul, vous m'aborderez.

— Et si Votre Altesse n'est pas seule ?

— Vous me suivrez à distance jusqu'aux portes
de la ville.

— Après ?

— Et vous irez m'attendre à l'auberge.

— Le comte Éric s'inclina. Peu après il vit le duc
sortir du Louvre avec Marguerite. Il les suivit à
distance jusqu'à la porte Montmartre, puis s'en revint auprès de Léo d'Arnembourg et du baron Conrad.

— Messieurs, leur dit-il, je crois qu'il va se passer de singulières choses cette nuit.

— Bah ! dirent-ils tous deux.

— Et je ne jurerais pas que le duc et le roi de Navarre ne mettront pas l'épée à la main.

— Ce sera un beau combat, murmura Conrad. Je voudrais voir ça...

— Moi aussi, dit Léo.

— Qui sait ? reprit le comte Éric, nous monterons peut-être tous à cheval dans une heure.

— Ah ! ah !

— Et pour quelle destination ?

— Pour accompagner le duc, qui enlève la reine de Navarre.

— Eh bien ! là ! morbleu ! s'écria le baron Conrad, qui eut un gros rire germanique, je voudrais voir cela, moi ! Ce serait un beau coup !

Et les trois jeunes gens devisèrent de la sorte pendant une demi-heure environ, lorsque la porte de l'auberge s'ouvrit, et le duc apparut, portant dans ses bras la reine de Navarre évanouie.

— Voilà une bonne soirée, ajouta Léo d'Arnembourg.

Mais le duc ne répondit pas ; il traversa la première salle et pénétra dans ce cabinet où plusieurs fois déjà il avait reçu la reine Catherine. Puis il coucha Marguerite sur une chaise longue et se prit à la contempler.

Marguerite lui parut plus belle que jamais, plongée dans ce sommeil voisin de la mort.

Il s'agenouilla devant elle, effleura de ses lèvres les boucles dénouées de sa chevelure, prit ses mains dans les siennes et les couvrit de baisers ; et comme elle ne rouvrait pas les yeux, il se prit à l'appeler de sa voix la plus caressante :

— Marguerite ! murmurait-il, chère Marguerite !... revenez à vous... je vous en supplie !...

La reine de Navarre demeurait insensible et froide.

Alors le duc eut peur ; il la crut morte et cria :

— A moi ! à moi !

Léo et Conrad entrèrent. Léo était un peu chirurgien, un peu médecin.

— Elle n'est qu'évanouie, dit-il, et j'ai sur moi le remède nécessaire.

En parlant ainsi, Léo ouvrit son pourpoint et en retira un flacon d'argent.

— Voilà, dit-il, le cordial le plus énergique connu.

Le duc prit le flacon.

— Deux gouttes, ajouta Léo, versées sur les lèvres de la reine, lui feront instantanément ouvrir les yeux.

Comme le duc débouchait le flacon, le comte Éric l'arrêta d'un geste :

— Votre Altesse m'accordera-t-elle une seconde

— Parlez, comte.

Éric se tourna vers Léo :

— Puisque tu es chirurgien, toi, dit-il, tu pourras nous dire le temps qu'à ton estime durerait cet évanouissement, si on n'employait ni ton cordial ni tout autre.

— Deux grandes heures au moins. Plus encore peut-être, répondit Léo. Et...

Il s'arrêta et parut hésiter.

— Achève, insista le comte Éric.

— Et si je frottais les tempes avec un certain onguent que je connais.

— Eh bien ?

— L'évanouissement pourrait se prolonger un jour ou deux.

— Sans danger ?

— Sans danger aucun.

— Où voulez-vous en venir ? demanda le duc étonné.

— A ceci, poursuivit le comte Éric, que Votre Altesse aime toujours madame Marguerite.

— Oui, dit le duc, oui, je l'aime !...

— Elle fera bien, en ce cas, de la placer en travers de sa selle et de l'emporter dans cet état de léthargie.

— L'emporter !

— Oui.

— Et où cela, monsieur ?

— A Nancy.

Henri de Guise frissonna.

— Eh! mon Dieu! poursuivit Éric, les femmes sont changeantes, monseigneur; le feu roi François l'a dit avant nous.

Henri de Guise regarda le comte Éric avec attention :

— Expliquez-vous, dit-il.

— Or, continua le comte, aujourd'hui madame Marguerite est indignée contre son époux... elle a le désespoir au cœur... et, bien certainement, elle s'imaginera qu'elle hait le roi de Navarre et qu'elle vous aime... Mais... demain...

— Taisez-vous, comte! taisez-vous ! dit le duc saisi de vertige.

— Tandis que, dit Conrad à son tour, avec de bons chevaux nous serions loin de Paris au point du jour...

— Et tenez, ajouta Léo d'Arnembourg, tenez, monseigneur, je crois qu'on va vous donner le même conseil.

Léo s'effaça et livra passage à deux nouveaux personnages, Gaston de Lux et la duchesse de Montpensier.

La duchesse arrivait de Meudon en toute hâte

pour savoir l'événement. Elle avait confié Nancy à la garde du page Amaury.

— Ah ! fit-elle en poussant un cri de joie... Ah ! la voilà !...

Et elle montrait madame Marguerite évanouie.

— Enfin ! ajouta-t-elle, enfin ! nous avons un ôtage !

Henri de Guise tressaillit à ce mot. La duchesse se pencha sur Marguerite.

— Elle est évanouie, dit-elle, mais le cœur bat...

— Madame, dit alors le comte Éric, Son Altesse ne paraît pas vouloir écouter nos conseils...

— Ah ! fit la duchesse.

— Nous lui avons conseillé de monter à cheval...

— Bien !

— De placer la reine de Navarre en travers de sa selle.

— C'est une bien belle idée !

— Et de galoper vers Nancy.

— Et le duc n'est pas de cet avis ?

— Non.

Anne de Lorraine, duchesse de Montpensier, regarda le duc son frère avec un sentiment de compassion railleuse :

— Allez-vous pas faire de la chevalerie, maintenant ? lui dit-elle.

Henri de Guise tenait toujours le flacon dans ses

mains et semblait hésiter. Mais tout à coup il repoussa d'un geste ceux qui l'entouraient et la duchesse elle-même.

— Non ! non ! dit-il ; si Marguerite doit m'aimer encore, elle m'aimera sans que j'emploie la ruse ; ce serait indigne d'elle et de moi.

Et le duc déboucha le flacon.

— Henri... prends garde ! dit la duchesse avec l'accent de la prière.

— Arrière ! répéta le duc ; laissez-moi ! sortez tous !

— Il est fou ! murmura madame de Montpensier.

Et elle sortit. Gaston de Lux, Éric de Crèvecœur, Conrad et Léo la suivirent.

Alors le duc approcha le flacon des lèvres de Marguerite et laissa tomber quelques gouttes du contenu dans sa bouche entr'ouverte.

Soudain Marguerite fit un mouvement, soupira et ouvrit les yeux. Déjà le duc s'était remis à genoux.

Pendant quelques secondes la jeune reine promena autour d'elle un regard indécis, étonné... Puis tout à coup elle vit le duc, le reconnut :

— Vous ! dit-elle. Ah !...

La reine de Navarre ne savait pas où elle était, mais elle se souvenait d'avoir vu le roi son époux aux genoux de Sarah l'argentière.

Alors elle se prit à fondre en larmes, et le duc, respectant cette douleur, demeura silencieux.

Mais Marguerite était une de ces femmes chez qui les réactions s'opèrent promptement. Elle eut honte de verser des larmes ; elle se repentit d'avoir étalé sa douleur.

Soudain elle regarda le duc :

— Où suis-je donc ? lui demanda-t-elle.

— En un lieu où je me cachais depuis plusieurs jours.

— C'est-à-dire que je suis chez vous?

— Oui.

Marguerite se leva.

— Duc, dit-elle, vous m'aimez encore, n'est-ce pas ?

— Ah! murmura-t-il en posant sa main sur son cœur, en pouvez-vous douter, Marguerite ?

— C'est que, dit-elle, vous auriez pu songer à vous venger.

Le duc secoua la tête :

— Aimez-moi, dit-il, rendez-moi cet amour que vous m'avez retiré, et je serai votre esclave !...

— Je vous crois, dit-elle.

Puis elle attacha sur lui un regard plein de confiance :

— Henri, dit-elle, savez-vous que je suis une fille de France !

Il tressaillit.

— Et que ce n'est point dans une maison isolée, en un lieu inconnu, alors que je suis à votre merci, qu'on me peut parler d'amour?

— Ah! s'écria le duc, je le sais, Marguerite! Et je mourrais de honte et de douleur... si vous pensiez que j'ai voulu vous tendre un piége.

Elle lui tendit la main :

— J'ai foi en vous, dit-elle. Et maintenant...

Elle le vit pâlir.

— Maintenant, poursuivit-elle, vous allez me reconduire au Louvre, Henri.

Ce nom de Henri qu'elle prononçait avec une tristesse affectueuse, un charme mélancolique indicible, arracha un frisson de joie au duc.

— Allons! pensa-t-il, elle m'aime encore !...

Il prit son manteau et le jeta sur les épaules frissonnantes de la jeune reine.

— Venez, dit-il, je suis à vos ordres !...

Le duc voulut éviter que Marguerite se rencontrât avec madame de Montpensier et ses compagnons. Il ouvrit une porte qui donnait sur une allée étroite et noire :

— Venez, madame, répéta-t-il, et pardonnez-moi de vous avoir reçue dans ce bouge infect.

. . . . . . . . . . . . . . . . .

Marguerite sortit de la maison borgne sans y soupçonner la présence de la duchesse de Montpensier.

Appuyée sur le bras de Henri de Guise, elle reprit à pas lents le chemin du Louvre.

Le duc parlait de son amour avec enthousiasme, avec délire ; il lui dépeignait ce qu'il avait souffert et de quelles tortures sans nom la jalousie avait tourmenté son âme. Marguerite l'écoutait silencieuse. Quand elle fut à la porte du Louvre, elle lui dit :

— Demain vous aurez de mes nouvelles, Henri.

— Ah! murmura-t-il, je crois que je vais mourir de bonheur...

— Taisez-vous, reprit-elle, et... à demain...

Puis elle le quitta sans lui vouloir laisser prendre un baiser, et elle rentra furtivement au Louvre, le cœur rempli de colère et l'âme brisée...

— Ah ! comme je l'aimais ! murmura-t-elle.

## LVIII

Raoul était demeuré caché dans le cabinet de toilette de Madame Marguerite, et sa position devenait critique. Le roi de Navarre était dans l'oratoire. La reine, après avoir fermé la porte sur elle, avait pris possession de la chambre à coucher.

— Comment Raoul allait-il sortir ?

A vrai dire, le pauvre page n'y songeait pas, et peu lui importait son propre sort, quand il songeait à celui de sa chère Nancy.

Nancy était en disgrâce, Nancy venait d'être congédiée par madame Marguerite.

A travers le rideau du cabinet de toilette, il avait semblé à Raoul que la camérière s'en allait le visage baigné de larmes.

Cependant la reine, en proie à une agitation violente, allait et venait par la chambre, et Raoul immobile, retenant son haleine, ne perdait pas un seul de ses mouvements.

Deux fois elle fut sur le point d'entrer dans son cabinet et s'avança même jusqu'à la porte. Deux fois Raoul frissonna jusqu'à la moelle des os.

Madame Marguerite s'assit un moment, appuya sa tête dans ses mains et se prit à pleurer silencieusement. Raoul oublia un moment Nancy et se sentit pris de pitié pour cette pauvre reine si jeune, si belle et cependant trahie.

Mais madame Marguerite était une femme forte; elle ne pleurait jamais longtemps. Tout à coup Raoul la vit se redresser, essuyer ses beaux yeux pleins de larmes, et il l'entendit murmurer avec l'accent de la résolution :

— Allons ! puisque Henri a cessé de m'aimer; je serais folle, moi, si je l'aimais encore.

Et madame Marguerite qui, sans doute, était trop agitée pour songer à se mettre au lit, prit une lampe qui se trouvait sur la cheminée et la posa sur une table devant laquelle elle s'assit. Puis elle ouvrit un livre et se mit à lire.

Alors Raoul songea de nouveau à Nancy.

— Où est-elle allée, où peut-elle être ? se demanda-t-il.

Il aurait voulu sortir de sa cachette et la rejoindre. Mais madame Marguerite était toujours là, et force lui serait d'attendre ou qu'elle se mît au lit et s'endormît, ou qu'elle sortît.

Ce dernier espoir était presque irréalisable, vu l'heure avancée de la nuit. Cependant le hasard vint se charger de délivrer Raoul. La cloison qui séparait le cabinet où il était caché de l'oratoire où madame Marguerite avait laissé le roi de Navarre était très-mince. Raoul entendit, pendant longtemps, le roi se promener de long en large, d'un pas saccadé, et paraissant livré à un violent désespoir. Puis, ensuite, il entendit le bruit d'une porte qui s'ouvrait et se refermait. Henri avait quitté l'oratoire et il venait de passer dans son cabinet.

Le bruit de cette porte n'avait sans doute pas échappé davantage à madame Marguerite, car elle se leva sur-le-champ, rouvrit la porte de l'oratoire, traversa cette dernière pièce et gagna le couloir qui conduisait à la fois au petit escalier du Louvre et aux appartements de la reine-mère.

Il n'y avait pas un instant à perdre. Raoul s'élança hors du cabinet, traversa l'oratoire à son tour, et il allait entrer dans le couloir, lorsqu'il se trouva face à face avec madame Marguerite.

Cette dernière était sortie avec l'intention de se rendre chez la reine-mère ; puis elle avait brusquement changé de résolution et elle était revenue sur ses pas.

A la vue de Raoul, elle étouffa un cri, et ce dernier demeura tout tremblant devant elle.

— Que faites-vous ici ? d'où venez-vous ? telles furent les deux questions que madame Marguerite adressa sur-le-champ au page, en fronçant le sourcil.

Mais presque aussitôt madame Marguerite devina tout. Elle devina qu'en son absence Raoul était venu faire sa cour à Nancy, qu'il avait été surpris par son arrivée ou celle du roi, et qu'il n'avait eu que le temps de se cacher.

Seulement elle s'imagina qu'il s'était réfugié derrière un des rideaux de l'oratoire. Aussi, oubliant un moment sa douleur, elle se prit à sourire.

— Mais d'où viens-tu donc, mon mignon ? lui dit-elle d'un ton moqueur.

—Madame... je cherchais... je voulais voir...

20

— Oui, tu cherchais Nancy, n'est-ce pas?

Raoul rougissait et pâlissait tour à tour.

La reine le prit par le bras :

— Viens avec moi, lui dit-elle.

Elle l'entraîna dans sa chambre et s'y enferma avec lui.

— Dis-moi la vérité, fit-elle.

— Mais, madame...

— Tu étais là quand je suis entrée. Voyons, ne mens pas.

— J'y étais, balbutia Raoul.

— Où !

— Là.

Et Raoul montra le cabinet.

— C'est Nancy qui t'avait caché, n'est-ce pas?

— Oui, madame.

— Ainsi tu as entendu ce qui s'est passé ici?

Raoul baissa les yeux.

— Eh bien! mon mignon, tu as mon secret, par conséquent, et tu sais que le roi de Navarre m'a trahie.

— Ah! madame, dit-il, je savais tout cela bien avant ce soir. Nancy m'avait tout dit ; et nous avons fait tout ce que nous avons pu, elle et moi, pour que Votre Majesté ignorât la vérité.

— C'est-à-dire que vous avez cherché à me tromper.

— Nous voulions épargner une douleur à Votre Majesté.

— C'est ingénieux! dit la reine avec amertume.

— Et puis, acheva Raoul, Nancy cherchait un moyen de faire disparaître l'argentière, et je crois même qu'elle l'avait trouvé, quand...

— Il est trop tard maintenant, soupira Marguerite.

— Mais, osa reprendre Raoul, je jure à Votre Majesté que Nancy...

— Nancy m'a jouée, dit sèchement la jeune reine.

— Pauvre Nancy! murmura Raoul, qui se décida à intercéder pour elle, elle donnerait tout son sang pour Votre Majesté.

Ah! Votre Majesté ne sait pas l'aventure qui lui est advenue cette nuit.

— Quelle aventure?

— On l'a enlevée.

— Qui donc?

— Nancy.

— Tu es fou, mon mignon, dit Marguerite.

Mais Raoul ne se déconcerta point, et il raconta tout ce qu'il savait, c'est-à-dire l'enlèvement de Nancy et son retour à cheval.

— Oh! oh! pensa la reine de Navarre, si on enlevait Nancy, c'est qu'on la craignait, c'est qu'on voulait pénétrer plus aisément auprès de moi. Ah!

monsieur le duc de Guise, vous avez employé de singuliers moyens pour vous faire aimer de nouveau.

Et Marguerite, un instant rêveuse, dit à Raoul :

— Va-t'en, mon enfant.

— Dois-je envoyer Nancy à Votre Majesté ?

— Non.

Marguerite était trop irritée contre sa camérière.

— Plus tard, ajouta-t-elle, demain, peut-être... je lui pardonnerai... mais pour aujourd'hui... je ne la veux point voir ! Va-t'en !

Raoul comprit qu'insister ce serait doubler l'irritation de la reine de Navarre. Il sortit donc et se mit à la recherche de Nancy.

Où était-elle ?

Raoul pensa que la camérière avait dû se réfugier dans sa chambre, et il y monta. En route, il avait battu le briquet et allumé une petite bougie que, selon l'usage, chaque page, au Louvre, avait toujours sur lui.

Raoul grimpa lestement l'escalier qui conduisait aux combles, le lieu où pages et camérières avaient leur logis. Mais comme il allait atteindre la porte de Nancy, il recula abasourdi, et vit cette dernière accroupie sur le seuil extérieur.

Nancy pleurait, la tête dans ses mains.

— Chère Nancy, lui dit-il, ne pleurez pas, la reine vous pardonnera.

Mais Nancy était au désespoir, et elle secoua la tête.

— Elle me l'a dit, ajouta Raoul.

Nancy tressaillit et se leva tout d'une pièce.

— Tu l'as vue? Ah! mon Dieu! je me souviens maintenant.

Et Nancy songea qu'elle avait poussé Raoul dans le cabinet de madame Marguerite.

— Oui, répéta Raoul, la reine est irritée contre vous, mais son irritation se calmera. Elle m'a laissé entendre qu'elle vous pardonnerait, et je gage que demain...

Nancy essuya ses larmes.

Elle se leva et dit à Raoul :

— N'as-tu pas un ami parmi les pages ?

— J'en ai plusieurs. Pourquoi?

— Je voudrais que tu puisses demander l'hospitalité à l'un deux.

Raoul regarda Nancy.

— Quelle idée! fit-il.

— A moins que tu ne veuilles te charger, ajouta Nancy, d'aller chez madame Marguerite.

— Je ne comprends pas, dit le page.

— Eh bien! figure-toi, dit Nancy, que j'étais si troublée tout à l'heure que... j'ai laissé ma clef sur un guéridon... dans l'oratoire...

— Eh bien! venez chez moi... je vous céderai mon logis et j'irai coucher avec mon ami Gauthier.

— Allons! dit Nancy.

Raoul conduisit la camérière chez lui et l'y installa.

— Tu es gentil et je t'aime, lui dit-elle.

Raoul frissonna de joie et s'en alla. Mais, ce soir-là, le page avait une audace inaccoutumée. Quand il eut fait dix pas dans le corridor, il revint frapper à sa porte, que Nancy avait déjà verrouillée en dedans.

— Qui est là? demanda la camérière.

— C'est moi, répondit Raoul d'une voix humble et câline.

— Que veux-tu?

— J'ai quelque chose à vous dire.

Nancy, ordinairement si fine mouche, ouvrit sans défiance.

— Ma petite Nancy, dit Raoul, je viens de faire une réflexion.

— Quelle est-elle?

— C'est que Gauthier me demandera pourquoi je vais partager son lit, quand j'ai le mien au Louvre.

— C'est juste. Eh bien! tu lui diras la vérité.

— Mais, ma petite Nancy, vous n'y songez pas... Il voudra savoir pourquoi vous n'entrez pas chez madame Marguerite.

— Parce qu'elle dort.

— Bah ! ce n'est pas une raison, puisque vous y pénétrez à toute heure de jour et de nuit. Gauthier devinera que vous êtes en disgrâce...

— C'est-à-dire que tu ne sais où loger, mon mignon ?

— Oh ! pardon... Tenez, voyez-vous cette peau de loup, là, dans le cabinet qui précède mon logis ? Eh bien !

— Je dormirai parfaitement là-dessus ; quant à vous, vous tirerez les verrous de ma chambre, et vous serez comme dans un fort.

Nancy voulut se récrier, mais le page se glissa comme une couleuvre entre le bras blanc de la jolie camérière et la porte que ce bras tenait entr'ouverte.

— Et ma réputation ! dit Nancy ; grâce à vous, me voilà compromise !

— Vous savez bien que je vous aime, dit-il en l'enveloppant de son plus tendre regard. Et puis... ne devons-nous pas nous marier ?

Nancy rougit comme une cerise de juin, mais elle n'osa se fâcher. Il était si tard !

## LIX

Celui qui eût assisté la veille à l'entrevue nocturne de madame Marguerite avec son époux, le roi de Navarre, et aurait été témoin de l'émotion et du courroux de la pauvre reine trahie, aurait été bien étonné, le lendemain, vers dix heures, en pénétrant dans son appartement.

Marguerite avait bien un peu les yeux battus et le regard fiévreux; peut-être même était-elle un peu pâle, mais elle était calme, et son geste, sa démarche, n'avaient plus rien de saccadé.

La jeune reine, privée des soins de Nancy, s'était habillée elle-même. Puis elle avait ouvert sa fenêtre, exposé son front à l'air pur du matin, elle était demeurée longtemps à cette place, l'œil tourné vers Paris et la Seine.

Sans doute Marguerite avait pris quelque résolution subite et d'autant plus inébranlable.

Comme dix heures sonnaient, un petit page béarnais lui apporta un message. Ce message venait du roi de Navarre. Marguerite devina que son époux, au désespoir, lui faisait demander une entrevue.

Elle prit la lettre et la jeta négligemment sur une table. Et comme le page ne bougeait :

—- Est-ce que tu attends une réponse ?

— Oui, madame.

— Eh bien ! la voici.

Marguerite reprit la lettre et la laissa tomber dans un vase de bronze ciselé, placé sur un dressoir, dans un angle de sa chambre :

— Tiens, dit-elle, tu diras au roi ce que tu m'as vu faire.

— Oui, madame.

— Ce vase, ajouta Marguerite, est destiné à recevoir toutes les lettres que je ne lis pas.

Le page, un peu déconcerté, s'inclina et sortit.

— A propos, lui dit la reine en le rappelant, connais-tu le page Raoul ?

— Oui madame.

— Cherche-le par le Louvre. Tu me l'enverras...

Le page sortit. Un quart d'heure s'écoula. Puis on gratta à la porte. C'était Raoul. Raoul était, lui aussi, quelque peu métamorphosé. Il était un peu pâle, un peu agité, mais son regard brillait plus qu'à l'ordinaire.

— Mon mignon, lui dit la reine, pourrais-tu me dire où est Nancy.

— Mais... je ne sais... je... la trouverai peut-être... balbutia-t-il.

— Trouve-la-moi.

— Faut-il l'envoyer à Votre Majesté ?

— Sur-le-champ.

Raoul s'esquiva.

Au bout d'un second quart d'heure, on heurta dis-crètement à la porte.

— Entrez ! dit Marguerite.

Nancy apparut, plue émue et plus troublée encore que le page.

Mais Marguerite de Valois mit le trouble de Nancy sur le compte des événements de la veille, et elle se hâta de lui sourire.

— Viens, ici ! lui dit-elle, je te pardonne !...

Nancy baisa respectueusement la main de la reine et se trouva réconfortée.

Alors Marguerite reprit :

— Sais-tu que tu m'as trompée ?

— Moi ! madame ?

— Oui, car tu savais la vérité.

Nancy baissa les yeux.

Et tu me l'as célée.

— Madame, répondit Nancy qui retrouva sa pré-sence d'esprit ordinaire, le dévouement emprunte quelquefois l'apparence de l'aveuglement et du mensonge... Si j'avais eu le temps, le bonheur de Votre Majesté durerait encore... j'aurais étouffé le mal à sa naissance. Le roi...

Mais Marguerite l'interrompit :

— Au nom du ciel ! dit-elle froidement et d'un

air hautain, ne me parle jamais du roi de Navarre.

Nancy la regarda. Alors un beau sourire rempli de dédain vint aux lèvres de Marguerite.

— La nuit qui vient de s'écouler, dit-elle, m'a fait voir que j'avais un cœur à l'épreuve des plus terribles déchirements. J'ai cru que j'allais mourir... Mais tu le vois; j'ai vécu... je vivrai... je suis guérie !

L'accent de Marguerite était si vrai que Nancy oublia momentanément ses émotions.

— Décidément Sa Majesté le roi de Navarre redeviendrait le sire de Coarasse des pieds à la tête qu'il n'en serait pas plus avancé. Son règne est fini.

La reine reprit :

— Maintenant parlons d'autres choses.

Nancy devint attentive.

— Sais-tu pourquoi je t'ai pardonné ?

— Mais, dit Nancy, parce que Votre Majesté a bien pensé que... mon dévouement...

— Ce n'est pas cela.

— Alors, c'est que...

— C'est que j'ai besoin de toi, je veux te consulter, ma petite.

— Votre Majesté me fait grand honneur...

— Non, tu es de bon conseil.

Nancy s'inclina.

— Et d'abord, laisse-moi te dire que si le roi de

Navare a creusé un abîme infranchissable entre lui
et mon cœur, je n'en demeure pas moins la reine
de Navarre, et comme telle, je serai fidèle à sa fortune bonne ou mauvaise. Ses alliés seront les
miens, ses ennemis seront mes ennemis. Je serai
son amie pour les choses de la politique.

— Seulement? fit Nancy.

— Oh! répondit Marguerite, s'il en était autrement, j'aurais de moi-même un mépris souverain.
Passons.

— Soit dit Nancy.

— Que penses-tu du duc de Guise?

Nancy tressaillit à ce nom et regarda la reine dans
le blanc des yeux.

— Je pense que le duc aime toujours Votre Majesté. Marguerite haussa les épaules.

— Je le sais... Mais moi, dit-elle, je ne sais plus
si je l'aime encore. Cependant hier...

— Madame, interrompit Nancy, je vais demander
à votre Majesté la permission de lui narrer un apologue.

— Voyons!

— Il était autrefois, reprit Nancy, au pays des
Féeries et des Merveilles, un prince de dix ans qui
avait le goût des fleurs et des arbres. Le roi, son
père, avait encouragé cette inclination, en préten-

dant qu'un monarque jardinier vaudra toujours
mieux qu'un prince batailleur.

— Il avait raison, ce roi.

— Or, un matin, le jeune prince, en se prome-
nant dans le verger superbe où il passait sa vie, remarqua auprès d'un bel arbuste chargé de fruits
dorés et savoureux, un arbuste qu'il affectionnait et
arrosait lui-même tous les matins, un autre arbre
non moins beau, non moins élégant, et dont les
fruits lui parurent meilleurs. La jeunesse est incons-
tante, elle ressemble, dit-on, aux femmes...

— Impertinente ! fit la reine.

Nancy continua :

— Le nouvel arbre plut si fort au prince que l'ancien lui déplut. Il appela un garçon jardinier et lui
commanda de scier le pauvre arbuste et de le jeter
bas honteusement.

Le jardinier obéit.

Alors, tout entier à son second amour, le prince
s'empressa de cueillir un fruit du nouveau favori.
Mais le fruit était amer et il le rejeta avec colère.

Alors encore, se repentant, il voulut relever
l'arbre abattu, et il essaya de le replacer sur son
tronc... mais le pauvre arbre n'avait plus de racines
et il retomba lourdement sur le sol.

Voilà, madame, acheva Nancy, mon petit apologue.

— C'est-à-dire, fit la reine pensive, que le duc de Guise est un arbre déraciné.

— Hélas !

— Et le roi de Navarre l'arbre aux fruits amers ?

— Précisément.

— Que faut-il en conclure ?

— Ah ! madame, répondit Nancy, quand vous voudrez tirer une conclusion de mon histoire, vous ne prendrez conseil que de vous-même.

Et Nancy retrouva son fin sourire et son regard mutin.

Marguerite demeura silencieuse un moment.

— Sais-tu bien, dit-elle enfin, que cet arbre trompeur qui, en dépit de sa beauté, ne portait que des fruits amers, méritait un châtiment?

— Il en eut un.

— Ah !

— Le jeune prince fit quelques pas, avisa une touffe verte sous laquelle brillait modestement un petit fruit rouge et blanc, une fraise.

— Et il la mangea ?

— Avec délices.

— Nancy, dit la reine en souriant, tu es pleine d'esprit, et je gage que tu vas comparer cette fraise à quelque petit gentilhomme naïf, candide, beau comme un ange et tout rougissant...

— A bon entendeur, salut ! murmura Nancy.

— J'y songerai! répondit Maguerite rêveuse.

Puis elle prit une plume et écrivit ces quelques lignes :

« Mon cher duc,

« La vie est un fleuve dont on ne remonte pas le « courant, mais dont les rives sont parfois si belles, « que le voyageur qui les a parcourues en garde un « éternel souvenir.

« Le souvenir vaut mieux que l'espérance.

« A vous dans le passé.

« MARGUERITE. »

— Hum ! murmura Nancy à mi-voix, lorsque la reine lui eut montré cette lettre, je crois que Dieu va faire un miracle et bouleverser les saisons. Je me trompe fort, ou cette année les fraises mûriront en septembre.

Marguerite n'entendit pas... elle rêvait !

La rêverie est contagieuse, et Nancy allait à son tour devenir mélancolique, lorsque Marguerite lui dit brusquement :

— Tu vas me chercher mes hardes et serrer dans des caisses et des corbeilles mes plus beaux atours. Voici longtemps que mon frère d'Alençon me convie à l'aller voir dans son gouvernement d'Angers. J'ai bonne envie de m'y rendre.

Nancy soupira.

— Pourquoi ce soupir ? fit Marguerite étonnée.

— C'est que, à mon tour, je voudrais demander un conseil à Votre Majesté.

— Ce conseil empêchera donc mon voyage ?

— Non, mais...

Nancy hésita.

— Voyons ! fit la reine.

— Il se pourrait que Votre Majesté me conseillât d'aller faire, moi aussi, un petit voyage... d'où je reviendrais après avoir changé de condition.

— Peste ! exclama la reine, sais-tu que tu parles par énigmes ?...

— Je suis si embarrassée...

— Toi ?

Nancy parut se résoudre à un gros aveu.

— Ma foi ! madame ! dit-elle, on ne peut pas vivre impunément parmi les loups sans le devenir.

— Plaît-il ?

— Depuis tantôt cinq ans que je suis au Louvre, j'ai vu passer devant moi tant d'amoureux... que..

— Que la contagion t'a gagnée ?...

Nancy baissa les yeux.

— Et que tu aimes Raoul !

Nancy poussa un gros soupir.

— Raoul qui t'aime aussi...

— Il me le dit, du moins; mais les hommes sont si trompeurs !

— Hélas ! fit Marguerite.

— Cependant, nous devons nous épouser.

— Oui, dans deux ans.

Nancy se reprit à rougir.

— Oh ! dit-elle, ce serait bien long.

— Eh bien ! acheva Marguerite, allons faire notre voyage; au retour, on fera ton petit page écuyer, je te doterai, et tout s'arrangera...


## LX


Le reste de la journée s'écoula pour madame Marguerite dans une solitude complète. Deux fois le roi de Navarre lui envoya un nouveau message. Elle prit les lettres et les jeta dans le vase de bronze.

Madame Catherine, à son tour, voulut pénétrer chez elle. Mais Nancy se plaça en travers de la porte et prétendit que la jeune reine était hors d'état de voir personne.

Pendant ce temps, Nancy serrait les hardes et faisait les paquets.

Raoul seul avait pu pénétrer auprès de madame Marguerite. On l'avait même investi d'une mission de confiance.

— Mon mignon ! lui avait dit la reine de Navarre, voici une bourse pleine d'or ; tu vas aller dans la rue des Deux-Écus, à l'enseigne du *Cheval blanc*. L'hôtelier est un brave homme qui loue des chevaux et des litières. Comme je ne veux pas que mon départ fasse le moindre bruit au Louvre, je ne demanderai au roi mon frère ni litière ni chevaux.

— Comment ! madame ! s'écria Nancy, Votre Majesté voyagera seule ?

— Avec toi.

— Dans une litière de louage ?

— Sous le plus strict incognito. Ce sera plus amusant.

— Sans la moindre escorte ?

— Avec Raoul qui nous servira de protecteur.

Nancy avait rougi de nouveau.

— Tu le vois, enfant, dit madame Marguerite en souriant, je fais bien les choses et je ne sépare point ceux qui s'aiment.

— Ah ! petit drôle, murmura Nancy en menaçant le page du doigt, tu ne mérites point tant de bonheur.

Raoul avait exécuté les ordres de la reine de Navarre.

Une litière, portée par deux belles mules d'allure rapide, devait attendre, le soir vers dix heures, devant l'église Saint-Germain-l'Auxerrois. Quant à lui, Raoul, il avait acheté un fort beau cheval à un gentilhomme bourguignon descendu la veille à l'hôtellerie du *Cheval blanc.*

Comme le gentilhomme arrivait à Paris pour y solliciter son entrée dans les gardes du roi, et qu'il avait plus besoin d'argent que de son cheval, Raoul avait fait un excellent marché. Il avait acheté la monture moyennant vingt pistoles, ce qui était pour rien.

La nuit approchant, madame Marguerite se fit servir à souper dans sa chambre et permit à Nancy et à Raoul de partager son repas.

Ensuite elle écrivit trois lettres, dont l'une était adressée au roi de Navarre, l'autre à la reine-mère, la troisième au roi Charles IX.

Marguerite écrivait à madame Catherine :

« Madame,

« Je joins à ce billet un message que vous pourrez faire parvenir, je n'en puis douter, à monseigneur le duc de Guise, attendu que j'ai appris de bonne source le revirement d'amitié que vous avez pour lui, après l'avoir voulu faire occire en un coin du Louvre.

« Je vous dirai, madame ma mère, que lorsque ce billet vous parviendra, j'aurai probablement fait beaucoup de chemin loin du Louvre et de Paris.

« Comme je me suis aperçue que nous n'étions pas du même avis, le roi de Navarre et moi, sur la façon dont nous comptons gouverner notre peuple de Gascogne, je prends le parti d'aller voyager quelques jours, à la seule fin de m'instruire sur les choses de la politique, en étudiant les mœurs et les coutumes de différents pays.

« Je vous prie donc, madame ma mère, d'accepter mes adieux, et je demande au ciel qu'il continue à vous protéger.

« MARGUERITE. »

Nancy, qui lut cette lettre, fit la réflexion charitable que le ciel se mêlait beaucoup moins que l'enfer des affaires de madame Catherine.

La reine de Navarre écrivait au roi son époux :

« Sire,

« J'ai éprouvé de votre conduite un violent chagrin, que le séjour que je pourrais faire au Louvre entretiendrait sûrement. Souffrez que je m'absente quelques jours, en me disant

« Votre bonne amie,

« MARGUERITE. »

« P. S. Je vous conseille de vous méfier plus que jamais de madame Catherine, de René et de notre excellent cousin le duc Henri de Guise. »

Enfin la jeune reine écrivait à son frère, le roi Charles IX :

« Sire,

« Votre Majesté sait quelle répugnance j'ai pour les choses de la politique. J'espère donc qu'elle ne verra dans mon absence qu'un caprice de femme et nullement autre chose.

« Je vais, du consentement du roi mon époux, faire un petit voyage de quelque semaines.

« Votre Majesté m'a toujours témoigné une grande amitié, et je pense qu'elle continuera, malgré mon absence, à en rapporter une partie sur le roi de Navarre, qui a bon nombre d'ennemis à votre cour, quoiqu'il soit le plus fidèle sujet de Votre Majesté, et peut-être même à cause de cela... »

Quand ces trois lettres eurent été scellées, Marguerite les plaça sur un guéridon, au milieu de sa chambre à coucher.

Raoul avait fait emporter une à une, dans la soirée, les caisses et les corbeilles de la reine, par un Suisse qui lui était très-dévoué. Caisses et corbeilles étaient arrivées à l'hôtellerie de la rue des Deux-Écus et chargées sur deux mulets qui devaient suivre la litière.

Un peu avant dix heures, Marguerite, dont tous

les préparatifs étaient terminés, s'enveloppa dans une grande mante espagnole qu'elle tenait de la feue reine de Navarre : elle plaça sur son visage un loup de velours noir, et dit à Nancy :

— Maintenant, esquivons-nous.

Raoul avait pris les devants.

La jeune reine et sa camérière descendirent par le petit escalier, sortirent du Louvre par la poterne du bord de l'eau et gagnèrent la place Saint-Germain-l'Auxerrois.

La litière attelée de ses mules, conduites par deux hommes, et les deux mulets chargés des bagages sous la garde d'un troisième attendaient devant l'église.

Raoul était monté sur le cheval du gentilhomme bourguignon, et il avait le mousquet à l'arçon, les pistolets dans les fontes, la dague au flanc et l'épée au côté.

Marguerite et Nancy montèrent dans la litière.

— Où allons-nous? demanda Raoul pour transmettre cet ordre aux conducteurs de la litière.

— Route d'Angers! répondit la reine.

— Hé! hé! madame, dit Nancy, il fait chaud à Angers, n'est-ce pas?

— Pourquoi cette question, petite?

— Mais, dame! répondit Nancy, parce qu'il y

aura peut-être encore des fraises à cueillir dans ce pays-là.

— Impertinente ! murmura Marguerite en souriant.

Et la litière se mit en marche, escortée par Raoul qui trottait à la portière de droite.

La nuit était noire, et personne au Louvre ne soupçonnait que madame Marguerite quittait Paris à cette heure comme une fugitive.

. . . . . . . . . . . . . . . . . . . . . . . . . . . . . .

## LXI

Rétrogradons de vingt-quatre heures.

Avant que Marguerite, guidée par le duc de Guise et soulevée par le garçon cabaretier Pandrille, eût aperçu le roi de Navarre, son époux, aux genoux de Sarah, Noë sortit de Paris à pied et gagna la maison du défunt chanoine à travers champs. Il était alors neuf heures à peine.

Sur le seuil de la maison, Noë trouva le fidèle Guillaume Verconsin qui vint à sa rencontre :

— Ah ! c'est vous, monseieur de Noë ?

— C'est moi. Bonsoir, Guillaume.

— Bonsoir, monsieur le comte.

— Peste! fit Noë, tu as un mousquet sur l'é-paule?

— Après ce qui nous est arrivé, c'est tout simple.

— Bah! le cabaretier est mort.

— Oui, mais son garçon s'est évadé.

— Au fait ! tu as raison, mon garçon.. D'ailleurs, acheva Noë, c'est la dernière nuit que tu passes ici...

— Ah !...

Et Guillaume regarda Noë d'un œil interroga-teur. Mais Noë, paraît-il, n'avait pas le temps de donner des explications. Il passa outre, se conten-tant de demander si Sarah attendait le jeune roi de Navarre.

— Vous savez, répondit Guillaume que madame ne sort jamais.

Mais comme il posait le pied sur la première marche de l'escalier, Noë se retourna et revint vers le brave et fidèle serviteur :

. — A propos, lui dit-il, es-tu homme à garder un secret ?

— Toujours, monsieur.

. - Écoute bien alors; je vais dire deux mots seule-ment à madame Sarah.

— Bien.

— Et puis je m'en irai.

— Ah !

— Dans une heure le roi viendra

— A merveille !

— Et tu te garderas bien de lui dire que tu m'as vu...

Guillaume parut hésiter. Il savait que le roi de Navarre aimait Sarah et que Sarah l'aimait. Or, garder à Noë un secret au préjudice du roi de Navarre, n'était-ce point trahir Sarah ?

Noë comprit cette hésitation :

— C'est dans l'intérêt de ta maîtresse, dit-il.

— Vrai ? dit Guillaume.

— Quand je serai parti, tu monteras chez elle...

— Et elle me dira comme vous ?

— Oui.

— Alors c'est bien.

— Tu seras muet ?

— Sur ma part de paradis, je vous le jure ! répondit Guillaume.

Noë monta. Sarah était seule, accoudée à sa fenêtre qui donnait sur le sentier qui venait, à travers champs, du chemin de Saint-Denis à la petite maison.

— Tout à l'heure, dit-elle à Noë en lui tendant la main, j'ai entendu des pas et, un moment, mon cœur a battu violemment.

Noë se prit à sourire.

— J'ai cru que c'était mon Henri, mais bientôt...

22

— Vous avez reconnu que c'était moi, n'est-ce pas ?

— Oui, et j'ai eu peur...

— Pourquoi ?

— J'ai craint que vous ne vinssiez m'apprendre quelque malheur.

— Rassurez-vous...

Sarah respira.

— Henri va bien, dit Noë, et vous le verrez... ce soir... dans une heure...

— Ah ! merci !...

Noë prit la main de l'argentière :

— Ma pauvre Sarah, dit-il, je suis l'homme le plus malheureux du monde, je vous le jure!

— Vous !

— Oui, car je m'aperçois que vous aimez Henri de plus en plus.

— Ah ! si je l'aime !...

— Et j'ai peur...

— Peur ?

— Oui, j'ai peur que vous manquiez de courage pour le sauver.

Un fier et héroïque sourire glissa sur les lèvres de l'argentière.

— Ah ! vous avez tort, dit-elle. J'aime assez Henri pour me dévouer.

— Vous résignerez-vous à le quitter ?

Elle prit la main de Noë à son tour :

— Non, pas ce soir, ajouta-t-il.

— Mais... demain ?

— Oui.

Sarah courba la tête.

— Soit ! dit-elle.

— Demain, au coucher du soleil, poursuivit Noë,
vous quitterez cette maison.

— Et où irai-je ?

— Vous me trouverez à la porte Montmartre,
vous attendant.

— Tenez, dit-elle, il va venir et mon cœur déborde
de joie... Eh bien ! dites-moi qu'il faut que je parte
à l'instant même, et je partirai. Mais, où me conduisez-vous ?

— Vous le saurez demain.

— Je vous obéirai, murmura l'argentière, puisque
mon départ doit sauver mon Henri.

— Oui, certes ! répondit Noë, car Henri vous
aime avec passion, avec délire; et l'espoir de vous
rejoindre pourra seul lui faire quitter Paris, où sa
vie est de plus en plus menacée.

— Comptez sur moi, dit Sarah, demain au coucher du soleil.

— Oui.

Noë se leva.

— Adieu, dit-il, à demain... Vous ne m'avez pas

vu... Il ne faut pas que Henri sache que je suis venu ici...

Sarah fit un signe de tête et Noï s'éloigna.

. . . . . . . . . . . . . . . . . .

Trois quarts d'heure s'écoulèrent, puis des pas précipités se firent entendre dans le sentier.

Cette fois, le cœur de Sarah se reprit à battre de plus belle. Elle avait reconnu le pas de son Henri bien-aimé.

Le jeune prince, qui ne se doutait point qu'à cette heure il était épié et que Pandrille couché dans un champ de blé auprès du sentier par les ordres du duc, attendait avec impatience son arrivée pour le suivre en rampant et épier tous ses mouvements, le jeune prince, disons-nous, arrivait de ce pas rapide et plein d'ardeur qui est le privilége de l'adolescence amoureuse. Il ne fit point le tour du jardin, et, pour couper au plus court, il sauta lestement par-dessus la haie.

Comme Noë, il trouva le bon Guillaume qui faisait sentinelle. Guillaume n'avait pas besoin d'être gentilhomme pour tenir scrupuleusement sa parole. Il avait promis le secret à Noë, il ne dit pas un mot à Henri de la venue du premier.

Henri courut se précipiter aux genoux de Sarah.

— Ah! chère âme, s'écria-t-il, comme la journée qui s'est écoulée m'a paru longue et mortelle.

Il prit les belles mains de l'argentière et les baisa avec transport.

Sarah avait les yeux pleins de larmes et sentait son cœur se briser, car elle songeait qu'elle voyait son Henri pour la dernière fois. Mais lui, plein de confiance en l'avenir, reprit avec enthousiasme :

— Ah ! ma chère Sarah, si vous saviez comme je suis heureux d'oublier à vos genoux les soucis de la politique !... Quand je suis là, votre main dans la mienne, tenez, je m'oublie parfois à faire un rêve de bonheur et de vie modeste.

— Henri !

— Il me semble, poursuivit le jeune prince, que je suis un simple gentilhomme, moins que cela même, un petit bourgeois qui vous aime au grand jour... et que vous pouvez épouser...

— Henri... Henri !... murmura l'argentière, vous êtes fou !...

— Mais, hélas ! reprit le prince, aussitôt hors d'ici, il faut me réveiller... et la politique me reprend !

A ces derniers mots, Sarah posa sa main sur le bras du prince :

— Tenez, lui dit-elle, je veux vous parler à cœur ouvert.

— Oh ! parlez

— Me croyez-vous votre amie ?

— Comment en douterais-je ?

— Et si je vous donnais un conseil ?

— Parlez !

— Je ne suis qu'une pauvre femme sans condition, poursuivit Sarah, une bourgeoise ignorante des choses de la cour, et cependant...

Elle hésita.

— Parlez ! je vous écoute.

— Eh bien ! si le roi de Navarre m'en croyait, murmura Sarah, au lieu de rester à Paris et de s'y mêler à une foule d'intrigues...

Ces mots produisirent sur Henri une réaction subite. L'amoureux s'effaça, le prince qui rêvait une couronne fleurdelisée reparut. Il arrêta l'argentière d'un geste.

— Sarah, dit-il, vous allez voir si je vous aime, et si j'ai foi en vous ! J'ai un ami d'enfance, Noë; je l'aime comme un frère et je sais qu'il verserait pour moi la dernière goutte de son sang. Eh bien ! il n'a point mon secret.

— Ah !

— Et ce secret, je vais vous le confier.

— A moi ?

— A vous !

Sarah eut un frisson d'orgueil.

Henri demeura à ses genoux, mais son regard étincela et devint dominateur, son geste prit la dignité que le jeune prince déployait parfois, et l'argentière se sentit fière de le voir à ses pieds.

En ce moment, et comme il allait parler, un cri lointain, le cri d'un oiseau de nuit se fit entendre. Sarah eut un mouvement de frayeur :

— Qu'est-ce que cela? dit-elle.

— C'est un cri de chouette, répondit Henri qui se doutait peu que, à cette heure, Pandrille avertissait le duc de Guise de la présence du roi de Navarre chez Sarah.

Et le jeune prince reprit :

— Ma chère Sarah! j'ai du sang de roi dans les veines et je suis le petit-fils de saint Louis. Je ne sais ce que me garde l'avenir, mais une voix intérieure m'a crié plus d'une fois qu'un jour viendrait où je ceindrais une couronne auprès de laquelle celle de Navarre n'est qu'un jouet d'enfant. Eh bien! entre l'avenir et moi, entre cet avenir inconnu qui fait battre mon cœur d'un noble orgueil et l'heure présente, j'entrevois des combats et des luttes sans trêve, je devine de longues misères et je prévois des piéges infâmes tendus sur mon passage... J'ai des ennemis acharnés, ma chère Sarah, des ennemis qui, sous prétexte de religion, ont juré ma perte et celle des huguenots...

— Oh! je le sais, murmura l'argentière, je le sais, Henri.

— Ils sont puissants et je suis faible, ils ont des armées et je ne possède qu'une poignée de soldats : eh bien! cependant, j'accepte la lutte, et, Dieu aidant, je vaincrai.

— Henri! Henri! supplia Sarah pleine d'angoisse.

Un fier et dédaigneux sourire glissa sur les lèvres du jeune prince.

— Oh! je sais, dit-il, que pour leur échapper je pourrais me retirer sur ces quatre arpents de terre pierreuse qu'on appelle le royaume de Navarre, m'y faire humble et petit et courber l'échine comme un vilain. Mais je suis fils de roi, je vous l'ai dit, Sarah, et l'homme que j'estime le plus dans l'histoire, c'est David enfant terrassant Goliath.

— Mais si vous êtes vaincu?

— Bah! j'ai mon étoile... elle brille avec trop d'éclat pour pâlir subitement, mon amie...

Alors Henri se pencha à l'oreille de Sarah frémissante.

Quel secret lui confia-t-il?

Ce secret devait être terrible, sans doute, car, plus d'une fois, la pauvre femme pâlit et frissonna.

— Oh! dit-elle enfin, mais c'est votre tête que vous jouez, Henri...

Le prince ne répondit point, car, à ce moment, un cri traversa l'espace... C'était un cri de douleur, d'angoisses, de désespoir... un cri de femme. Le prince se leva précipitamment et courut à la fenêtre entr'ouverte.

Mais il ne vit rien... La nuit était noire! Sarah, elle, n'avait rien entendu. Tout entière à ce que Henri lui disait, elle n'écoutait que lui.

— Je crois que j'ai rêvé... murmura Henri. Et il se remit aux genoux de la belle argentière.

L'heure succédait à l'heure, et le temps s'écoulait... Mais Henri s'était repris à parler d'amour; il baisait les mains de Sarah et s'abandonnait avec elle à mille rêves charmants...

Cependant, un moment vint où le prince leva les yeux sur le cadran placé dans un angle de la chambre de Sarah. Ce cadran marquait une heure du matin. Henri songea soudain à Marguerite, et se levant :

— Il faut que je parte! dit-il.

Puis il jeta ses bras autour du cou de la jeune femme :

— A demain! dit-il en lui donnant un long baiser...

— A demain! répéta Sarah, qui songea que le lendemain elle aurait quitté Henri peut-être pour jamais!...

Le cœur de Sarah se brisait.

Le prince s'enveloppa dans son manteau et partit.

Noë devait l'attendre au bout du jardin avec son cheval.

— C'est incroyable, murmura-t-il, je n'aurais jamais cru qu'on pût aimer aussi ardemment deux femmes à la fois!...

Et il traversa le jardin en courant.

Quant à Sarah, elle s'était mise à fondre en larmes, après le départ de son Henri bien-aimé.

## LXII

Noë, en effet, était au bout du jardin, à cheval et tenant la monture du prince en main.

Henri, lorsqu'il était arrivé chez Sarah, ne venait point du Louvre, mais bien de Chantilly, où il avait eu une nouvelle conférence avec son cousin le prince de Condé.

Cette fois le roi de Navarre ne s'amusa point à entretenir son confident Noë de son amour pour l'argentière et de la double faculté qu'avait son cœur de contenir deux amours.

Henri avait bien autre chose en tête. Noë le devina à son accent bref, à sa démarche assurée et rapide.

— Oh! oh! pensa-t-il, la conférence de Chantilly aura pris de la tournure. Cela se voit de reste.

Henri sauta en selle, et tous deux chevauchèrent un moment sans que le prince ouvrît la bouche. Mais Noë, impatienté, dit au roi :

— Savez-vous, Henri, qu'il est une heure du matin ?

— Je le sais.

— Et qu'il serait grand temps de rentrer au Louvre.

— Ah !

— Nous allons rue Saint-Jacques ?

— Pourquoi faire ?

— A l'hôtellerie du Cheval-Rouan, pour y voir ton ami. Comment l'appelles-tu ?

— Hector.

— Justement.

— Ah ! Votre Majesté veut voir Hector ?

— Ventre-saint-gris ! murmura le roi d'un ton plein d'humeur, aussitôt que tu vois poindre dans mes paroles un mot de politique, tu me traites de *Majesté* comme si nous étions en plein conseil.

— Mais, dame ! Sire, c'est tout simple.

Le roi haussa les épaules :

— Soit ! dit-il. Appelle-moi *Majesté*, mais conduis-moi près d'Hector.

— C'est inutile.

— Hein ?

— Hector n'est pas à Paris...

Noë mentait, mais il avait besoin d'Hector pour le lendemain. Il avait songé à en faire le compagnon de voyage et le chevalier de Sarah.

— Morbleu! murmura le roi, j'avais pourtant besoin de lui.

— Pourquoi? demanda Noë.

— Pour le mettre à cheval...

— Bon!

— Et l'envoyer sur la route de Navarre.

— Tiens, tiens!... fit Noë d'un air indifférent.

— Il est dévoué et brave, ce garçon.

— Oh! soyez tranquille, sire. Il se fera hacher pour Votre Majesté quand il en sera besoin.

— De plus il a l'air intelligent.

— Dame! il est Gascon.

— Et puisqu'il est parti, je ne vois que toi qui le puisses remplacer.

Noë fit un soubresaut sur sa selle.

— Comment! dit-il, Votre Majesté veut m'envoyer en Navarre!

— Pas tout à fait... mais jusqu'aux frontières de Gascogne.

— Et... quand cela?

— Tu vas partir sur-le-champ.

— Sans voir ma femme?

— Nous n'avons pas le temps... et puisque Hector est parti...

— Sire, dit Noë résolûment, j'ai sous la main un homme qui est aussi jeune, aussi brave, aussi intelligent qu'Hector.

— Ah! bah!

— Et qui, comme lui, verserait tout son sang pour Votre Majesté.

— Comment le nommes-tu?

— Hogier.

— C'est un Béarnais?

— Oui.

— Et tu l'as sous la main?

— Il est, comme Hector, logé au Cheval-Rouan, Sire.

— Et tu crois qu'il partira?

— Sur-le-champ. Cependant...

— Bon! dit Henri, je comprends ta restriction, mon bel ami...

— Peut-être...

— Cependant, tu trouves que le temps est venu de te faire mes confidences...

— Il est certain, murmura Noë un peu dépité, que depuis quelque temps vous ne m'honorez pas précisément de toute votre confiance, Henri.

— Sais-tu pourquoi?

— Ma foi! non.

— Eh bien! c'est parce que, depuis que tu as pris femme, tu n'es plus le Noë des anciens jours.

23

— Oh! quelle idée!

— Tu trembles toujours, tu as peur de tout.

— Bah! vous croyez?

— Et tu as imaginé une foule d'inventions pour me faire quitter Paris.

— C'est vrai...

— Eh bien! sois satisfait...

— Nous partons?...

— Après-demain. Mais, dit le roi, nous emmenons un otage.

Noë tressaillit pour la seconde fois.

Henri se pencha à l'oreille de Noë et lui murmura un nom.

— Et je te jure, continua le roi, que nous ne chômerons pas en route.

— Ah! ah!

— Et que je voyagerai avec une escorte convenable. Notre prisonnier sera bien gardé. Ainsi, Noë, le temps d'hésiter et de reculer est passé.

— *Alea jacta est!* murmura Noë en poussant un soupir.

Puis il ajouta :

— Maintenant, c'est bien. J'ai peut-être eu tort, Henri, lorsque je voulais vous faire quitter Paris. Mais, puisque l'heure du combat a sonné, vous me trouverez au premier rang.

Tandis qu'ils causaient ainsi, le prince et son compagnon avaient traversé la Seine, gagné la rue Saint-Jacques et atteint l'hôtellerie du Cheval-Rouan.

Noë mit pied à terre et frappa avec le pommeau de son épée. La porte s'ouvrit, et l'hôtelier en chemise accourut. Il reconnut le prince et salua jusqu'à terre.

— Hogier est-il couché? demanda Noë.

— Il dort, répondit l'hôte.

— Tiens nos chevaux et donne-moi ta chandelle.

Noë guida Henri jusqu'au premier étage où Hogier de Lévis dormait, la clef sur la porte, avec la confiance d'un gentilhomme aussi pauvre que brave.

Le prince et Noë entrèrent. Hogier, réveillé en sursaut, allongea la main vers son oreiller pour y prendre son épée; mais, soudain, il reconnut Noë et se mit à rire. Puis il regarda Henri et étouffa un cri.

Hogier avait vu souvent à Nérac le jeune roi, du temps qu'il n'était que prince de Navarre.

Il sauta donc à bas de son lit tout rougissant et tout confus. Mais Henri lui dit en souriant :

— C'est bien, monsieur! je sais que vous n'ignorez pas qui je suis.

— Ah! Sire...

— Et Noë m'a dit que vous m'étiez dévoué.

— Faut-il me faire tuer pour Votre Majesté?

— Pas précisément? mais habillez-vous...

Hogier se vêtit en un clin d'œil.

— Ton cheval est bon, dit Henri à Noë, et il peut faire encore une douzaine de lieues?

— Il en fera vingt, si besoin est...

Henri avait fermé la porte, ouvert son pourpoint et tiré de ses chausses une grosse bourse pleine d'or, qu'il plaça sur une table, aux yeux étonnés de Noë.

Puis il dit à Hogier :

— Monsieur, vous allez partir à l'instant.

— Oui, Sire.

Le roi fouilla dans son pourpoint et en retira un parchemin plié en quatre. Ce parchemin était couvert d'une demi-douzaine de noms.

— Tenez, dit-il en le plaçant sous les yeux du jeune Béarnais, voilà six noms que vous apprendrez par cœur.

— Oui, Sire.

— Et quand vous les saurez, vous brûlerez ce parchemin.

Hogier s'inclina.

— Chacun des six gentilshommes a son manoir sur la route de Paris en Gascogne.

— Et j'irai chez chacun d'eux?

— Oui, successivement.

Alors le roi retira de son doigt cette bague qu'il

tenait du roi Antoine de Bourbon, son père, cette bague qui l'avait fait reconnaître par le bon Malican.

— A chacun d'eux, poursuivit-il, vous montrerez cet anneau.

— Oui, Sire.

— Et chacun d'eux vous obéira comme à moi-même, monsieur.

— Que dois-je leur commander?

— De tenir, à partir de demain soir, dix chevaux frais prêts à partir.

— Où les placeront-ils!

— Tenez, dit Henri, le temps nous presse et je n'ai pas le loisir de vous donner de vive voix toutes les instructions que vous trouverez dans cette lettre.

Il tira de sa poche un second parchemin et le remit aux jeune homme :

— Il est écrit en langue béarnaise, lui dit-il. Partez!...

Hogier avait achevé de s'habiller.

Il prit son feutre et son manteau, boucla son épée et attacha ses éperons.

— Prenez encore cet or, lui dit Henri, et ne le ménagez point sur la route.

Henri et les deux jeunes gens redescendirent.

— Mets mon cheval à l'écurie, dit le roi de Navarre à l'hôtelier, tandis que Hogier sautait sur celui de Noë. Je m'en retournerai à pied.

Hogier partit au galop.

Henri et Noë passèrent la Seine au bac de Nesles et gagnèrent le Louvre. A la porte, Noë dit au roi :

— Je ne pense pas, Sire, que vous ayez besoin de moi cette nuit.

— Non.

— Et je puis vous quitter...

— Où vas-tu ?

— Chez Malican.

— Ta femme y est ?

— Elle m'y attend. Bonsoir, sire.

— Bonsoir, Noë, mon ami.

Tandis que Hogier de Lévis galopait sur la route de Gascogne, tandis que Noë s'allait coucher, Henri rentrait au Louvre où Marguerite n'était point revenue encore.

On sait ce qui advint.

.   .   .   .   .   .   .   .   .   .   .   .   .

Le lendemain, en arrivant de bonne heure au Louvre, Noë trouva le jeune roi dans une prostration profonde.

Henri aimait Sarah, mais il aimait aussi Marguerite, et il était livré à un violent désespoir.

Vainement Noë essaya-t-il de le consoler.

Durant toute la journée, le jeune roi se lamenta et écrivit à Marguerite billets sur billets, qui demeurèrent sans réponse.

— Mais, vers le soir, Noë, dont les confidences de Henri et les événements de la nuit avaient quelque peu modifié les plans à l'endroit de Sarah, Noë dit au roi :

— Autrefois, Votre Majesté m'écoutait.

— Et je suis prêt à t'écouter encore...

— Votre Majesté veut-elle reconquérir le cœur de la reine?

— Tu me le demandes?

— Eh bien ! il y a pour cela un très-bon moyen.

— Lequel?

— C'est de mettre d'abord nos plans à exécution.

— Oh ! dit Henri, j'y compte bien. J'ai engagé ma parole à Condé.

— Et de partir comme si de rien n'était.

— Bon ! après?

— Nous emmènerons Sarah...

Henri tressaillit.

— Et nous attendrons que madame Marguerite nous coure après; ce qui ne peut manquer d'arriver...

Henri secoua la tête.

— Bah ! dit Noë, je m'y connais. Les femmes aiment ceux qui les dédaignent !

Et ayant ainsi réconforté le prince, Noë ajouta :

— Et maintenant, sire, oublions les chagrins d'amour et songeons aux choses de la politique...

Henri se redressa :

— Tu as raison, dit-il. Tes gens sont-ils prêts !

— Oui, sire.

— Hector et Lahire viendront-ils ici ?

— Ils seront à minuit à la poterne.

— Avec la litière ?

— Tout sera prêt. D'ailleurs, je vais donner les derniers ordres...

Noë quitta le prince et courut chez Sarah. L'argentière était disposée à partir, mais Noë lui dit:

— Ma chère Sarah, tout est changé depuis hier.

— Que voulez-vous dire ?

— La reine a tout su.

Sarah pâlit affreusement.

— Et elle a cessé d'aimer votre Henri.

— O mon Dieu !

— Ce qui fait que, pour le présent, il ne faut plus songer à le fuir.

Elle frissonna.

Noë lui prit les deux mains et lui dit avec émotion :

— Ah ! vous le savez, ce prince que tous deux nous aimons ne saurait vivre sans amour... Il faut que vous l'aimiez, Sarah, il faut que vous le suiviez partout... il faut que vous deveniez son bon ange !

Sarah se mit à genoux et deux larmes silencieuses coulèrent le long de ses joues.

La pauvre femme avait fait à son amour le sacrifice du devoir.

. . . . . . . . . . . . . . . . .

## LXII

Cependant madame Marguerite et Nancy s'en allaient bon train sur la route d'Angers. Elles étaient parties, comme on sait, la veille, à dix heures du soir, de la place Saint-Germain-l'Auxerrois. Raoul, on s'en souvient, trottait à la portière.

Le cortége traversa la Seine au pont au Change puis la Cité, passa sur le pont Saint-Michel et gagna la porte Saint-Jacques.

Une fois là, les muletiers fouettèrent leurs bêtes et Raoul joua de l'éperon.

La nuit était fraîche, un peu sombre. C'était le meilleur temps d'été qu'on pût trouver pour voyager.

Alors la reine qui, depuis qu'elle était montée en litière, avait gardé le silence, dit à Nancy :

— Nous ferons bien une quinzaine de lieues sans débrider, et nous arriverons, si nous continuons à aller de ce train, aux portes de Chartres avant le lever du soleil.

— C'est bien possible, dit Nancy.

— C'est certain, affirma Raoul à travers la portière.

— Or, ma petite, reprit la reine, c'est fort joli d'avoir fait quinze lieues avant que personne au Louvre s'aperçoive qué je ne suis plus dans mon lit, mais ce n'est pas suffisant...

— Dame! fit la prudente Nancy, il se pourrait faire, ma foi! que le roi de Navarre fît courir après Votre Majesté.

— Oh! cela m'est égal...

— Et que le roi Charles IX s'en mêlât.

— Ah! ceci est plus grave... mais je redoute bien davantage madame Catherine, mon honorée mère.

— Sans compter le duc de Guise, qui sera fou de rage en recevant le billet de Votre Majesté.

— Par conséquent, reprit Marguerite, mon avis est que nous ferions fort bien de prendre le plus d'avance possible. Qu'en dis-tu, petite?

— Je pense comme Votre Majesté.

— Et de voyager demain toute la journée. Quand nos mules seront fatiguées...

— Nous en achèterons d'autres.

— C'est cela.

Raoul se pencha sur le cou de son cheval pour se mêler plus à son aise à la conversation.

— On peut aller, par ce moyen, dit-il, coucher a Blois.

— Ah !

— Et de Blois...

— Oh ! dit Marguerite, quand nous serons à Blois, nous pourrons en prendre à notre aise et ne plus voyager que la nuit...

Là-dessus, Marguerite et Nancy se mirent à causer comme de bonnes amies, et Raoul continua à galoper en respirant l'air à pleins poumons.

On voyagea ainsi le reste de la nuit.

Au petit jour, Raoul aperçut dans le lointain les tourelles de la cathédrale de Chartres.

En même temps il jeta un coup d'œil dans la litière. Madame Marguerite s'était endormie. Nancy, elle, ne dormait pas et lorgnait son beau Raoul du coin de l'œil.

Alors celui-ci laissa passer la litière, puis poussa son cheval et vint se ranger à la portière de gauche afin de causer plus facilement avec Nancy.

Nancy se pencha en dehors, Raoul se courba sur l'encolure de son cheval et la conversation s'établit à mi-voix entre les deux jeunes gens.

— Mon mignon, dit alors Nancy, as-tu remarqué une chose ?...

— Laquelle ?

— C'est que le chagrin s'en va avec le voyage et le sommeil.

— Ah ! chère Nancy, murmura le tendre Raoul, si

je voyageais sans vous, je ne dormirais pas, et mon chagrin augmenterait au fur et à mesure du chemin que je serais obligé de faire en m'éloignant de vous.

Le compliment plut à Nancy, mais elle n'en fit rien paraître, et continua :

— Il n'en est pas moins vrai que madame Marguerite dort.

— Oh! profondément...

— Ce qui est une preuve, même en admettant ton raisonnement, que son chagrin est diminué.

— C'est possible.

— Quand elle s'éveillera, nous serons si loin de Paris qu'elle n'y songera plus...

— Bah! vous croyez?

— J'en suis sûre...

— C'est qu'alors elle n'aimait pas le roi de Navarre.

— Elle l'adorait, au contraire, mais...

— Mais?... fit Raoul.

— Elle a été froissée dans son orgueil, et comme elle songe à se venger, elle croit ne plus souffrir.

— Comment se vengera-t-elle? demanda Raoul avec une candeur indigne d'un page de la cour de France.

Nancy le regarda avec une compassion pleine de raillerie.

— Enfant! dit-elle.

— Ah! bon! fit Raoul, illuminé tout à coup, je comprends...

— C'est bien heureux...

— Et je plains...

— Chut!

Raoul se tut.

— Mon mignon, reprit Nancy, puisque nous causons de ces choses-là, il est bon que je te donne un conseil.

— Parlez...

— D'abord laisse-moi te dire que la reine s'intéresse à toi...

— Ah!

— A notre retour à Paris tu seras fait écuyer...

— Bon!

— Et elle me dotera.

— Ce qui fait que nous nous marierons tout de suite, n'est-ce pas!

— Mais, fit Nancy en menaçant Raoul du bout de son doigt rose, j'y compte bien en vérité.

Nancy continua :

— Il est donc nécessaire d'être aux petits soins pour madame Marguerite.

— Oh! soyez tranquille...

— D'être complaisant, dévoué, discret...

— Oh! certes!

— Écoute donc! Nous allons à Angers...

24

— Je le sais.

— Une galante ville, par ma foi! poursuivit Nancy, et où les gentilshommes de bonne noblesse et de belle tournure sont aussi communs qu'au Louvre. Or, je te l'ai dit, la reine veut se venger.

Eh bien?

— Ce qui signifie que si elle a quelque besoin de nous pour sa vengeance... il faut songer à notre avenir... et la servir..

— Mais... comment?

— Peut-être en fermant les yeux simplement, peut-être autrement... on ne sait pas...

— Ma foi! dit naïvement Raoul, quand nous en serons là, ma petite Nancy, vous me ferez la leçon, hein?

— Certainement.

La litière entra dans la ville de Chartres au lever du soleil, et madame Marguerite s'éveilla en entendant résonner le sabot des mules sur le pavé.

— Ah! dit-elle en souriant, je crois que j'ai dormi un peu.

— Mais oui, répondit Nancy.

— Où sommes-nous?

— A Chartres.

Madame Marguerite mit la tête à la portière.

Les rues étaient désertes encore, et à peine, de distance en distance, rencontrait-on un maraîcher ou quelque bourgeois matinal qui ouvrait sa porte et humait le grand air.

Madame Marguerite dit quelques mots à Raoul, et Raoul ordonna aux muletiers de s'arrêter à la première hôtellerie qu'ils trouveraient sur leur chemin.

La jeune reine dit alors à Nancy :

— Voici le moment de nous distribuer les rôles, ma petite.

— Voyons! fit Nancy.

— Je suis une jeune veuve du pays de Touraine, la dame de Château-Landon.

— Tiens! un joli nom!...

— Je viens de Paris, où j'ai gagné un procès que le sire de Château-Landon, mon époux, m'avait laissé pendant devant le Parlement.

— A merveille !

— Toi, tu es ma nièce, et Raoul est mon neveu; tu es la fille de mon frère, il est le fils de ma sœur; vous êtes fiancés... et vous allez vous marier... Jusqu'à Angers, pour tout le monde que nous trouverons en route, ce sera ainsi.

— Ma foi! dit Nancy, tout cela m'a l'air fort naturel, et personne, j'imagine, ne soupçonnera en Votre Majesté la reine de Navarre.

La reine s'arrêta une heure à Chartres.

Pendant cette heure, Raoul acheta des chevaux pour remplacer les mules qui étaient lasses, et il troqua sa monture contre une jument percheronne qui appartenait à l'aubergiste.

Madame Marguerite prit un bouillon, suça une aile de poulet, trempa ses lèvres dans un verre de vin blanc des bords de la Loire. Nancy l'imita et on se remit en route. On chemina ainsi pendant cinq ou six heures, et on fit quinze autres lieues.

Durant ce trajet, la reine ne prononça pas même le nom de Henri.

Nancy, la fine camérière, parla beaucoup d'Angers et des Angevins, prétendit qu'en ce pays les gentilshommes étaient aussi spirituels qu'en Gascogne, beaucoup plus beaux et de meilleure éducation. La reine ne contredit point Nancy. Comme il était à peu près midi, on aperçut à gauche de la route un petit hameau, et à l'entrée une hôtellerie qui avait pour enseigne :

*Au bon roi Louis le onzième.*

— Tiens ! dit la reine, voici un sujet qui n'a pas eu son ancêtre pendu, ce qui est rare en ce pays où mon aïeul, le roi Louis XI, avait coutume de border les chemins de potences, au lieu de planter les arbres. Si nous dînions chez lui ?...

On s'arrêta de nouveau, et la dame de Château-Landon se fit servir à dîner pour elle et ses parents. Puis, comme la chaleur était étouffante, lorsque le repas fut fini, Nancy conseilla à sa prétendue tante de faire une sieste de quelques heures.

Madame Marguerite était fatiguée, elle suivit le conseil de sa camérière et se retira dans une des chambres de l'auberge.

Nancy et Raoul, qui n'avaient nulle envie de dormir, se prirent sous le bras et s'allèrent promener, au bord d'une rivière qui coulait parallèlement à la route.

Les muletiers se jetèrent dans l'écurie sur une botte de fourrage et s'abandonnèrent, eux aussi, tandis que leurs bêtes se restauraient, aux douceurs de la sieste que justifiait pleinement la chaleur torride du mois d'août.

Il ne resta bientôt plus d'éveillé, dans l'auberge, que l'hôtelier, qui s'assit sur le pas de sa porte et se mit en devoir de plumer une oie.

Trois heures environ s'écoulèrent.

Nancy et Raoul erraient toujours sous les saules de la petite rivière, madame Marguerite n'avait point reparu, et l'hôtelier achevait sa besogne lorsqu'un cavalier s'arrêta à la porte et cria :

— Holà ! cabaretier, un verre de vin pour moi et de l'avoine pour mon cheval.

L'hôtelier accourut, le cavalier mit pied à terre. C'était un fort beau jeune homme, de taille moyenne, bien fait de sa personne, blanc et rose, avec de petites moustaches noires, un pied mignon, une main aristocratique, de grands yeux brillants et doux, un homme de race, s'il en fut.

Telle fut, du moins, l'opinion de Nancy, qui, appuyée sur le bras de Raoul, inventoria l'inconnu d'un coup d'œil, au moment où il pénétrait dans l'auberge.

En ce moment aussi madame Marguerite, ayant fini sa sieste, descendit et entra dans la salle basse.

Soudain le jeune cavalier, qui déjà s'était assis, se leva et salua avec courtoisie. Puis, il demeura véritablement en extase devant la royale beauté de la prétendue dame de Château-Landon. Jamais, dans ses rêves les plus ardents, le jeune homme n'avait osé entrevoir un semblable idéal. Aussi éprouva-t-il une émotion subite si grande que ses joues s'empourprèrent comme des cerises de juin.

## LXIII

Quand il fut hors de Paris, Hogier de Lévis, qui partait avec de mystérieuses instructions du roi de Navarre, mit son cheval au galop et s'en alla jusqu'à Meudon sans trop songer au but de son voyage. Il était arrivé à Paris huit jours avant, avec la conviction qu'il y resterait longtemps, et que c'était à Paris surtout que le roi de Navarre avait besoin de ses

services. Or, le roi de Navarre le mettait en route
pour une destination inconnue, et la chose ne laissait pas que de l'intriguer passablement.

Comme il traversait le village de Meudon, Hogier
vit sur la gauche de la grande rue une lueur rou-
geâtre. Il s'approcha. C'était une forge de maréchal
ferrant qui s'ouvrait. Le forgeron était matinal. Il
se levait à deux heures du matin, allumait sa forge
et chauffait son fer. A trois heures, d'ordinaire, les
pratiques commençaient à arriver.

Hogier s'arrêta devant la porte et appela le maréchal. Celui-ci accourut.

— Hé! compagnon, lui dit Hogier, visite donc
un peu les quatre pieds de mon cheval. Je crains
que la bête ne soit déferrée.

Le maréchal prit et leva tour à tour chaque pied.

— Tous les fers y sont, dit-il; mais celui du pied
montoir de devant est aussi mince qu'une lame de
couteau.

— Peux-tu en ajuster un tout de suite?

— Ce sera l'affaire d'un quart d'heure, répondit
le forgeron.

Hogier mit pied à terre et attacha son cheval à
l'anneau de fer qui était scellé dans le mur, à la
porte. Puis, il entra dans la forge et s'approcha du
foyer :

— Je suis curieux, pensa-t-il, de savoir au juste ce que contiennent mes instructions.

Et tandis que le forgeron arrondissait son fer sur l'enclume, il tira de sa poche les deux parchemins que le roi lui avait donnés et les lut à la clarté de la forge.

Le premier était une liste de noms.

Le second était couvert d'une écriture fine, serrée, et dont la physionomie trahissait une langue autre que la langue française.

Les instructions du roi Henri étaient écrites en langue béarnaise, ce qui convainquit Hogier qu'elles lui avaient toujours été destinées.

Le document était ainsi conçu :

« Le porteur du présent parchemin se rendra d'a-
« bord au château de Bellecombe, qui est situé sur
« la gauche du chemin, à une lieue de Chartres.

« Le seigneur de Bellecombe est un calviniste du
« nom de Mauduit.

« Le porteur lui montrera la bague qu'on lui aura
« donnée, et comme le sire de Mauduit se mettra à
« l'instant même à sa disposition, il le requerra d'a-
« voir à tenir des chevaux tout sellés dans la nuit
« de jeudi, vers deux heures du matin, dans la forêt
« qui avoisine le château. »

Hogier s'arrêta en cet endroit de sa lecture pour faire la réflexion suivante :

— C'est aujourd'hui mardi, c'est donc après-demain qu'il faut les chevaux.

Et il continua :

« Du château de Bellecombe, le porteur de la pré-
« sente se rendra au manoir de Grateloup, habité
« par le vieux sire de Grateloup, calviniste comme
« Mauduit, et il le requerra pareillement. »

- Bon ! se dit Hogier, il paraît que je suis trans-
formé en courrier.

Le document en langue béarnaise indiquait successivement dix châtelains et dix manoirs situés sur
a route de Gascogne. Seulement. pour chacun
'eux, l'heure variait.

— Hé ! mais, pensa le jeune homme, avec qua-
ante-huit heures d'avance, j'ai réellement le temps
'en prendre à mon aise et de ne point crever mon
heval.

Puis il remit les parchemins dans sa poche, ôta
e son doigt la bague que lui avait donnée le roi et
a mit dans sa bourse qu'il portait suspendue au cou,
ous sa chemisette, par un cordon de cuir.

Le jeune homme venait de faire la réflexion sui-
ante :

— Si cette bague a la vertu de me faire obéir de
eux qui la verront, elle doit être fort connue, et,

par conséquent, il serait imprudent de la porter à mon doigt, car je crois que le roi de Navarre n'a pas que des amis en France.

Le cheval était ferré. Hogier paya le forgeron, sauta en selle et partit.

Au lever du soleil il atteignit le manoir du sire de Bellecombe. Le sire de Bellecombe était un vieillard fort vert et dont l'œil brillait du feu de la jeunesse. Il s'était retiré du métier des armes et des soucis de la politique depuis de longues années, mais il était demeuré calviniste enragé, et les choses de la religion avaient le privilége de lui rendre l'ardeur de ses vingt-cinq ans.

Il paraît que la bague du roi possédait réellement un pouvoir magique, car le vieux seigneur, en la voyant, s'inclina plein de respect et dit à Hogier :

— Il sera fait comme désire *celui* qui vous envoie.

Les instructions en langue béarnaise dont Hogier était porteur renfermaient une recommandation qu' n'était point de mince importance, celle de voyage le moins possible durant le jour tant qu'il ne serai pas à une distance respectable de Paris. Aussi fidèle à cette recommandation, Hogier passa-t-il 1 journée chez le sire de Bellecombe et n'en repartit il que le soir au moment de la fraîcheur.

A dix heures du soir il sonnait au pont-levis du deuxième manoir qu'il devait visiter, s'acquittai

apidement de sa mission et partait pour atteindre
u point du jour un troisième château.

Mais là il éprouva une déception. Le châtelain,
ui ne s'attendait pas sans doute à cette visite, avait
été plus matinal qu'Hogier. Il était allé à la chasse.

Le parti du jeune messager fut bientôt pris. Il
se renseigna sur la direction suivie par le chasseur
et remit son cheval au galop. Au bout de trois heures, guidé par le son d'une trompe et les aboiements
d'une meute, Hogier rejoignit le châtelain et s'ac-
quitta de son message. Puis il continua son chemin
avec l'intention de pousser jusqu'à Blois.

Or, c'était lui qui était entré dans l'auberge où
madame Marguerite venait de faire sa sieste, tandis
que Raoul et Nancy s'étaient compté mille gentil-
lesses au bord de la petite rivière.

Marguerite s'aperçut tout de suite de l'impression
profonde qu'elle produisait sur Hogier. Mais, en
même temps aussi, elle ne put se défendre elle-
même d'une sorte d'émotion bizarre, et il lui sem-
la que cet homme que le hasard plaçait sur son
hemin serait quelque chose dans son existence.

L'histoire des pressentiments est inexplicable.

Quant à Nancy, elle entra et, fidèle à la leçon que
la reine lui avait faite le matin, elle lui dit :

— Est-ce que nous repartons sur-le-champ, ma
ante?

— Oui, petite, répondit Marguerite.

— Il fait bien chaud encore...

— Tu crois?

— Oh! certes; nous revenons avec Raoul de nous promener au bord de l'eau, où le soleil est brûlant.

— Voyons! dit Marguerite.

Et comme si elle eût voulu rompre ce charme mystérieux qu'elle semblait exercer sur Hogier depuis deux minutes, elle passa devant lui et sortit de la cuisine de l'auberge, tandis que la camérière y entrait. Hogier était demeuré immobile et comme fasciné.

La reine partie, il respira, puis il regarda Nancy et Raoul. Raoul, en cavalier courtois, salua, attendu qu'il entrait et que, par conséquent, c'était à lui de faire les avances. Hogier lui rendit son salut avec empressement. Ce que voyant, Nancy, elle, lui fit à son tour une belle révérence. Puis elle poussa le coude à Raoul.

Raoul comprit que Nancy désirait entrer en conversation avec le jeune gentilhomme, et il lui dit, en le saluant de nouveau :

— Vous avez dû faire une longue route, monsieur, car votre cheval que je viens de voir à la porte est tout ruisselant et a les flancs coupés.

— En effet, monsieur, je viens d'assez loin, répondit Hogier.

— Est-ce que vous vous dirigez sur Paris?

— Non, monsieur, je vais à Tours.

En ce moment l'hôtelier apporta à Hogier une bouteille de vin et un gobelet.

— Monsieur, dit poliment le Gascon, oserai-je vous faire une prière?

— Parlez, monsieur.

— J'ai horreur de boire seul, je suis persuadé que cela porte malheur.

— On le dit, monsieur.

— Voudriez-vous donc trinquer avec moi?

— Volontiers.

— Un verre! demanda Hogier.

La connaissance était faite.

On se mit à causer et Nancy s'en mêla.

De même que Hogier avait dit qu'il allait à Tours, Nancy et Raoul prétendirent qu'ils faisaient la même route. Hogier se donna pour un gentilhomme qui était allé recueillir aux environs de Paris la succession d'un vieil oncle mort dans les ordres. Nancy et Raoul parlèrent de leur prochain mariage et racontèrent que leur tante, madame de Château-Landon, revenait également de Paris où elle avait une sœur mariée à un officier du roi.

Hogier eut quelques mots pleins d'adresse, à la seule fin de savoir si madame de Château-Landon avait un mari.

— Elle est veuve, lui répondit-on.

Hogier éprouva une satisfaction qu'il eût été bien embarrassé de s'expliquer.

— Oh! dit-il, elle est veuve de trop bonne heure pour ne point songer à se remarier promptement.

Nancy hocha la tête.

— Je ne crois pas, dit-elle.

— Cependant!...

— Elle adorait son mari, et elle le pleure tous les jours.

— Ah! soupira Hogier.

Madame Marguerite revint après avoir fait quelques pas sur la route, et elle fut fort étonnée de voir Raoul et Nancy en si bonne relation avec l'inconnu.

— Ma tante, dit Nancy, voilà un gentilhomme qui fait la même route que nous.

— Il va à Tours, ajouta Raoul.

Hogier salua profondément Marguerite, et son visage exprima le trouble d'un adolescent. Marguerite lui fit une révérence et ne put s'empêcher de le trouver charmant.

— Ma tante, dit Raoul à son tour, est-ce que vous ne vous plaigniez pas tout à l'heure que les routes n'étaient pas sûres?

— Et que par le temps de troubles où nous vivons, ajouta Nancy, il valait mieux ne pas voyager seuls?

— C'est vrai, dit Marguerite.

— Alors, puisque monsieur suit le même chemin que nous...

Hogier s'inclina ;

— Diable ! pensa-t-il, cette veuve est charmante, mais j'ai une mission pressée... Comment faire ?

Marguerite reprit à son tour :

— Monsieur est peut-être pressé d'arriver...

— Pas précisément, madame, répondit Hogier, mais je suis obligé de me détourner de la route un peu avant d'arriver à Blois.

Nancy fit une petite moue de désappointement.

Heureusement Hogier ajouta :

— Ce qui fait que je ne pourrai arriver à Blois que fort tard. Mais si j'osais vous demander à quelle auberge vous comptez descendre ?

— A la Licorne d'argent.

— C'est pareillement mon hôtellerie !

— Nous nous reverrons à Blois, en ce cas, répliqua Raoul.

Et il sortit pour faire harnacher les chevaux et préparer la litière.

Quant à Hogier, comme s'il avait eu hâte de s'arracher à la fascination exercée sur lui par Marguerite, il fit rebrider son cheval, prit congé de la prétendue dame de Château-Landon et de sa nièce, promit de les revoir à Blois, sauta en selle et partit.

. . . . . . . . . . . . . . .

Alors Marguerite regarda Nancy :

— Ah çà ! lui dit-elle, quelle idée singulière t'a
.passé par la tête, de faire la connaissance de ce gentilhomme?...

Nancy eut un sourire mystérieux et ne répondit
pas.


## LXIV


Hogier était jeune, ardent, et son cœur rempli de
vagues aspirations n'avait jamais aimé. Pour la première fois ce cœur avait battu à outrance à la vue
de Marguerite.

Aussi notre héros s'en alla-t-il accomplir sa quatrième mission avec beaucoup plus de zèle et de
promptitude, car il avait hâte de se retrouver à Blois
avec là prétendue dame de Château-Landon.

La même pensée présida-t-elle au voyage de Marguerite? ou bien Nancy donna-t-elle à Raoul des
ordres secrets? C'est ce qu'on ne saurait préciser.
Toujours est-il que le petit cortége s'étant mis en
route, les chevaux qui portaient la litière prirent
une allure plus rapide. Raoul mit insensiblement sa
monture au grand trot; bientôt on marcha un vrai
train de prince. La reine était silencieuse et rêvait...

Nancy l'observait du coin de l'œil et se livrait à des réflexions pleines de sens :

— Évidemment, se disait-elle, ce gentilhomme qui nous doit rejoindre à Blois est fort joli garçon, et il rougit si gentiment que c'est à donner envie de l'aimer... Cependant, il faut convenir que madame Marguerite n'eût pas fait attention à lui, s'il eût été blond au lieu d'être brun, grand et non de taille moyenne, homme du Nord et non méridional! mais il a une jolie moustache noire, un nez busqué, des yeux brillants et un accent gascon qui rappelle légèrement ce pauvre roi de Navarre. Or donc, ce pourrait bien être la fraise que nous attendons.

Voyant que madame Marguerite était plongée dans les méditations, Nancy se garda bien de lui adresser la parole. Durant plus d'une heure, il y eut un silence profond dans la litière. Raoul galopait, se penchait de temps à autre pour voir Nancy lui sourire.

Madame Marguerite rêvait toujours. Cependant un peu avant d'arriver à Blois la reine regarda tout à coup sa camérière.

— La nuit est fraîche, dit-elle.

—· Très-fraîche, répondit Nancy.

— Il fait un clair de lune superbe.

— C'est vrai, madame.

25.

— Et si notre attelage n'était point top las...

— Eh bien?

— Je serais d'avis de pousser à qulques lieues plus loin.

— Ah! fit Nancy avec une indifférence affectée.

— Raoul, dit la reine se penchant à la portière, combien de lieues d'ici à Blois?

— Une, madame.

— Et après Blois, quel est le plus prche pays?

— Je ne sais; c'est un village dont jai oublié le nom.

— Est-il bien éloigné?

— Trois lieues.

— Si nous allions jusqu'à ce village?

— Les chevaux sont fatigués, répondit Raoul qui échangea un rapide coup d'œil avec la rusée camérière.

— Allons! soupira Marguerite, arrêons-nous à Blois, en ce cas.

— D'autant plus, dit alors Nancy, que nous avons donné rendez-vous à ce gentilhomme.

Marguerite tressaillit.

— Tiens! c'est vrai, dit-elle.

— Votre Majesté n'y songeait plus?

— Point du tout.

— Ah! fit Nancy.

Et la camérière se dit :

— Madame Marguerite l'avait si bien oublié, ce
entilhomme, qu'elle n'a cessé de rêver à lui depuis
ue nous sommes en route. Et voilà comme on écrit
'histoire !

— Après cela, reprit la reine, si nos chevaux n'a-
vaient pas été las...

— Mais, répondit Nancy, le pauvre garçon serait
bien désappointé.

— Tu crois?

Et Marguerite se rejeta au fond de la litière pour
causer plus librement avec Nancy.

— Bon! pensa cette dernière, voici l'heure des
confidences.

Et elle reprit tout haut :

— Si je le crois? certes, oui, madame.

— Bah! fit la reine.

— Votre Majesté a produit sur lui une vive impression.

— En vérité!

— Il crèvera plutôt son cheval que de ne point
venir au rendez-vous.

La reine redevint rêveuse un moment. Nancy se
garda bien de parler.

Mais Marguerite reprit, après un silence :

— Il est tout jeune, ce gentilhomme.

— Il a peut-être vingt ans.

— Comment le trouves-tu?

— Charmant! Il est bien pris en sa taille, il a de jolis traits, des mains de femme, un sourire...

— Peste! fit la reine, tu vois bien des choses en peu de temps, ce me semble...

— Ah! reprit Nancy, je garantis qu'il a le cœur neuf, celui-là...

Marguerite tressaillit.

— Il rougit comme une jeune fille, poursuivit la camérière.

— Cela ne prouve rien...

— Et il a regardé Votre Majesté avec des yeux!...

— Les yeux de l'homme sont trompeurs, petite.

— Ah! madame, si j'étais à la place de Votre Majesté...

— Eh bien?

— Je me rappellerais l'apologue d'hier.

— Chut! dit Marguerite, tu es folle...

— Peuh! fit Nancy, il n'y a de raisonnable que la folie.

— Singulière idée, en vérité! reprit la reine. Connais-tu ce gentilhomme?

— Non. Mais...

— Sais-tu où il va?

— A Tours, a-t-il dit.

— Eh bien, nous allons à Angers, nous.

— Il viendra à Angers aussi.

— Pourquoi?

— Mais, dit Nancy, parce que nous y allons.

— Nancy murmura la reine, tout ce que tu dis n'a pas l'ombre du sens commun.

— C'est possible.

— Il est heureux que tu en conviennes.

— Mais tout ce que je prédis arrivera, cependant.

— Par exemple !

— Chut ! dit tout à coup Nancy. Ecoutez, madame.

Et elle indiquait du doigt la route que l'on venait de parcourir. On entendait le galop lointain d'un cheval.

— Je gage que c'est lui, dit Nancy.

Marguerite tressaillit de nouveau et son cœur battit un peu plus vite.

— Hé ! Raoul ? cria Nancy, dis donc aux porteurs de ne pas crever leurs bêtes. Nous allons beaucoup trop vite.

Soudain la litière ralentit sa marche. Le cheval qu'on entendait galoper sur la route redoublait, au contraire, de vitesse.

— Il n'y a que les amoureux qui vont un pareil train, murmura Nancy.

La reine ne répondit rien, mais les battements de son cœur devinrent précipités et un léger incarnat se répandit sur son front.

— Peste ! pensa Nancy, les bords de la Loire ont un climat joliment hâtif. Les fraises y mûrissent en quelques heures...

## LXV

Madame Marguerite, qui ne soupçonnait point la malicieuse réflexion de Nancy, s'était penchée à la portière, et elle écoutait avec une sorte de joie inquiète le galop forcené qui retentissait dans l'espace. Bientôt la silhouette du cheval et du cavalier se dessina dans l'éloignement. Alors le cœur de madame Marguerite palpita plus vite.

Bientôt encore la silhouette grandit, le cheval pressé par l'éperon redoubla de vitesse, et, quelques minutes après, Marguerite ne put douter davantage. Elle avait reconnu, aux rayons de la lune, le beau cavalier de l'auberge.

— Allons ! allons ! murmura Nancy, je ne m'étais pas trompée.

Hogier, c'était bien lui, arriva jusqu'à la litière et rangea son cheval à la portière de droite, que Raoul plein de tact et de réserve, s'était empressé de lui céder. Raoul avait passé à gauche, ce qui le plaçait du côté de Nancy.

Hogier salua Marguerite. Marguerite lui rendit son salut et lui dit avec une certaine émotion :

— Mon Dieu! monsieur, vous paraissez maintenant bien pressé d'arriver à Blois.

Hogier répondit :

— Détrompez-vous, madame, j'étais pressé de vous
rejoindre...

Cette galanterie à brûle-pourpoint ne déplut pas
à la jeune reine, car Hogier se hâta d'ajouter :

— Les routes sont si peu sûres, le soir...

— Vraiment, dit Marguerite.

— Oh! répondit Hogier, tous les jours, en ce
pays, catholiques et huguenots s'entre-battent.

— Mon Dieu!

— Et les coupe-jarrets et les voleurs prennent
prétexte de la religion pour arrêter les voyageurs.

— Vous m'effrayez, en vérité!

— Si bien, continua Hogier, qui tenait à faire va-
loir l'utilité de sa présence, que, du moment où nous
faisons le même chemin, je mentirais à mon nom
de gentilhomme si je ne vous accompagnais, madame.

Marguerite s'inclina, souriant.

— Oh! ces Gascons! murmura Nancy, ils ont le
talent de se faufiler partout et de persuader qu'ils
sont nécessaires toujours.

La reine reprit :

— Et la ville de Blois, monsieur, comment est-
elle au point de vue de la religion ?

— Ah! il y a des huguenots en quantité, madame.

— Et les catholiques sont les plus faibles?

— Souvent.

— Alors, on doit parfois se battre dans les rues?

— Presque tous les jours.

— Mais vous me faites grand'peur, monsieur!

— Précisément, à l'hôtellerie de la Licorne, continua le jeune homme, il y a eu dernièrement une rixe sanglante.

— Ah! mais, je ne veux pas y descendre, en ce cas.

— C'est que c'est la seule auberge pour des gens de qualité.

Marguerite se pencha à la portière de gauche :

— Raoul? appela-t-elle.

— Ma tante... répondit Raoul, fidèle à son rôle de neveu...

— Tu crois donc, mon mignon, que nos chevaux n'en peuvent plus?...

Mais Raoul, qui n'avait plus les mêmes raisons pour trouver que la route était longue et qu'il était nécessaire de s'arrêter è Blois, Raoul répondit :

— La nuit est fraîche, la route est bonne, ils pourront bien faire trois lieues encore...

— Et ma foi! dit Nancy à son tour, puisque Votre

Majesté a fait la sieste et que, sans doute, elle n'a plus sommeil...

— Oh ! du tout...

— Elle pourrait aller coucher un peu plus loin.

— J'y songeais...

Hogier tressaillit à cette réponse, car il avait à voir, à une demi-lieue de Blois, au bord de la forêt, un cinquième gentilhomme calviniste qui devait, comme les autres, fournir un relais de chevaux.

— Monsieur, lui dit Marguerite, est-ce que vous ne connaissez pas, au delà de Blois, une ville ou un village plus pacifique et où l'on puisse dormir dans une hôtellerie sans crainte d'être réveillé par des catholiques et des huguenots s'expliquant à coup d'arquebuse ?

— Oh ! certainement, madame. Un village de cent feux environ, dont les habitants ne se mêlent point de toutes ces querelles religieuses.

— Comment le nommez-vous ?

— Bury.

— A quelle distance se trouve-t-il au delà de Blois ?

— A trois lieues.

— Eh bien ! si nous poussions jusque-là...

Hogier hésita l'espace d'une seconde. Puis il fit cette réflexion :

— De Burg à Blois, il n'y a pas loin. Quand la

26

belle veuve sera couchée, je prendrai un cheval frais
et je ferai le voyage en trois heures. J'aurai donc le
temps de revenir avant le lever du soleil.

Hogier était sur une pente fatale; l'amour commençait à lui suggérer des transactions avec son
devoir. Mais, au clair de lune, il s'enivrait du sourire
mélancolique de la prétendue dame de Château-
Landon, et il répondit, fasciné :

— Je suis tout à vos ordres, madame.

— Votre cheval n'est point las?

— Il ferait dix lieues encore.

— Mais, j'y songe, dit la reine, souriant toujours,
trouverons-nous une hôtellerie dans ce village?

— Nous y trouverons un château.

— Ah! et vous en connaissez le châtelain, sans
doute?

— C'est un de mes cousins...

Marguerite fronça légèrement le sourcil :

— Qu'est-ce que ce gentilhomme? demanda-t-
elle.

— C'est un huguenot.

— Fi! dit la reine avec dédain.

— Mais un huguenot fort courtois, madame.

— Vraiment?

— Et qui, du reste, n'habite pas son domaine, ce
qui fait que nous en serons les maîtres.

Marguerite respira.

— Hector de Bury, continua Hogier, un de mes cousins au deuxième degré, sert en Navarre.

La jeune reine laissa échapper un geste de surprise.

Mais Hogier-ne le remarqua point et poursuivit :

— Quand je l'ai vu pour la dernière fois, il m'a dit : — Tu peux prendre mon manoir pour hôtellerie quand tu iras à Blois, mon intendant te recevra de son mieux.

— Mais que dira cet intendant, observa Marguerite, en nous voyant arriver ensemble ?

— Vous passerez pour ma cousine.

— Tiens ! dit Nancy, qui ne perdait pas un mot de la conversation, c'est une idée !

— Vous trouvez, mademoiselle ?

— Et je conseille à ma tante d'en faire son profit.

— Soit ! dit la reine, qui trouvait toutes ces combinaisons d'incognito charmantes.

Nancy se hâta d'ajouter :

— Ainsi, voilà qui est convenu, nous dépassons Blois ?

— Pourquoi pas ?

— Et nous allons coucher au manoir de Bury.

— Oui, mademoiselle.

— Hé ! Raoul, dit Nancy, fais donc presser un peu les chevaux.

Raoul stimula les porteurs, la petite caravane prit une allure plus rapide.

Marguerite causait avec Hogier, lequel se laissait entraîner sur la pente de la galanterie et devenait insensiblement plus hardi. Raoul et Nancy échangeaient de doux regards, de tendres sourires, se parlaient bas, et parfois le page, se courbant, effleurait de ses lèvres les boucles de la blonde chevelure de Nancy.

Ce fut ainsi qu'on atteignit Blois et qu'on laissa le château sur la gauche.

Puis on entra dans la forêt, et Hogier, qui connaissait merveilleusement le chemin, fit prendre à la caravane une jolie route sablonneuse qui serpentait sous de grands chênes pendant deux lieues environ.

La jeune reine se plaisait à écouter la voix fraîche et sonore de Hogier. Son accent méridional, son esprit vif et parfois railleur, lui plaisaient.

Hogier allait à Tours, disait-il; mais il ne faisait nul mystère de son origine, il était Béarnais.

— Où êtes-vous né? lui demanda madame Marguerite.

— A Pau, madame.

— Avez-vous vu le roi de Navarre?

— Une fois en ma vie.

— Et... où cela?... demanda-t-elle en tressaillant.

— A Nérac.

Hogier était trop discret pour convenir qu'il eût vu le roi de Navarre à Paris; sa mission ne devait pas même être soupçonnée.

Nancy murmurait à l'oreille de Raoul, courbé sur l'encolure de son cheval :

— Si cela continue, madame Marguerite n'ira pas à Angers.

— Où ira-t-elle?

— En Navarre.

— Oh! quelle plaisanterie!

— A moins, dit encore Nancy, qu'elle n'éprouve le besoin de rester quelques jours au manoir de Bury.

Lorsque la litière eut traversé la forêt de Blois, elle se trouva sur le versant d'une petite colline, au flanc de laquelle la route descendait par rampes assez brusques.

Dans la plaine sommeillait un paisible village, Chambon.

Au delà de Chambon, sur une autre colline, la lune dessinait les tourelles d'un vieux manoir. C'était Bury.

Un faux pas que fit un des chevaux de la litière servit de prétexte à madame Marguerite pour mettre pied à terre et descendre la côte à pied.

Aussitôt le jeune Gascon en fit autant, noua la bride sur le cou de son cheval et le laissa cheminer

26.

tranquillemént devant lui. De cette façon, il put offrir son bras à madame Marguerite, laquelle ne put le refuser.

— Eh! dit Nancy qui demeura dans la litière, voilà que nous allons pouvoir causer à notre aise, Raoul mon mignon.

— Ah! chère Nancy... dit le page en la regardant avec tendresse.

Mais Nancy laissa bruire un joli éclat de rire sur ses lèvres roses.

— Oh! dit-elle, ce n'est pas pour parler de nos affaires, mon mignon.

— Desquelles voulez-vous donc parler, ma chère Nancy?

— De celles de madame Marguerite.

— A quoi bon?

— Comment! nigaud, reprit Nancy, tu crois donc que tout ce qui arrive est le pur effet du hasard?

— Mais, dame!

Nancy haussa les épaules.

— A la condition, reprit-elle, que je lui ai aidé.

— A qui?

— Mais au hasard, donc!

— C'est vrai...

— Et tu vois comme nous faisons de la belle besogne, le hasard et moi.

— Certes, oui. Mais je me demande quel intérêt vous avez à cela, Nancy.

La blonde camérière prit un air mystérieux.

— Mon petit, dit-elle, tu es trop jeune pour comprendre bien des choses...

— Oh ! par exemple !

— Cependant je vais t'expliquer de mon mieux certains détails.

— J'écoute.

— Le roi de Navarre a perdu l'amour de la reine...

— C'est incontestable.

— Et pour toujours...

— Vous croyez ?

— Je connais madame Marguerite et je suis certaine de ce que j'avance.

— Diable !

— Or, du moment où elle s'est juré de ne plus aimer le roi de Navarre, madame Marguerite s'est fait un autre serment.

— Lequel ?

— Celui d'aimer quelqu'un.

— Ah! vous croyez ?

— D'abord, poursuivit Nancy, madame Marguerite est de l'opinion des dieux de l'Olympe.

— Elle aime la vengeance ?

— Naturellement ; ensuite elle a besoin d'être aimée, à peu près comme nous avons besoin d'air et comme les poissons ont besoin d'eau...

— Mais enfin, dit Raoul, je ne vois pas pourquoi l'homme qui doit l'aimer dans l'avenir serait ce petit Gascon...

— Mon bon ami, entre deux maux on choisit le moindre.

— Comment cela!

— Si la reine porte les yeux sur un grand seigneur, sur un prince, sur quelqu'un de considérable, en un mot, ce sera un grand scandale...

— C'est juste.

— Ce pauvre roi de Navarre, que toi et moi aimons de tout notre cœur...

— Oh ! certes !

— Se trouvera joué à l'âge où l'on a pour coutume de jouer les autres...

— Et vous croyez que ce petit gentilhomme sera discret ?

— Comme la tombe, attendu qu'il apprendra, un beau matin, que la dame de Château-Landon est une fille de France, et que le roi Charles IX a voulu un jour faire occire le duc de Guise parce que Marguerite l'aimait.

— Alors, dit Raoul, tout est pour le mieux ainsi. Vive la Gascogne !

En ce moment la litière se trouva en bas de la côte.

Madame Marguerite, qui avait cheminé à petits pas, s'appuyant avec délices sur le bras d'Hogier, s'arrêta pour remonter en litière, Hogier ouvrit la portière, et aida la reine à s'y installer.

Mais, pendant trois secondes, sa main blanche et aristocratique demeura posée sur le rebord de la portière, exposée aux rayons de la lune.

Marguerite regarda cette main et tressaillit aussitôt. Hogier portait à son doigt la bague du roi de Navarre. Cette bague, on s'en souvient, il l'avait d'abord enfermée dans sa bourse. Puis il l'avait remise à son doigt à la porte de chacun des châteaux qu'il allait visiter.

Ensuite il la remettait dans sa bourse. Mais dans sa dernière visite, l'image de la belle dame de Château-Landon l'avait si fort troublé, qu'il était remonté à cheval en conservant la bague à son doigt.

Or, la reine venait de remarquer cette bague et elle l'avait reconnue aussitôt.

## LXVI

Madame Marguerite avait parfois sur elle-même une grande puissance. Ce soir-là, elle eut la force de concentrer son étonnement, nous dirons même sa stupéfaction. Elle ne poussa pas un cri, elle ne laissa échapper aucun geste.

Nancy elle-même, qui passait au Louvre pour voir courir l'air et discerner sa couleur, ne s'aperçut de rien.

Hogier remonta sur sa bête et le cortége se remit en route.

On traversa la plaine de Chambon, on arriva au pied de la colline qui supportait le manoir de Bury, on suivit les contours sinueux de la route qui grimpait jusqu'au pont-levis.

La reine causa avec Hogier comme si de rien n'était.

Nancy s'occupait de Raoul et laissait Marguerite penchée à la portière de droite.

Le manoir de Bury était une vieille construction remontant à la grande féodalité. Un fossé bourbeux sur lequel était jeté un pont-levis lui servait d'enceinte.

Seulement le pont-levis ne se hissait plus depuis des siècles ; on ne voyait luire aucune arquebuse derrière les créneaux, les hommes d'armes étaient morts, et la seule garnison que renfermât dans ses vieux murs le fier castel féodal était un gros homme d'intendant du nom de Pamphile, assisté de deux maritornes et d'un valet d'écurie.

Ce fut cet intendant qui vint, au seuil du pont-levis, recevoir les visiteurs.

Le bonhomme avait environ cinquante ans, trogne

ubiconde, des joues rebondies, l'œil souriant, les lèvres rouges et charnues.

On lui eût souhaité une robe de moine; et d'aucuns, dans la contrée environnante, prétendaient qu'il avait passé sa jeunesse au couvent et que c'était là qu'il avait appris à boire.

Or, maître Pamphile, qui passait neuf mois de l'année sans voir son honoré maître et seigneur, allait se mettre au lit et dormir tout d'une traite jusques au lendemain, lorsque, ce soir-là, en fermant la fenêtre de sa chambre, il aperçut un groupe de personnes à cheval et une litière qui montaient la côte.

D'ailleurs les clochettes des chevaux avaient résonné dans le lointain.

Au lieu de manifester la moindre humeur, comme tant d'autres valets qui n'aiment point que leurs maîtres reçoivent des visites, maître Pamphile, au contraire, épanouit ses lèvres en un large sourire.

— Hé! hé! se dit-il, voilà, ce me semble, une litière et des cavaliers. La litière contient des dames, sans nul doute, les cavaliers sont des gentilshommes, c'est certain. Tout ce monde-là vient demander au manoir l'hospitalité pour la nuit, c'est-à-dire que nous allons boire...

Pour expliquer ces dernières paroles, que le gros intendant s'adressa en fermant la fenêtre, il nous est besoin d'une légère digression.

Hogier n'avait point menti à la prétendue madame de Château-Landon : il était bien le cousin du sire de Bury.

Or, le sire de Bury était un joyeux compagnon, un bon vivant qui préférait le séjour de Nérac à celui de son vieux manoir, et les beaux yeux de Béarnaises à ceux des paysannes de sa seigneurie.

Cependant, comme tout gentilhomme qui se respecte et qui est d'origine écossaise, — son aïeul était venu en France sous Louis XI et avait servi dans la garde de ce roi, — le sire de Bury était hospitalier.

Maître Pamphile avait ordre de recevoir les voyageurs égarés, les étrangers surpris par la nuit, et, dans ces occasions, la permission de boire du meilleur vin de la cave lui était octroyée.

Pamphile était un intendant fidèle. Il n'aurait point mis une bouteille en vidange ni un tonneau en perce, s'il n'en avait eu le droit.

Or, chaque année, en quittant son manoir, le sire de Bury lui disait :

— Tu boiras dans la semaine du vin de l'année courante ; — je te permets le vin de deux ans le dimanche ; — les jours de fête, tu pourras boire du vin de Guienne, et, quand tu recevras des étrangers en mon nom, tu trinqueras avec eux, comme mon représentant, et tu leur verseras de ce muscat sans pareil qui fut mis en bouteille par mon trisaïeul.

Or, ce fameux muscat, qu'on réservait pour les hôtes de distinction, chatouillait si agréablement le palais de maître Pamphile qu'il eût souhaité tenir table ouverte d'un bout à l'autre de l'année. Le soir en se couchant et le matin en se levant, il adressait à Dieu cette singulière prière :

— Mon Dieu ! faites qu'aujourd'hui la pluie ou le vent, la neige ou le tonnerre, nous amènent des étrangers, à la seule fin que cet excellent muscat, qui me rend gai comme un pinson et robuste comme un jeune homme, ne s'aigrisse pas à la cave.

Or, ce soir-là, maître Pamphile voyait sa prière exaucée.

Aussi se rhabilla-t-il lestement et, passant sa plus belle casaque, il s'empressa d'aller recevoir les étrangers à la porte du manoir.

Comme Hogier, en compagnie d'Hector de Galard, avait déjà passé par Bury quelques jours auparavant, en allant à Paris, maître Pampile le reconnut pour un cousin de son maître et lui fit force révérences.

— Mon cher M. Pamphile, lui dit Hogier, je vous amène une parente à moi, madame de Château-Landon, que son neveu et sa nièce accompagnent.

L'intendant s'inclina.

— Et nous venons vous demander l'hospitalité pour la nuit.

Maître Pamphile, plus heureux qu'un roi, fit à Hogier et à la prétendue dame de Château-Landon la plus belle réception du monde. Bien qu'il fût tard, on fit main-basse sur la basse-cour endormie, on alluma les fourneaux de cuisine, on mit à sac l'office et le cellier.

Pendant tous ces préparatifs, madame Marguerite, songeuse et préoccupée, s'adressait trois fois par minute cette question unique :

— Comment ce jeune Gascon peut-il posséder la bague du roi mon époux ?

Cependant, fidèle à son plan de dissimulation, la jeune reine ne fit point part à Nancy de son observation. Elle attendait pour cela d'être seule avec elle.

On se mit à table. De plus en plus amoureux, Hogier se montra spirituel, empressé et de joyeuse humeur. Mais tout à coup Marguerite tressaillit profondément. Elle s'aperçut que la bague avait disparu. Hogier l'avait ôtée de son doigt et remise dans sa bourse.

Le souper terminé, la prétendue dame de Château-Landon prétexta une grande fatigue et demanda à se retirer dans sa chambre avec Nancy.

Hogier, que son devoir rappelait à Blois, se garda bien d'insister ; et lorsqu'il eut été convenu qu'on repartirait le lendemain au coucher du soleil, il laissa

la prétendue dame de Château-Landon suivre maître Pamphile, qui la conduisit avec Nancy à la chambre d'honneur du château.

Marguerite avait besoin d'être avec sa camérière,
ce secret qu'elle avait surpris semblait l'étouffer.

Nancy avait fini par deviner que la jeune reine
était en proie à une vague inquiétude.

— Ah çà! lui dit naïvement Marguerite, lorsqu'elle eut poussé les verrous, n'as-tu pas entendu
ce cavalier me dire qu'il avait vu le roi de Navarre
une fois en sa vie?

— Oui, dit Nancy.

— Il mentait!...

Et Marguerite prononça ce mot avec une émotion
étrange.

— Bah! fit Nancy.

— Il mentait! répéta lentement madame Marguerite.

Et comme Nancy ouvrait de grands yeux :

— Cet homme, dit-elle, appartient au roi de Navarre...

A son tour, Nancy tressaillit.

— J'ai vu une bague à son doigt.

— Une bague ?

— Oui, la bague du feu roi Antoine de Bourbon...

— C'est impossible !

— Je l'ai vu... et, tu le sais, cette bague est celle

que les rois de Navarre confient à ceux-là seulement qui possèdent toute leur confiance.

— Mais, dit Nancy, de plus en plus étonnée, je n'ai vu aucune bague, moi.

— Non, car il a eu soin de la cacher en arrivant ici.

— Et il l'avait en route ?

— Oui.

— Après ça, dit Nancy, il y a des bagues qui se ressemblent...

— Oh! non, répondit Marguerite, celle-là est unique en son genre.

— Et vous croyez que c'est celle du roi ?

— J'en suis sûre...

— Comment donc l'aurait-il en sa possession ?

— Le roi la lui a confiée.

— Pourquoi ?

— Je l'ignore. Mais...

Marguerite fronça subitement le sourcil.

— Qui sait ? dit-elle, cette homme est peut-être un espion. Le roi de Navarre lui a commandé de me suivre.

— Bah! fit Nancy. .

— Oh! reprit la reine hors d'elle-même, il faudra bien que je sache comment il possède cette bague...

— Ma foi ! madame, dit Nancy, il y a peut-être un bon moyen pour cela...

— Vrai?

Nancy baissa la voix :

— J'ai une poudre merveilleuse, dit-elle.

— Une poudre !

— Qu'un gentilhomme espagnol donna jadis à mon père.

— Et quelle est la vertu de cette poudre ?...

— Elle rend bavard.

Nancy avait au petit doigt de la main gauche un gros anneau surmonté d'un large chaton. C'était un joyau de famille, une bague que le père transmettait à son fils.

Nancy, n'ayant pas de frère, avait hérité de cette bague.

Or, le chaton contenait une petite poudre noirâtre, et, en donnant cette bague à sa fille, le vieux seigneur lorrain lui avait dit :

« Nancy, ma mignonne, tôt ou tard tu rencontreras sur ton chemin un beau damoiseau qui te parlera d'amour. Il aura pourpoint de soie et langage doré ; mais si tu veux savoir s'il t'aime réellement et s'il est sincère, un soir que tu souperas en sa compagnie, jette un grain de cette poudre dans son verre. Je la tiens d'un capitaine espagnol qui a longtemps navigué dans les mers indiennes. »

Mon père, acheva Nancy, me remit alors cette bague.

27.

— Et tu n'as jamais essayé cette poudre ?

— Jamais.

— Cependant, au Louvre, les occasions n'ont pas manqué ?

— Oh ! certes non.

— Mais alors...

— Je la réservais pour le but que lui avait assigné mon père.

— Ah ! dit la reine en souriant.

— Et tout dernièrement, ajouta Nancy, je comptais en faire usage sur mon ami Raoul, lorsque...

— Tu as laissé chez moi la clef de ta chambre, n'est-ce pas ?

— Justement, madame.

— Ce qui fait que l'essai devenait inutile.

— Hélas ! soupira Nancy, à quoi bon consulter mon talisman, du moment que ce petit démon m'avait ensorcelée.

— Alors tu vas me laisser faire usage de ta poudre ?

— Oui, madame.

— Mais comment l'employer ?...

— Ah ! dame, ce soir, ce serait peut-être un peu tard...

— Tu crois ?

— Il a soupé, et, sans doute, il va dormir, mais... demain...

Nancy n'eut pas le temps de développer sa pensée. On entendit, dans la cour d'abord, puis sous la voûte du manoir, puis enfin sur le pont-levis, retentir le sabot d'un cheval. La reine se leva et ouvrit sa croisée.

Au clair de lune, elle aperçut Hogier de Lévis, à cheval.

Le jeune homme, en quittant la table, avait pris à part le gros intendant :

— Mon bonhomme, lui dit-il, as-tu un cheval passable ici ?

— J'ai celui de Monseigneur.

— Est-il frais ?

— Il n'est pas sorti depuis deux jours.

— En combien de minutes irait-il bien à Blois ?

— En moins d'une heure.

— Selle-le ! J'ai oublié à Blois un objet auquel je tiens beaucoup.

— Ah !

— Je le vais chercher...

Et comme le bonhomme Pamphile semblait hésiter quelque peu, Hogier, qui connaissait déjà son faible, ajouta :

— Et tiens-moi dans un seau d'eau une bouteille de ce vin muscat que nous avons bu à dîner ; nous trinquerons à mon retour...

La promesse était alléchante; Pamphile ne se fit pas prier davantage.

Il sella le cheval et Hogier l'enfourcha.

— Hé! monsieur, fit la reine en le voyant sortir.

Hogier tourna la tête.

— Où donc allez-vous?

— Madame, répondit Hogier un peu déconcerté, je vais à Blois.

— A Blois!

— Oui, madame.

— Et que faire, bon Dieu?

— M'acquitter d'une commission que j'avais oubliée.

— Vraiment !

— Et que je viens de me remémorer à l'instant.

— Et comme Hogier ne voulait pas entrer dans de plus amples explications avec la prétendue dame de Château-Landon, il se contenta de saluer pour la seconde fois, poussa son cheval et lui fit prendre le galop.

— Oh ! murmura la reine avec colère, cet homme se joue de moi!...

— Diable! murmura pareillement Nancy, est-ce que notre fraise serait empoisonnée ?...

## LXVII

Tandis que madame Marguerite voyageait ainsi incognito et faisait en route la connaissance de Hogier, tandis, encore, qu'elle remarquait à son doigt la bague du roi de Navarre, d'autres événements s'accomplissaient au Louvre.

Le soir même où madame Marguerite s'échappait avec Nancy de la royale demeure, la reine-mère, qui ne soupçonnait point ce départ, avait passé deux heures à conférer avec René le Florentin, après le souper du roi, auquel elle avait assisté.

Le roi s'était montré de belle humeur, il avait raillé quelque peu l'amiral Coligny, désapprouvé le roi de Navarre qui élevait la prétention de toucher la dot de sa femme, et dit assez nettement que si les huguenots continuaient à conspirer contre la sécurité du royaume, il les ferait pendre, occire et noyer.

Ce qu'entendant, le joyeux Pibrac, qui était en même temps l'homme le plus prudent de la cour de France, avait fait la réflexion que l'air de Paris devenait de plus en plus insalubre pour le roi de Navarre.

La reine-mère était rentrée chez elle toute joyeuse, et René qui, depuis qu'il était en liberté, se montrait fort peu, ne venait au Louvre qu'en cachette et évitait avec soin la moindre rencontre, René s'était réjoui avec elle.

Vers onze heures du soir, après s'être fait faire les cartes par René et avoir déchiffré, au fond d'une carafe, une page de la destinée, madame Catherine congédia René en lui disant :

— Il faut que je voie le duc.

— Quand ?

— Cette nuit même.

— Dois-je l'aller prévenir ?

— Oui, sur-le-champ.

René partit.

Alors madame Catherine s'enveloppa dans sa mante, posa un masque sur son visage et se glissa furtivement hors de chez elle.

Elle suivit cet escalier que Marguerite et Nancy avaient descendu une heure auparavant, et elle arriva au bord de l'eau.

Le temps était nuageux, la lune n'apparaissait point.

Madame Catherine passa inaperçue devant les deux Suisses en sentinelle à la grande porte du Louvre.

Elle arriva sur la place où Malican avait son cabaret, la traversa et gagna la rue des Prêtres-Saint-Germain-l'Auxerrois.

Cette rue était étroite, sombre, et l'unique lanterne suspendue au milieu, à vingt pieds du sol, ne projetait autour d'elle qu'une clarté douteuse.

Cependant, comme madame Catherine, depuis qu'elle se rendait auprès du duc de Guise, avait l'habitude de passer par là, elle suivit le même chemin sans hésiter.

Mais à peine avait-elle fait une dizaine de pas dans la rue que son pied rencontra un obstacle. Elle fit un faux pas et tomba.

L'obstacle rencontré était une petite corde tendue d'un côté à l'autre de la rue.

A peine était-elle tombée, et avant qu'elle eût le temps de se relever, que la reine-mère se sentit saisir par derrière, et on lui jeta sur la tête un capuchon de laine, semblable à celui avec lequel, la veille, on avait momentanément aveuglé Nancy.

Elle voulut crier, mais deux mains l'étreignirent à la gorge :

— Taisez-vous ! lui dit-on.

On lui mit un poignard sur la poitrine, puis la même voix qui lui avait imposé silence murmura :

— Si vous appelez, on vous tue !

Madame Catherine était Italienne, elle était prudente, elle connaissait le prix de la vie. Elle demeura donc muette aux bras de ses agresseurs ; mais, en se relevant, elle chercha à les voir, et, par un brusque mouvement, elle secoua le capuchon.

Le capuchon retomba après avoir été soulevé, mais pas assez rapidement pour que la reine n'eût vu qu'elle était entourée d'hommes masqués et armés.

Cependant elle se hasarda à parler à voix basse.

— Que me voulez-vous ? demanda-t-elle.

— Vous le saurez plus tard, répondit cette voix, qui devenait méconnaissable.

— Peut-être vous trompez-vous ?

— Oh ! non...

— Vous ignorez qui je suis...

— Nous le savons.

— Ah ! fit Catherine en tressaillant.

— Vous êtes la reine Catherine de Médicis, continua la voix, la persécutrice des huguenots, l'amie des princes lorrains.

— Ces hommes en veulent à ma vie, pensa la reine-mère.

Cependant elle essaya de se débattre et de payer d'audace :

— Malheureux ! dit-elle, je vous ferai tous périr sur un échafaud...

Un éclat de rire lui répondit.

— Allons ! madame, reprit la voix, il faut vous exécuter de bonne grâce, si vous voulez vivre... car, sans cela...

Catherine sentit la pointe du poignard effleurer son cou.

— Mais où me conduisez-vous ? demanda-t-elle.

— On vous le dira plus tard, marchez !

Et la reine-mère se sentit enlevée par deux bras robutes, en même temps qu'une main lui appuyait le capuchon sur le visage pour étouffer ses cris.

En même temps aussi elle entendit une seconde voix qui disait :

— Nous nous donnons là une besogne bien périlleuse.

— Tu crois ? dit la première voix.

— Et bien inutile.

— Bah !

— Un coup de poignard la simplifierait.

— Oh ! oh !

— Demain on trouverait le cadavre de madame Catherine dans la rue ; et comme il est vingt personnes pour une qui s'en réjouiraient, il en résulterait que le roi seul serait intéressé à savoir quels sont les meurtriers.

— C'est possible...

— Or, le roi est d'humeur changeante.

— Chut ! dit la première voix. A employer le moyen que tu proposes, autant faire disparaître le cadavre.

28

Madame Catherine frissonnait jusqu'à la moelle des os.

Elle se sentit enlevée, transportée, jetée dans une litière, et le capuchon était si bien appliquée qu'elle ne pouvait pousser un cri. D'ailleurs le poignard était toujours appuyé sur sa gorge.

Un des hommes masqués qu'elle avait entrevus s'assit à côté d'elle et lui dit :

— Vous devez bien penser, madame, que ces gens qui osent faire ce que nous faisons sont capables de toutes les extrémités. Par conséquent, réfléchissez que, si on essayait de vous délivrer, vos libérateurs ne trouveraient plus qu'un cadavre.

La reine soupira et se tut.

— Marche ! cria la première voix.

Aussitôt la litière s'ébranla au grand trot. Seulement, en dépit du pavé, les chevaux qui la portaient ne faisaient aucun bruit et ils n'étaient point, selon l'usage, garnis de grelots retentissants.

Madame Catherine qui, malgré son émoi, avait conservé toute sa présence d'esprit, en conclut qu'ils avaient les pieds enveloppés de chiffons.

Pendant la première heure de cette course silencieuse, la reine-mère se dit :

— Evidemment ce sont les huguenots qui viennent de se rendre maîtres de ma personne. Mais les huguenots ont plusieurs chefs... quel est celui qui a osé tenter ce coup hardi ?

Madame Catherine songea un peu à l'amiral, un peu au prince de Condé, pas du tout au roi de Navarre. Henri était occupé de Sarah, selon elle, et c'en était assez pour qu'il n'eût point le temps de songer à autre chose.

Ce raisonnement, complétement faux, égara la reine-mère.

— Voilà, pensa-t-elle, des gens qui m'ont enlevée afin d'avoir un otage... Nous verrons bien à quoi je leur servirai !

Cependant les paroles qu'elle avait entendues : *autant faire disparaître le cadavre,* ne laissaient point que de l'inquiéter.

— Ils sont capables de me tuer, pensa-t-elle, si je n'en passe par où ils voudront... Ah ! si je pouvais leur échapper !

A partir de ce moment, toutes les pensées de madame Catherine, comme celle des prisonniers, se portèrent vers un but unique, la délivrance !

Elle n'appela point à son aide, elle savait que c'était inutile ; elle ne se débattit point, mais elle chercha, au contraire, à tromper ses ravisseurs par sa docilité.

Au bout d'une demi-heure de marche, le cortége s'arrêta un moment.

Deux ou trois *haut-le-pied!* que la reine-mère entendit, lui apprirent qu'on débarrassait les chevaux de leurs chiffons, ce qui était une preuve qu'on était hors de Paris et en rase campagne.

En même temps, l'atmosphère, assez fraîche jusque-là, lui parut plus lourde.

Madame Catherine en conclut que la litière, après avoir un moment suivi le bord de l'eau, avait pris une route à gauche ou à droite.

Quand le cortége se remit en marche, elle entendit résonner les pieds des chevaux sur une route sonore, et son oreille exercée lui apprit qu'il y avait une escorte autour de la litière.

Madame Catherine était privée de la vue, mais en revanche elle avait l'oreille fine. Cette finesse d'ouïe lui permit d'apprécier, à la sonorité du chemin qu'elle parcourait, qu'elle était sur une des trois routes nouvelles construites à grands frais par le feu roi Henri II, son époux.

Or, ces trois routes étaient celle de Saint-Germain, qu'on trouvait au delà du village de Chaillot;

Celle de Melun, qui commençait à la porte Bourdeille;

Celle de Chartres, qui partait du village de Vaugirard.

Madame Catherine, étant allée récemment à Saint-Germain, avait remarqué que la route était nouvel-

lement empierrée. Or, comme ses porteurs trot-
taient sur un sol uni, ce qui était facile à constater
par le son, la reine-mère n'avait point à s'occuper de
la route fraîchement empierrée de Saint-Germain.

Restait donc à savoir si elle suivait celle de Chartres ou si elle avait pris celle de Melun.

En rassemblant ses souvenirs, madame Marguerite
songea que de Paris au village de Charenton il y
avait beaucoup plus loin que de Vaugirard à Meudon.

Et comme, au bout de dix minutes, le sabot des
chevaux résonna de nouveau sur le pavé, elle en
conclut qu'elle était à Meudon, et non point à Charenton.

— Je suis sur la route de Chartres, pensa-t-elle.

Les porteurs allaient bon train, l'escorte était silencieuse. Madame Catherine avait glissé son bras
sur la portière entr'ouverte et avait retiré sa main
humide. Il tombait un léger brouillard.

La reine-mère avait une robe dont les manches
étaient d'une ampleur peu ordinaire. Cette robe qui
n'était point ajustée à la taille, était celle qu'elle avait
coutume de mettre, le soir, quand elle se glissait
hors du Louvre pour courir Paris incognito.

Une idée lui vint. Elle ramena ses deux mains sur
sa poitrine, puis elle passa une de ses mains sous sa
robe, et cette main fouilla dans son corsage et y prit

**28.**

une rose à peu près fanée. Madame Catherine aimait les fleurs, et, chaque matin, elle mettait, soit à sa ceinture, soit dans son corset, une grosse rose mousseuse qu'elle remplaçait le lendemain.

Elle prit donc cette rose, la dissimula dans sa large manche et replaça son avant-bras sur la portière. Puis, lentement, elle effeuilla la rose, en laissant tomber une feuille de distance en distance.

— Si on retrouve ma trace, pensa-t-elle, on pourra me suivre à l'aide de ces feuilles de rose.

Tout à coup la litière sembla changer de direction. Le sabot des chevaux cessa de retenir sur un sol sonore, et à de certains cahots inusités la reine-mère comprit qu'elle prenait un chemin de traverse à travers les terres.

En même temps, l'une des deux voix qu'elle avait déjà entendues murmura :

— Je ne répondrais pas que madame Catherine ne fût point arrivée au terme de son voyage...

Elle tressaillit.

— Car, si elle refuse de signer la petite pièce que tu sais...

— Eh bien ?

— Il faudra jouer du poignard.

— Que peut-on vouloir me faire signer ? se demanda la reine-mère.

Peu après la litière s'arrêta. Puis l'homme masqué assis auprès de la reine descendit et lui prit la main :

La reine mit pied à terre.

Alors on lui ôta son capuchon. Elle jeta un regard avide autour d'elle et ne vit que les hautes et sombres murailles d'un manoir qui lui était inconnu...

## LXVIII

Revenons à Hogier.

Le cheval du sire de Bury que lui avait remis le bonhomme Pamphile était un vrai cheval, dans toute l'acception du mot, c'est-à-dire qu'il galopait comme une gazelle et faisait un chemin du diable. En outre, il paraît qu'il avait l'habitude d'aller à Blois et de prendre les raccourcis, car, au lieu de suivre le chemin battu, il se jeta dans un sentier qui courait droit sous la futaie.

L'instinct du cheval et sa vitesse permirent à Hogier d'atteindre Blois en moins de trois quarts d'heure.

Une heure et demie après, il était de retour à Bury, et en hêlant le majordonne Pamphile pour qu'il lui vînt ouvrir la porte, il fit la réflexion suivante, qui ne manquait ni de philosophie ni de tristesse :

— Le hasard n'est vraiment point aimable à mon

endroit. Je n'avais souci, voilà un mois, ni de politique, ni de religion, et ne savais que faire de mon
temps. Pourquoi donc le destin ne m'a-t-il point
placé, alors, sur le chemin de cette adorable veuve
que j'aime passionnément déjà et à laquelle, hélas!
il ne m'est pas permis de me consacrer entièrement?
Le roi de Navarre se fût bien passé de moi, en vérité!...

Maître Pamphile vint ouvrir la porte du manoir.

— Cornes de cerf! monsieur, dit-il avec admiration, vous ne chômez pas en route.

— Tu trouves?

— Ah! pauvre cheval... il est en nage!

— Fais-le bouchonner solidement, demain il n'y
paraîtra plus.

Hogier mit pied à terre.

— Ces dames vous attendent, ajouta Pamphile.

— Hein? fit Hogier surpris.

Et il s'aperçut que les croisées de la salle à manger étaient éclairées.

— Comment! dit-il, elles ne sont pas couchées?

— Non.

— La singulière idée!

— Elles ont voulu vous attendre...

Tandis que Pamphile conduisait le cheval à l'écurie, Hogier entra dans la salle à manger.

La prétendue dame de Château-Landon, assise devant la vaste cheminée sans feu, avait les yeux tournés vers la porte.

Nancy et Raoul jouaient aux dés sur un coin de la grande table de chêne placée au milieu de la salle.

Le haut bout de cette table avait été couvert d'une nappe, et sur cette nappe l'hospitalier Pamphile avait étalé des viandes froides, un pâté de venaison, des gâteaux et des confitures, le tout accompagné de trois bouteilles du fameux vin de muscat.

Marguerite accueillit Hogier avec un sourire charmant. Nancy et Raoul interrompirent leur jeu.

— Comment! monsieur, dit Marguerite d'un ton à demi railleur, c'est ainsi que vous nous abandonnez, au milieu de la nuit, en ce vieux manoir?...

— Ah!a mdame! croyez bien... balbutia Hogier.

— Un manoir hanté par les esprits!

— Oh! quelle plaisanterie!

— Où le vent pleure sous les portes...

— Vraiment?

— Où l'on entend des bruits étranges...

— Ah! monsieur Hogier! dit Nancy, si vous écoutez ma tante...

— Taisez-vous, mademoiselle! vous savez bien, dit Marguerite jouant à merveille son rôle de tante; vous savez bien que je suis peureuse.

— Oh! peureuse à ce point, dit Nancy, que ma tante n'a pas voulu se coucher que vous ne soyez revenu...

Hogier, tout confus, mais ravi, regardait Marguerite avec amour.

— Enfin, vous voilà! reprit la prétendue dame de Château-Landon, et ma terreur se dissipe un peu.

— Désirez-vous, madame, que je passe la nuit à veiller sur le seuil extérieur de votre porte?

— Non, mais nous allons souper, n'est-ce pas?

Ma tante a peur, dit Nancy, mais la terreur ne lui ôte pas l'appétit.

Et Nancy eut un frais éclat de rire.

— Venez, monsieur, dit Marguerite.

Elle alla s'asseoir à la place d'honneur de la table, et, d'un geste, elle invita Hogier à s'asseoir auprès d'elle.

— Ah! reprit-elle, vous courez donc ainsi la nuit, abandonnant deux pauvres femmes et un jouvenceau, après leur avoir proposé de leur servir de paladin!

— Madame! croyez bien...

L'arrivée de Pamphile coupa court aux explications de Hogier.

Le gros majordome arrivait, sa serviette sous le bras, pour présider à ce nouveau repas des hôtes que le hasard envoyait au vieux manoir de Bury...

— Monsieur Hogier, dit encore Nancy de son petit ton railleur, ma tante est pereuse, il faut le lui pardonner. Cependant si, comme moi, elle savait ce que vous êtes allé faire à Blois...

Hogier rougit jusqu'aux oreilles.

— C'est bien simple, dit-il. On m'avait chargé à Paris d'un message...

— Bah !

— Et je l'ai porté à son adresse...

— Bravo ! dit Nancy, seulement on ne vous croit pas...

Après avoir rougi, Hogier se prit à pâlir, car il se crut deviné.

— Mon Dieu ! continua l'hypocrite camérière, il n'y a pas grand mal à tout cela, Monsieur Hogier.

— Mais... mademoiselle...

— Si on n'aimait pas à notre âge...

— Aimer ! que voulez-vous dire ?

— Que sans doute, tout à l'heure, à Blois, une persienne s'est ouverte, qu'une petite main a touché la vôtre... que... mon Dieu ! le sais-je ?...

Ces paroles de Nancy frappèrent Hogier d'une douloureuse stupeur : — Moi ? moi ? dit-il.

Et il leva sur Marguerite un regard qui semblait dire :

— Comment peut-on supposer que j'aime au monde une autre femme que vous ?

Ce regard, cet accent furent d'une telle éloquence, que la jeune reine en fut touchée.

— Il est possible, pensa-t-elle, que ce jeune homme sòit le mandataire du roi de Navarre ; il est possible encore qu'il ait mission de me suivre et de m'espionner, mais, malgré tout, il m'aime !...

Et Marguerite ajouta, tout au fond de son cœur :

— Ah ! tant pis ! si le roi de Navarre a voulu en faire un instrument, il verra le parti que j'en saurai tirer...

— Comment ! dit Nancy ingénument, vous n'alliez point à Blois pour ?...

— Non, mademoiselle.

— Le jureriez-vous ?

— Sur l'honneur !

— Alors, pardon ! je m'étais trompée. Soupons, Monsieur Hogier...

Nancy déboucha elle-même une des bouteilles du vin muscat.

Maître Pamphile prit sur la table un quartier de venaison et le porta sur un dressoir voisin pour le découper.

Presque aussitôt la prétendue dame de Château-Landon parut tressaillir.

— Qu'avez-vous, madame ? demanda Hogier avec empressement.

— Je crois avoir entendu du bruit.

— Où?

— Là...

Et elle indiqua les croisées.

Hogier se leva, alla ouvrir une des fenêtres et se pencha au dehors.

— Je ne vois rien, dit-il.

— Ah! dit la reine.

— Et je n'entends rien.

— Pardonnez-moi, la nuit je suis poltronne à l'excès.

Hogier referma la fenêtre. Puis il revint prendre sa place en souriant et jetant un tendre regard à la dame de Château-Landon.

Mais, prompte comme l'éclair, Nancy avait su mettre à profit cette absence momentanée. Tandis que Hogier tournait le dos, la leste camérière avait laissé tomber dans son verre un grain de cette poudre merveilleuse qui devait rendre les amoureux sincères et leur arracher leurs plus intimes secrets...

Ensuite, la reine, Raoul et elle, avaient échangé un malicieux regard.

— Le tour est fait, pensa le page.

Quant au bonhomme Pamphile, il découpait gravement sa venaison et n'avait rien vu.

Nancy, pressée sans doute de faire avaler sa poudre merveilleuse à Hogier, s'empressa de lui verser un nouveau verre de vin.

29

— A votre santé, monsieur Hogier? dit-elle. A la
santé des revenants dont ma tante a si grande
peur...

— Quand je ne suis pas là, du moins, répondit
Hogier, à qui le vin muscat donnait une certaine
suffisance.

Et il vida son verre d'un trait.

Puis il mangea de fort bon appétit, attachant toujours un regard amoureux sur Marguerite et raillant
fort agréablement le bonhomme Pamphile, qui semblait vouloir se conduire d'une intempérante façon.

Au bout d'un quart d'heure, Hogier commença à
éprouver de légers titillements. Il sentit que le vin
lui montait singulièrement à la tête, et il lui sembla
que les murs de la salle s'éloignaient et changeaient
mutuellement de place.

Mais cette ivresse qui lui venait aussi rapidement
n'avait rien de triste. Bien au contraire, il éprouvait
une sorte de bien-être qui lui montrait tout en rose,
et la dame de Château-Landon lui parut d'une beauté
sans limites et sans comparaisons.

— Le premier symptôme de ma poudre se traduit
par la gaieté, pensa Nancy.

Un regard qu'elle échangea avec la jeune reine lui
fit dire tout haut :

— Ma foi ! je trouve que nous avons suffisamment

festoyé, ma tante, et moi qui n'ai pas peur des revenants et des esprits...

— Tu es bien heureuse.

— J'ai bonne envie de m'aller coucher, si vous le permettez...

— Moi aussi, dit Raoul.

Hogier se mit à rire :

— Il fait trop chaud pour dormir, dit-il ; et l'autre nuit, quand ils sont venus m'éveiller... à Paris...

— Oh ! oh !... pensa la reine, la poudre agit, nous allons voir...

Puis elle dit à Nancy :

— Eh bien ! retirez-vous, mes enfants... Mais moi, j'ai trop peur dans ce vieux manoir, et si monsieur me veut tenir compagnie...

— Oh ! bien volontiers, madame...

— J'attendrai le jour ici.

— Nous causerons, murmura Hogier.

— Vous me raconterez votre voyage.

— Quel voyage ?

Et Hogier, secoué par un reste de raison, essaya de se remémorer l'importance de sa mission secrète.

Nancy et Raoul s'esquivèrent sans bruit, et Raoul, en sortant, prit le bonhomme Pamphile par le bras.

— Où me conduisez-vous ? fit celui-ci qui se laissait entraîner avec peine et regrettait un fond de bouteille de muscat oublié sur la table.

Mais l'hésitation de mons Pamphile ne fut pas longue, car il vit Hogier prendre la bouteille et en verser le contenu dans son gobelet.

Aussi, poussant un soupir de regret, il suivit Raoul.

— Comment! monsieur Pamphile, dit Nancy, vous ne comprenez pas, vous qui êtes un homme d'âge?...

— Quoi donc?

— Naïf intendant!...

Et Nancy se prit à rire.

— Vous ne comprenez pas, dit Raoul, que notre tante et Hogier...

— Ils s'aiment?

— Ils doivent s'épouser aux vendanges...

— Peut-être avant, murmura la malicieuse Nancy.

— Et il les faut laisser seuls un peu...

— C'est juste.

— Aussi bien, vous devriez aller vous coucher, monsieur Pamphile...

— Heu! heu! dit l'intendant, qui décrivait des zigzags fabuleux dans le vestibule.

— Vous paraissez fatigué...

— C'est vrai... Bonsoir, mademoiselle!... Bonsoir, monsieur!...

— Bonsoir, monsieur Pamphile.

Le digne intendant prit la rampe de fer de l'escalier, laquelle lui fut d'un grand secours, et il monta ainsi d'un pas lourd et inégal jusqu'à sa chambre, sans trop s'inquiéter de savoir si les deux jeunes gens le suivaient.

Mais ceux-ci n'avaient garde de le faire.

Nancy avait pris Raoul par la main, l'avait ramené à la porte de la salle à manger qu'ils avaient fermée en s'en allant.

Puis elle avait collé son œil au trou de la serrure.

— Que faites-vous? demanda Raoul.

— Mon métier. J'écoute et je regarde par les trous de serrure, comme il convient à une camérière bien éduquée, répondit Nancy.

— Et vous croyez que ?..,

— Mon mignon, dit Nancy souriante, je crois plusieurs choses.

— Ah!

— Je crois d'abord que ma poudre rend communicatif.

— C'était du moins l'opinion de votre père, n'est-ce pas?

— Je crois ensuite que Hogier est gris...

— Cela se voit.

— Qu'il est entreprenant...

— Oh! certes!

— Et que madame Marguerite fera l'impossible pour savoir d'où lui vient la bague du roi de Navarre.

— Je le crois comme vous.

— Je crois encore, poursuivit Nancy, que madame Marguerite trouve Hogier fort de son goût...

— Vraiment?

— Et qu'elle est vindicative!...

— Oh!

— Je crois, enfin, acheva Nancy, que tu es beaucoup plus heureux, en ce moment, dans ta souquenille de page que le roi de Navarre dans son pourpoint...

— Chère Nancy! murmura Raoul, vous avez de l'esprit comme un démon.

Et il prit la tête de la jolie camérière dans ses mains et lui donna un baiser.

— Chut! murmura Nancy, écoutons!...


## LXIX


Madame Marguerite était la fille de cette Catherine de Médicis qui, avant de s'abandonner aux arides soucis de la politique, avait été citée dans le monde entier comme la plus séduisante des princesses.

Madame Marguerite était la petite-fille du roi François, le plus galant des princes de son temps.

Madame Marguerite avait aidé de ses conseils et de sa jeune expérience le vieux sire de Bourdeille, abbé de Brantôme, lorsqu'il composait son livre immortel les *Dames galantes*.

Madame Marguerite, enfin, avait étudié l'art difficile des séductions, et nulle femme, mieux qu'elle. ne savait trouver une voix mélodieuse, prendre une pose enchanteresse, lancer un regard tendre et doux.

Quand Nancy et Raoul furent sortis, elle se renversa à demi dans un grand fauteuil à la châtelaine où elle était assise. Puis elle fascina Hogier d'un regard, et lui dit :

— Vraiment vous n'avez nulle envie de dormir... ?

Hogier devenait hardi, grâce à la poudre et au vin muscat.

— Ah ! dit-il, serait-ce possible, quand vous daignez m'admettre en votre compagnie, chère dame ?...

Et il osa rapprocher son escabeau du fauteuil de Marguerite.

Marguerite continua :

— Figurez-vous, dit-elle, que j'ai eu ce soir une singulière idée...

— Quand donc ?

— Lorsque vous êtes parti pour Blois.

— Vraiment?

— Comme ma nièce, j'ai pensé que vous alliez à Blois pour un rendez-vous d'amour.

— Oh! fit Hogier d'un ton de reproche, avez-vous pu le croire?

Son visage devint mélancolique et il attacha un œil ardent sur la prétendue veuve.

Marguerite eut un éclat de rire moqueur.

— Mais dame! dit-elle... quand cela serait, après tout...

— Mais cela n'est pas!

— Vous avez bien le droit d'aimer...

— Hélas! soupira Hogier, j'aime, en effet...

— Voyez-vous!

— J'aime ardemment... avec passion... avec délire...

— Pauvre jeune homme! dit Marguerite d'un air naïf.

— Une femme qui, sans doute, ne m'aime pas...

— Vous croyez?

Hogier poussa un profond soupir. Puis il regarda plus tendrement encore la belle veuve.

Marguerite, toujours ingénue, reprit :

— Et cette dame est à Blois?

— Oh! non...

— A Tours?

— Non, dit encore Hogier.

— A Paris ?

— Je crois qu'elle en revient.

— Et... où est-elle ?

Hogier pensa que le moment était venu, il tomba
à genoux :

— Ici !...

Mais Marguerite ne s'émut point :

— Ah! grand Dieu! dit-elle, je devine. Vous aimez ma nièce !...

Et elle se mit à rire, ajoutant :

— Mais mon neveu Raoul vous tuera, mon pauvre monsieur Hogier.

— Oh ! dit Hogier, je ne crains pas cela, madame.

— Vous avez tort...

— Oh ! non.

— Raoul est une fine lame.

— Mais ce n'est pas votre nièce que j'aime...

Le moment était venu, Marguerite se leva, un peu
émue.

— C'est vous ! dit Hogier.

Et il osa prendre la main de la jeune reine et la
porter à ses lèvres.

Mais Marguerite retira cette main avec dignité et,
d'un geste plein d'autorité, elle fit signe à Hogier
qu'elle ne voulait point qu'il demeurât à ses genoux.

— Relevez-vous, monsieur, lui dit-elle, et retirez-vous...

— Madame! supplia Hogier éperdu.

— Retirez-vous! ordonna Marguerite, qui feignait une grande irritation.

Les fumées du vin et de la poudre mystérieuse montaient de plus en plus à la tête de Hogier.

— Mais je vous aime! dit-il avec un accent désolé, je vous aime!...

Marguerite partit d'un éclat de rire moqueur.

— Il est possible que vous m'aimiez, dit-elle; cependant, je tiens à m'en assurer...

Et comme il la regardait avec étonnement :

— Montrez-moi vos mains, dit-elle.

Hogier tendit ses deux mains.

— Tiens! dit Marguerite, il paraît que vous avez laissé à Blois cette bague que vous aviez à la main gauche.

Hogier pâlit, et, un moment, les fumées de l'ivresse parurent se dissiper.

— C'est à la femme que vous aimez réellement et qui vous attendait à Blois que vous l'aurez donnée...

— Oh! s'écria Hogier, cela est faux, madame...

— Où donc est cette bague?

Il fouilla dans sa poche, ouvrit sa bourse et en tira la bague du roi :

— La voilà, dit-il.

— Singulière idée de porter une bague tantôt au doigt, et tantôt dans une bourse !

— Ah ! c'est que...

La poudre de Nancy n'agissait que lentement. Hogier se défendait encore.

— Monsieur, dit sèchement Marguerite, cette bague cache un mystère...

— C'est vrai.

— Un mystère que je veux savoir...

— Mon Dieu ! mon Dieu ! murmura le jeune homme, c'est que ce n'est pas mon secret...

— Et vous prétendez m'aimer ! fit Marguerite avec dédain.

Cette exclamation fut le coup de grâce porté à la discrétion de Hogier.

— Eh bien, je vais tout vous dire, fit-il.

— Ah !

— Oui, je vous dirai tout.

— A quoi bon ? fit Marguerite.

— Je veux que vous sachiez d'où me vient cette bague.

— Vous allez me conter quelque fable.

— Non, je vous le jure.

— Prenez garde ! dit Marguerite, mais j'ai toujours lu dans les yeux d'un homme. Je verrai bien si vous mentez !

— Oh ! je ne mentirai pas, vous verrez.

— Soit, je vous écoute.

Et Marguerite se rassit dans son grand fauteuil, et elle toléra que Hogier se remît à genoux devant elle.

Hogier reprit alors :

— Cette bague est celle du roi Henri de Navarre.

Madame Marguerite feignit la plus grande surprise.

— Mais, dit-elle, je croyais que vous n'aviez vu le roi de Navarre qu'une fois.

— Je vous ai menti.

— Ah! vraiment?

— Je l'ai vu deux fois.

— Une fois à Nérac?...

— Et l'autre à Paris.

— Y a-t-il longtemps?

— Deux jours, et encore, je l'ai si peu vu...

— Prenez garde! dit Marguerite, je vous ai averti que je lirais la vérité dans vos yeux.

— Oh! je dis vrai.

— Et il vous a parlé, le roi de Navarre?

— Certainement.

— C'est peut-être lui qui vous a commandé de vous arrêter à Blois?

— Justement! et en bien d'autres endroits encore...

— Hé! dit Marguerite, Dieu me pardonne! monsieur Hogier, mais vous me paraissez vous occuper de politique.

— Je ne crois pas...

— Comment ! vous n'en êtes pas sûr ?

— Ma foi, non !

— Cependant, cette bague ?...

— Le roi me l'a donnée comme un talisman.

— Qui doit vous faire reconnaître ?...

— Tout le long de la route.

— Où donc allez-vous ?

— En Gascogne.

— Mais, Blois...

Et madame Marguerite enveloppa le jeune homme d'un regard fascinateur.

— A Blois, j'ai vu un gentilhomme du nom de Mauduit.

— Et vous lui avez montré la bague ?

— Oui, madame.

— Que lui avez-vous commandé au nom du roi ?

— De tenir des chevaux prêts pour la nuit prochaine...

— Est-ce qu'il voyage, le roi de Navarre ?

— Avec une femme, je crois.

Madame Marguerite étouffa un cri, puis elle crut que la lumière se faisait dans son esprit.

La femme avec laquelle le roi voyageait ne pouvait, à ses yeux, être une autre que Sarah.

C'était une dernière félonie ajoutée à tant d'autres.

Cependant Marguerite se contint. Elle questionna Hogier, mais Hogier ne savait pas autre chose. Seulement, il lui montra les deux parchemins dont il était porteur.

Malheureusement, madame Marguerite était plus ferrée sur le latin et le grec que sur la langue béarnaise, et les deux parchemins restèrent pour elle à l'état de grimoire indéchiffrable.

— Ma foi ! fit-elle, je n'y comprends absolument rien.

Et elle les rendit à Hogier.

Hogier, de plus en plus étourdi, était arrivé à cet état de béatitude et de surexcitation extrême où tout devient couleur de rose.

Il portait sans cesse à ses lèvres les belles mains de la prétendue veuve, et elle ne les retirait pas.

Tout à coup elle lui dit :

— Bien certainement, cette femme avec qui le roi voyage est une favorite.

— Vous croyez ? dit naïvement le jeune homme.

— S'il était question de la reine de Navarre, il voyagerait en plein jour, ce me semble...

— C'est vrai !...

— Avez-vous jamais vu la reine de Navarre ! monsieur Hogier ?

— Jamais.

— On la dit fort belle.

— Il n'est bruit que de sa beauté.

— On dit même qu'elle a quelque esprit...

— Elle passe pour la princesse la plus aimable, la plus accomplie de la cour de France.

— Eh bien, ne trouvez-vous pas que le roi... est... impardonnable... de se conduire ainsi ?

— Dame !

— Et si la reine se vengeait?

— Elle ferait bien, mordioux !

— C'est votre avis ?

— De tout point...

— Ah ! dit Marguerite rêveuse.

Hogier aurait bien voulu pouvoir commenter son opinion ; mais l'ivresse le gagnait de plus en plus, sa tête commençait à s'alourdir, sa langue s'épaississait.

Il était aux genoux de Marguerite, et sa tête s'était inclinée sur son épaule. Bientôt il ferma les yeux. Alors Marguerite appela :

— Nancy! Nancy !

Nancy, qui, par le trou de la serrure, n'avait pas perdu un traître mot ni un simple geste, accourut.

Marguerite, immobile, contemplait la tête pâle d'Hogier qui reposait sur ses genoux.

— Ah! le monstre de roi de Navarre! dit-elle à Nancy, sais-tu pourquoi il a donné sa bague à ce jeune homme?

— Non, dit Nancy.

Nancy mentait ingénument au besoin.

— Eh bien, c'est pour qu'il prépare des relais de chevaux.

— Des relais ?

— Sur la route de Gascogne...

— Le roi voyage ?

— Oui, il enlève Sarah.

— En vérité !

— Et il la conduit en Navarre.

— Ma foi ! madame, dit Nancy, il ne lui reste plus qu'à lui donner le château de Nérac pour résidence.

— Qui sait ?

— Et que pense M. Hogier de cela ?

— Il pense que c'est infâme !...

— Ah !

— Que la reine indignement trahie aurait le droit de se venger.

— Hé ! hé !

Marguerite prit dans ses mains la tête brune et la chevelure bouclée du jeune homme endormi, dont les lèvres entr'ouvertes souriaient.

— Je gage qu'il fait un beau rêve, murmura Nancy.

— Comment le trouves-tu ?

— Charmant !

Marguerite rougit et se tut.

— Hein ! pensa Nancy, je crois que notre fraise est mûre !

## LXX

Cependant Madame Catherine de Médicis, reine douairière de France, venait de pénétrer dans l'enceinte de ce manoir inconnu dont les hautes murailles grises ne lui permettaient point de savoir en quel lieu elle se trouvait.

Elle jeta un regard rapide autour d'elle lorsqu'elle fut sortie de la litière, et elle reconnut que son escorte se composait de quatre valets qui conduisaient la litière, laquelle était attelée de ces vigoureuses mules du Poitou qui égalent en vitesse, en fonds et en vigueur, les meilleurs chevaux.

Le jour commençait à naître et les premières lueurs de l'aube blanchissaient le faîte du donjon.

Madame Catherine constata que les quatre cavaliers étaient masqués et que les conducteurs de la litière avaient le visage barbouillé de noir.

Un homme parut sur le seuil de la grande porte du manoir. Il était armé de toutes pièces et avait sur la tête un heaume dont la visière était baissée, mais duquel s'échappaient des touffes de cheveux blancs.

Madame Catherine en conclut que c'était quelque

vieux gentilhomme huguenot qui avait passé sa vie au prêche, et nourrissait une haine violente contre la monarchie catholique.

Le vieillard vint à la rencontre des cavaliers et les salua.

L'un d'eux, qui paraissait être le chef de la troupe, rendit le salut au vieillard, mais ne prononça pas un mot.

Alors celui des cavaliers qui s'était assis dans la litière, auprès de la reine, reprit la parole et lui dit :

— Madame, veuillez nous suivre.

— Monsieur, répondit Catherine, je suis en votre pouvoir et forcée de vous obéir. Seulement, me direz-vous ce que vous comptez faire de moi?

— Certainement, madame. Nous allons d'abord vous conduire dans la grande salle de ce manoir.

— Bien.

— Vous y trouverez des rafraîchissements et un déjeuner servi.

— Merci! dit la reine avec dédain.

Le cavalier à qui tout le monde semblait obéir fit un geste, et celui qui parlait à la reine n'insista pas, mais il lui offrit son bras.

Madame Catherine, qui rêvait l'heure d'une revanche, s'était imposé la loi de ne point résister.

Elle prit le bras de l'inconnu et entra, guidée par lui, dans le manoir.

Chacun des cavaliers avait mis pied à terre.

D'abord, la reine-mère traversa un large vestibule assez sombre, puis elle entra dans une vaste salle dont les murs étaient tendus d'une étoffe rouge et garnis de vieux meubles qui rappelaient le règne du roi Louis XII.

Une particularité la frappa. Cette salle possédait une grande cheminée dont le manteau supportait les armoiries du possesseur du manoir. Mais on avait recouvert ces armoiries d'un voile, afin qu'il fût impossible d'en distinguer la taille ou les couleurs, non plus que les emblèmes.

— Voilà des gens prudents, pensa la reine-mère.

Au milieu de la salle on avait dressé une table, et cette table supportait du parchemin, des plumes et de l'encre.

Devant la table se trouvait un fauteuil unique.

En traversant l'espace qui séparait la porte d'entrée de la table, madame Catherine, qui observait tout, fit une remarque fort judicieuse, à savoir que si le cavalier qui lui parlait, et dont l'organe lui était complétement inconnu, n'était pas le chef de la bande, et que ce fût, au contraire, celui qui ne parlait que par gestes, ce dernier, à coup sûr, était de sa connaissance.

— Il craint que je ne le reconnaisse à la voix, pensa-t-elle.

Le cavalier qui parlait lui dit :

— Madame, veuillez prendre ce fauteuil et vous asseoir.

— Pourquoi ce papier et ces plumes ? demanda-t-elle avec inquiétude.

— Oh! madame, répondit le cavalier en souriant, tranquillisez-vous, on ne veut point vous faire signer votre abdication.

— Que voulez-vous donc que j'écrive ?

— Un mot au roi votre fils.

— Dans quel but ?

— Pour le rassurer.

Madame Catherine jeta sur tous ces hommes un regard profond et terrible.

— Prenez garde! répéta-t-elle,

Le cavalier muet haussa les épaules.

— Oui, reprit celui qui parlait, vous allez écrire au roi.

— Ecrire au roi ?

— Sous ma dictée.

— Ah !

Et madame Catherine se leva et dit avec un dédain superbe :

— Vous vous méprenez étrangement, si vous pensez que je céderai à vos menaces.

— Votre Majesté refuse :

— Certainement.

— Votre Majesté a tort...

Le cavalier muet se pencha alors à l'oreille de ce vieillard qui paraissait être le châtelain et murmura quelques mots que la reine-mère n'entendit pas. Le vieillard approuva d'un signe de tête. Puis il frappa trois coups sur le plancher avec son talon éperonné.

Presque aussitôt, on vit apparaître deux robustes filles de la campagne, le bras nus et le visage noirci.

— Madame, dit le jeune cavalier, nous sommes gentilshommes, et il nous répugnerait étrangement de faire violence nous-mêmes à Votre Majesté. Aussi ces filles que voilà vont nous suppléer.

— Vous avez une délicatesse assez singulière ! fit la reine avec ironie.

Sur un geste du vieux châtelain, les deux paysannes se ruèrent sur madame Catherine, l'enlacèrent, l'enlevèrent de terre malgré les efforts qu'elle fit pour se dégager et les cris qu'elle poussa.

En même temps, le châtelain s'approcha du mur, tira sa dague et en appuya le manche dans un certain endroit.

Tout aussitôt le mur s'entr'ouvrit, une lourde pierre tourna avec le panneau de boiserie qui la recouvrait, et laissa voir une sorte d'oubliette noire et profonde.

— Madame, dit alors le cavalier, il y a là un puits de cent pieds de profondeur, au fond duquel se trouve une couche d'ossements séculaires.

Madame Catherine, que les deux paysannes avaient poussée au bord de cet abîme, jeta un cri et se renversa brusquement en arrière.

— Grâce! murmura-t-elle éperdue.

— Ce sera une dure nécessité, madame, poursuivit le cavalier avec calme, mais nous jouons tous notre tête, et à notre place vous feriez comme nous.

— Oh! s'écria la reine, qui retrouva soudain une énergie fougueuse et sauvage, mon fils me vengera, misérables!

— Les puits sont profonds, répondit le jeune cavalier.

Les paysannes enlevèrent la reine et la suspendirent au-dessus du gouffre.

— Réfléchissez vite, madame, reprit le cavalier. Vous avez une minute. Il faut écrire ou mourir.

— Grâce! répéta-t-elle.

— Ecrirez-vous?

— Oui...

La voix si impérieuse d'ordinaire de madame Catherine était devenue tremblante et semblait près de s'éteindre.

On la reconduisit vers là table, on l'assit dans le auteuil, et le cavalier lui tendit la plume.

Catherine était pâle et tremblait. Cependant elle rit cette plume et dit :

— J'attends!...

Le cavalier échangea un regard avec celui qui pa-aissait être le chef. Puis il ajouta :

— La lettre que je vais dicter à Votre Majesté a our but de rassurer complétement le roi Charles IX.

Catherine de Médicis ne perdait jamais la tête longtemps. Elle eut reconquis sang-froid en quel-ques minutes :

— Monsieur, dit-elle avec calme, je suis en votre pouvoir et je sais que si je veux vivre, il faut obéir.

— Madame....

— Donc j'obéirai, reprit la reine. Mais au moins répondrez-vous à mes questions avec franchise?

— Peut-être...

— Que veut-on faire de moi ?

— Madame, répondit gravement le cavalier, vous êtes condamnée à une prison perpétuelle.

— Ah ! et... en quel lieu?

— Dans un château-fort, hors du royaume de France, et, par conséquent, des lois royales.

— Et quand arriverai-je à cette prison ?

— Dans trois jours.

Sans doute une lueur d'espoir s'était faite déjà

dans le cerveau machiavélique de la reine-mère, car trempant sa plume dans l'encre et posant le parchemin devant elle :

— Je préfère la prison à la mort, dit-elle. Dictez, monsieur.

Le cavalier dicta :

« Sire roi, mon fils,

« Quand cette lettre vous parviendra, j'aurai quitté le Louvre et Paris depuis plusieurs heures, et je vous supplie de ne point chercher à connaître ma demeure. Je me retire du monde et des soucis de la politique. Je vais m'ensevelir vivante au fond d'un couvent, et je prierai Dieu tous les jours qu'il me pardonne le mal que j'ai fait. »

Madame Catherine écrivit, sans omettre un mot, jusqu'au bout.

— Maintenant, madame, ajouta le cavalier, veuillez signer et apposer votre cachet sur cette lettre.

Du doigt il indiquait une bague fleurdelisée que la reine-mère portait à la main gauche.

En même temps le cavalier muet allumait une bougie à la flamme de laquelle il exposait un morceau de cire.

La reine signa. Puis elle ôta la bague de son doigt et l'imprima sur la cire brûlante.

Seulement, elle posa le cachet à l'envers, c'est-à-dire que la couronne qui surmontait l'écusson se trouva renversé tandis que l'écusson était en chef.

Aucun muscle de son visage ne tressaillit; aucun mouvement de joie ne se produisit dans sa physionomie, son œil demeura triste et morne.

Et cependant elle disait *in petto :*

— Les niais! à la façon dont j'ai apposé mon cachet, le roi mon fils ne croira pas un mot de ma lettre...

Le cavalier plia lui-même le parchemin, puis il l'entourna d'un fil de soie.

Après quoi il invita la reine à y apposer un deuxième cachet.

La reine obéit et toujours de la même manière.

Mais ni le cavalier qui parlait, ni le châtelain, ni les trois autres gentilshommes qui continuaient à garder le silence n'y prirent garde...

— Maintenant, madame, dit le cavalier, vous comprenez que, pour des raisons de prudence, nous ne voyageons pas le jour. Vous allez passer la journée ici... Nous repartirons ce soir...

Il ouvrit une porte et la reine-mère fut introduite dans une chambre dont les croisées étaient fermées et qui était éclairée par une lampe suspendue au plafond.

Une table chargée d'aliments était dressée au milieu.

Dans un angle se trouvait un lit.

— Si vous avez besoin de quelque service madame, ajouta le cavalier, vous pourrez frapper sur ce timbre. On s'empressera d'accourir...

Les autres cavaliers étaient demeurés dans la salle voisine.

Catherine s'assit dans un grand fauteuil et se prit à méditer profondément, murmurant à part elle :

— Ah ! si jamais je suis libre, si je rentre au Louvre, dussé-je bouleverser le monde, il faudra bien que je retrouve tous ces hommes et que leur tête tombe !

Les cavaliers, pendant ce temps-là, tenaient conseil...

## LXXI

Cependant René le Florentin, on s'en souvient, était sorti du Louvre quelques instants avant madame Catherine, chargé par cette dernière d'aller annoncer sa visite au duc de Guise.

Le prince lorrain avait passé la journée dans la plus vive anxiété, attendant un message de madame Marguerite, laquelle lui avait dit, la veille au soir, en le quittant :

— Demain vous aurez de mes nouvelles !...

Ce message si désiré n'était point venu.

Le duc, qui menait de front son amour et sa politique ténébreuse, avait envoyé ses *fidèles* de divers côtés, et il était seul, pour le moment, avec Pandrille, le géant sur lequel il comptait pour une occasion prochaine.

Pandrille était devenu comme le cerbère de la maison borgne où le duc se cachait. Couché derrière la porte, il veillait nuit et jour.

On heurta par trois fois différentes.

— Qui est là? demanda Pandrille.

— Un bon catholique! répondit-on.

C'était le mot de passe. Pandrille ouvrit. René entra. En voyant apparaître le Florentin, le duc fut pris d'une immense joie.

— Tu m'apportes une lettre? lui dit-il.

— Non, monseigneur.

— *Elle* ne t'a pas remis un message pour moi?

— Pardon, monseigneur, mais de qui parle Votre Altesse?

— D'*elle*, sang-Dieu! de Marguerite, reine de Navarre.

— Ce n'est pas elle qui m'envoie.

— Ah! fit le duc désappointé.

— C'est madame Catherine.

— Eh bien?

— Elle va venir.

— Allons! pensa le duc, elle m'apportera elle-même le message de sa fille.

Et d'un geste, il permit à René de s'asseoir.

— Quand viendra-t-elle, la reine-mère? demanda-t-il au Florentin.

— Mais bientôt... dans quelques minutes...

On heurta de nouveau à la porte.

— La voilà sans doute, dit René.

René se trompait.

C'était Gaston de Lux qui arrivait de Meudon

Le prince l'avait chargé la nuit précédente de reconduire la duchesse de Montpensier à sa petite maison des bois; puis il lui avait commandé en même temps de passer au retour rue Saint-Jacques à l'hotellerie indiquée par Hector, et d'y laisser Vulcain, ce beau cheval noir volé par Pandrille deux ou trois jours auparavant, et que notre jeune Béarnais avait voulu reconquérir l'épée à la main.

— Ah! c'est toi? lui dit le duc.

— Oui, monseigneur.

— Tu as rendu le cheval?

— Oui, et je crois qu'il n'aura pas chômé à l'écurie.

— Comment cela?

— Ma foi! c'est une drôle d'histoire que celle de votre cheval, monseigneur. D'abord, vous savez qu'il appartient à un Gascon?

— Parfaitement.

— Un ami de Noë, un de ceux qui ont voulu faire rouer René.

— Ah! dit le Florentin à qui ce souvenir arracha un frisson, c'est un de ces quatre démons ?...

— Démon ou non, dit le prince, c'est une fine lame, un galant homme et un joli garçon. Après?

— Il paraît que ces messieurs, si nous conspirons contre le roi de Navarre, ne s'endorment pas non plus.

— Ah!

— Et que l'un d'eux, peut-être cet Hector lui-même, est en route, à cette heure, pour quelque mission secrète.

— Plaît-il? fit le duc.

— D'abord, vous savez que le roi de Navarre est allé plusieurs fois à Chantilly.

Le duc fronça le sourcil :

— Je sais tout cela, dit-il, et je compte bien en conférer tout à l'heure avec la reine-mère. Mais qu'est-ce que cela peut avoir de commun avec ton cheval, mon bel ami?

— Voici : la nuit dernière, en passant à Vaugirard, je me suis aperçu que le cheval boitait. Il était déferré d'un pied. Je suis entré chez un forgeron et je lui ai demandé un fer.

« — Tiens! m'a dit le forgeron, j'ai la main aux chevaux de Gascogne, ce matin.

31.

» — Pourquoi cette observation ?

» — Voilà un cheval qui est ferré comme on ferre en Gascogne, mon gentilhomme. Les clous ne sont pas les mêmes.

» — Ah !

» — Et, il y a moins d'une heure, j'ai referré un cheval qui était ferré de la même façon.

» — Vraiment? A qui était-il?

» — A un jeune gentilhomme qui paraissait très-pressé. »

J'ai fait jaser le forgeron, continua Gaston de Lux, et j'ai appris que le cavalier dont il parlait avait déroulé des parchemins qu'il avait lus, puis qu'il avait retiré de son doigt une grosse bague pour la mettre dans une bourse pleine d'or. Tout cela m'a paru assez singulier, surtout quant au portrait qu'il m'a fait du cavalier; j'ai cru reconnaître un des fidèles du roi de Navarre.

— Et c'est là tout?

— Non pas... attendez...

— Voyons? fit le duc.

— Tout à l'heure, poursuivit Gaston, j'ai reconduit le cheval à l'hôtellerie de la rue Saint-Jacques. C'est l'hôtelier lui-même qui est venu m'ouvrir.

« — Monsieur Hector? » ai-je demandé.

« — Il n'est pas rentré, » m'a répondu l'hôtelier. Je lui ai remis le cheval et je suis descendu par la rue Saint-Jacques à pied, enveloppé dans mon manteau. Mais comme j'atteignais le pont Saint-Michel, j'ai entendu le trot de deux chevaux derrière moi. A Paris, et par le temps où nous vivons, ajouta judicieusement Gaston de Lux, le moindre événement peut avoir la plus grande importance ; il est bon d'être curieux. Je me suis donc effacé dans l'angle d'une maison qui se trouve à l'entrée du pont.

Peu après deux cavaliers ont passé, je n'ai pu voir leur visage, mais à la lueur de la lanterne placée au milieu du pont j'ai reconnu le cheval.

— Vulcain ?

— Oui. Vulcain, que je venais de laisser à l'hôtellerie du *Cheval rouan.*

Le cavalier qui le montait disait :

« — Ma fois je ne comptais pas sur mon vieux Vulcain ; mais puisqu'il est rentré, je le préfère au cheval que j'avais retenu. Il fera bien ses quinze lieues cette nuit... »

L'autre cavalier a repris, en passant près de moi :

« — Pourvu que la litière soit prête !

« — Elle l'est, » a répondu le premier.

— Tout cela est bizarre ! murmura le duc intrigué. Est-ce là tout ce que tu as entendu ?

— Oui, monseigneur... ils étaient à cheval et allaient bon train. J'étais à pied, la nuit était noire, je les ai perdus de vue...

Le duc se prit à rêver, attendant toujours avec impatience l'arrivée de madame Catherine, qu'il croyait porteuse d'un message de madame Marguerite pour lui. Mais une heure s'écoula, puis une seconde. La reine-mère ne vint pas.

René commençait à être inquiet.

— Ah çà! murmura enfin le duc, qu'est-il donc arrivé au Louvre?

— Le roi a peut-être fait demander madame Catherine... hasarda René.

— Si tu allais y voir?...

René se leva.

— Ou plutôt, non, dit le duc, j'y vais avec toi.

— Mais... monseigneur...

— J'y vais! répondit le duc avec autorité.

Et il prit son manteau et son épée.

— Monseigneur, dit Gaston de Lux, je ne laisserai point Votre Altesse aller seule au Louvre.

— Soit, viens avec nous.

Tous trois quittèrent la rue des Remparts et s'acheminèrent vers le Louvre, à travers les rues désertes.

Comme ils atteignaient la rue des Prêtres, René, qui avait un véritable œil de lynx et voyait presque aussi bien la nuit que le jour, René, disons-nous, aperçut à terre un objet blanc qu'il ramassa.

C'était un mouchoir.

— Peste! dit-il, c'est de la fine toile, en vérité ; c'est un mouchoir de belle dame.

Et, curieux, il alla se placer sous l'unique lanterne qui éclairait la rue des Prêtres. Soudain une exclamation de surprise lui échappa.

— Qu'est-ce ? fit le duc.

— Ce mouchoir est à la reine !...

— A la reine ?

— Voyez ! monseigneur...

Et René montrait au duc un des coins du mouchoir orné d'armoiries : trois fleurs de lis et une couronne royale.

— Oh ! oh ! fit le duc.

— La reine aura passé par ici et pris à droite de Saint-Eustache, tandis que nous venions par la gauche, sans doute, observa Gaston de Lux.

Mais René secoua la tête, agité qu'il était d'un sinistre pressentiment.

— Il est arrivé malheur à la reine ! s'écria-t-il.

Le duc tressaillit.

— Allons au Louvre ! dit-il.

— Allons ! dit René, qui doubla le pas, tenant toujours le mouchoir que, une heure auparavant, la reine-mère avait laissé tomber en se débattant avec ses ravisseurs inconnus.

Était-ce simplement l'effet du hasard, ou bien ceux qui avaient enlevé la reine avaient-ils pu se ménager de secrètes intelligences avec les Suisses qui se trouvaient de garde au Louvre cette nuit-là? Ce fut un mystère. Mais lorsque René et le duc se présentèrent à cette poterne, où d'ordinaire veillait une sentinelle complaisante qui ne demandait jamais le mot de passe et laissait se croiser, aller et venir, tous ceux qu'une intrigue d'amour ou quelque mystérieux motif amenait au Louvre, le Suisse de faction croisa sa hallebarde :

— On ne *basse* pas! dit-il.

— Je vais chez la reine... dit René.

— Afez fus le mot d'ordre?

— C'est inutile ici... je vais...

— On ne basse pas! répéta le Suisse.

— Mais manant! s'écria René, sais-tu bien qui je suis?

— *Nein!* dit le suisse

— Je suis René le Florentin.

— Je ne vus gonnais bas! au large!

Et comme le duc impatienté s'avançait pour forcer le Suisse à se retirer...

— A moi! cria la sentinelle.

Le duc avait de trop bonnes raisons de demeurer à Paris incognito pour s'exposer à être reconnu par les Suisses. Quand il entendit la sentinelle appeler à son aide, il s'enfuit; René et Gaston le suivirent.

— Tout cela est bien extraordinaire, murmura René.

Ils coururent jusqu'à la place Saint-Germain-l'Auxerrois. Puis là, ils tinrent conseil.

— Pourquoi donc n'entre-t-on plus au Louvre par la poterne? demanda le duc.

— On y entrait il y a une heure, répondit René. C'est à n'y rien comprendre... ou plutôt... Tenez, monseigneur, retournons à la petite maison où la reine vous avait donné rendez-vous.

— Et si la reine n'y est pas?...

— Alors, c'est qu'il est arrivé quelque chose d'extraordinaire au palais.

La circonstance de la poterne, au lieu d'éclairer René, l'égarait au contraire. Cependant il ne voulut rien dire au duc avant de savoir si la reine ne les attendait pas tranquillement au rendez-vous.

Ils retournèrent donc à la rue des Remparts. Pandrille était assis sur le seuil de la porte. Personne n'était venu, il n'avait vu personne.

— Monseigneur! dit alors René, le roi Charles IX est d'humeur fantasque.

— Oh! je le sais, dit le duc.

— Il aura eu vent par quelqu'un de ces pages coureurs d'aventures, qui, au besoin, font le métier d'espions, que la reine sortait chaque nuit. Il l'aura fait suivre, arrêter, reconduire au Louvre, et il aura donné la consigne de ne laisser entrer ni sortir...

— Ah! tu crois?...

— Moi, dit Gaston, je ne puis m'empêcher de songer à cette litière et à ces deux cavaliers.

René frissonna.

— Les Gascons sont hardis...

— Oh! par exemple! fit le duc!

— Qui sait? Ils ont peut-être enlevé madame Catherine...

— Hé! hé! hé! fit le duc, ce petit roi de Navarre est d'une fière audace, en vérité!...

Comme le duc prononçait ces mots, le pas d'un cheval se fit entendre à l'extrémité opposée de la rue.

## LXXII

Le cavalier qui arrivait n'était autre que Leo d'Arnembourg. Le jeune gentilhomme du Luxembourg était monté à cheval pour la première fois depuis sa blessure. Il était faible encore, mais il aimait trop la duchesse pour ne point être impatient de lui témoigner son dévouement en servant le duc son frère. Aussi avait-il accepté avec empressement la mission d'aller porter un message à un gentilhomme appelé le sire de Croissy, catholique ardent, serviteur passionné de la maison de Lorraine, et à qui on réservait un rôle actif dans le drame qui se préparait à Paris contre les huguenots.

Leo d'Arhembourg était rentré dans Paris par le bord de la Seine.

— Est-ce toi, Leo? demanda le duc.

— Oui, monseigneur.

— Apportes-tu de bonnes nouvelles?

— Celui de chez qui je viens sera ici demain au soir.

— Ah! fit le duc.

— Mais, reprit Leo, j'ai bien failli ne pas vous l'annoncer moi-même.

— Comment cela?

— J'ai failli tomber au milieu des Gascons.

— Plaît-il? fit le duc.

— Ils enlèvent la belle argentière, j'imagine.

Réné tressaillit.

— Explique-toi donc, fit le duc avec anxieté.

— Ils étaient masqués, mais j'ai reconnu le cheval de l'un deux... vous savez... le cheval noir.

— Ah! ils étaient masqués?...

Et le duc se tournant vers Gaston.

— Tiens, dit-il, bien certainement il a rencontré les deux cavaliers.

— Ils étaient quatre, monseigneur.

— Oh! oh!

— Et ils escortaient une litière dont les rideaux

32

étaient bien tirés. Ah! si je n'avais pas été seul.

— Monseigneur, s'écria Réné illuminé soudain ce n'est pas la belle argentière qu'ils enlèvent...

— Qui donc serait-ce?

— La reine.

— A cheval! s'écria le duc...

— Monseigneur, dit Gaston, en êtes-vous certain?

— Hé! qu'importe!

— Mais il faudrait au moins savoir si la reine n'est pas au Louvre...

De nouveaux pas de chevaux se firent entendre.

— C'est Crevècœur et Conrad, dit le duc. A la bonne heure!

C'étaient en effet les deux jeunes gens qui, eux aussi, venaient de remplir une mission aux environs de Paris et de rallier des partisans à la cause des princes lorrains.

— A cheval! messieurs, à cheval! ordonna le duc.

L'auberge misérable dans laquelle M. de Guise se tenait caché pendant le jour était pourvue d'une écurie où se trouvaient des chevaux frais.

Prandrille, converti en palefrenier, les sella et les brida.

Une demi-heure après, le duc, Réné et les quatre amoureux de la duchesse galopaient sur la route de Vaugirard.

C'était à la sortie de ce village que Leo d'Arnembourg avait rencontré la litière.

On traversa Vaugirard au galop et on courut un moment sur la route de Chartres.

Mais comme le jour naissait, on atteignit une bifurcation de deux chemins.

L'un continuait à se diriger sur Chartres, l'autre inclinait à l'est, vers Orléans.

Quel était celui qu'avaient suivi les ravisseurs?

On hésita un moment. Le comte Eric de Crèvecœur proposait de se diviser en deux bandes. Le duc penchait vers cette opinion. Mais tout à coup René sauta à bas de son cheval, se pencha sur la route et y ramassa une des feuilles de rose que la reine avait semées.

— Tenez, dit-il, voilà qui ne nous permet plus de douter...

Et il montra la feuille au duc, ajoutant :

— Ces roses ne viennent qu'au Louvre, dans une serre chaude, et seule la reine en porte sur elle.

— Ah! fit le duc.

René fit quelques pas sur la route de Chartres, et il recueillit trois autres feuilles semblables à la première.

Il était impossible d'hésiter désormais, c'était la route de Chartres qu'avaient suivi les ravisseurs.

Les feuilles de rose étaient semées de distance en distance, pendant environ une lieue.

Mais la dernière était tombée bien avant que la litière fut arrivée à sa première étape, et lorsque la dernière eut disparu, force fut aux cavaliers de chercher un autre indice.

Pendant quelque temps la poussière de la route garda de loin en loin l'empreinte du pied des chevaux, mais il vint un moment où ce nouveau vestige disparut.

Le duc et sa suite rencontrèrent un troupeau de moutons. La trace des moutons avait effacé celle des chevaux.

Cependant René questionna le berger : il lui offrit de l'or; il le menaça de le tuer s'il ne parlait... Le berger n'avait rencontré d'autre cavalier qu'un abbé qui s'en allait tranquillement à l'amble de sa mule.

— Allons toujours ! dit le duc.

Ils atteignirent un village et demandèrent si on n'avait pas vu passer une litière escortée par des hommes à cheval. Personne n'avait rien aperçu.

Au delà de ce village la route biffurquait de nouveau. Cette fois l'œil perçant de René retrouva de nouveau des traces de fer de chevaux dans la poussière. Parmi ces traces, il en était une plus profondément marquée et dont les clous avaient une forme particulière.

— C'est le cheval ferré à la mode gascogne, dit Gaston de Lux.

. Seulement les traces ne se dirigeaient plus vers Chartres, mais semblaient, au contraire, retourner vers Paris.

— Ils sont rusés, se dit le duc, et ils se font tourner comme un renard devant une meute.

Et persuadés que la litière et son escorte étaient retournés vers Paris par la seconde route, le duc et sa suite rebroussèrent chemin.

Ils avaient couru pendant cinq heures et il était neuf heures du matin. Les chevaux commençaient à être las. Cependant on courut trois heures encore et on atteignit l'heure de midi, toujours guidé par les empreintes de fer imprimées dans la poussière.

Cette fois il fallait absolument faire halte. Mais la route était déserte et on ne voyait aucune maison à droite ou à gauche. Les cavaliers se jetèrent dans un petit bois pour laisser reposer les chevaux. Les pauvres animaux débridés se mirent à brouter l'herbe verte. Les fruits d'un pommier sauvage, l'eau d'un ruisseau et une gourde d'eau-de-vie que le comte Éric avait dans ses fontes permirent aux hommes de tromper momentanément leur soif et leur faim.

Après deux heures de repos on se remit en selle et on continua à suivre les traces. Enfin, comme le soir tombait et qu'on n'était plus qu'à quelques lieues

32.

de Paris, on aperçut un village et à l'entrée de ce village une boutique de forgeron.

Le cheval du duc avait perdu un de ses fers et boitait au remontoir. Le duc mit pied à terre et appela le forgeron qui attisait le feu en attendant la pratique. Le forgeron accourut, prit le pied de l'animal pour prendre la mesure du sabot et demanda naïvement :

— Faut-il le ferrer à l'envers ?

— Comment, à l'envers ? butor ! exclama le duc.

— Dame ! il paraît que c'est la mode à présent, mon gentilhomme.

— Te railles-tu de moi, maraud ?

— Mais non, mon gentilhomme, répondit le forgeron. J'ai ferré ce matin huit chevaux de la même façon.

— A l'envers ?

— Oui, à l'envers.

Un soupçon traversa le cerveau du duc, rapide comme l'éclair.

— Huit chevaux ? dit-il.

— Pardon, quatre chevaux et quatre mules. Les mules portaient une litière.

René jeta un cri.

— Et où allaient-ils, ces chevaux ?...

Le forgeron étendit la main vers l'Ouest, indiquant

ce long ruban de route que le duc et sa suite venaient de parcourir.

— Malédiction! s'écria René, nous sommes joués!

— Les Gascons sont fins, observa Gaston.

— En selle! s'écria le duc ivre de colère, mort de ma vie !... j'y perdrai mon nom ou nous les rejoindrons !

Mais les chevaux du duc et de sa suite n'étaient plus en état de fournir une longue course. Il fallait absolument s'en procurer d'autres. René et le comte Eric mirent le village en réquisition.

Un riche fermier fournit trois bêtes percheronnes, le curé vendit sa mule; un petit gentilhomme qui s'en allait courre un lièvre, monté sur une jument bretonne, accompagné de son unique piqueur, qui enfourchait un roussin poussif, fut démonté de force.

Tout cela fit perdre une heure encore. Mais le duc s'était fait un raisonnement plein de sagacité.

— Evidemment, se dit-il, si les Gascons enlèvent madame Catherine et la conduisent en Navarre, tous nos plans avortent. D'un autre côté, si je la rejoins, si je puis la sauver, ma faveur devient immense.

Et le duc remonta à cheval, disant à sa suite :

— Messieurs, tous les chevaux sont bons et vifs quand on sait jouer de l'éperon.

On repartit après le coucher du soleil.

Comme la nuit approchait, et bien avant qu'on fût arrivé à cette biffurcation perfide dont les ravisseurs de madame Catherine avaient tiré un si grand parti, on fit rencontre d'un moine qui chevauchait paisiblement à califourchon sur une mule.

— Hé! mon père, lui cria le duc, n'avez-vous pas rencontré une litière et des hommes à cheval?

— Non, messeigneurs, répondit le moine. Cependant je viens au delà de Chartres. Je n'ai rencontré qu'un cavalier qui m'a chargé d'un message...

— Ah!

— D'un message pour le roi! dit le moine avec un naïf orgueil; il m'a donné une bourse pleine d'or pour mon couvent.

— Oh! oh! dit le duc, je voudrais bien le voir, ce message.

Le moine qui ne connaissait nullement l'importance de sa mission, tira de la poche de sa robe un parchemin qu'il montra complaisamment.

— C'est de la reine! s'écria René en montrant le cachet.

— Ah! par saint Georges! s'écria le duc, je veux savoir ce qu'il contient.

— Tout beau, dit le moine, c'est pour le roi et non pour vous, mon gentilhomme.

Mais le duc fit un signe, et le comte Eric, rangeant son cheval auprès de la mule, s'empara du moine et l'enleva de sa selle. En même temps le duc lui arracha le parchemin et en brisa le sel. Puis il lut, jeta un cri de surprise et le tendit à René, disant :

— Ah çà! mais la reine s'en va fort librement et personne ne l'enlève.

Mais René ne s'était point trompé au cachet renversé.

— Vous vous méprenez, monseigneur, la reine a écrit cela sous une menace de mort.

— Es-tu fou?

— Voyez ce cachet, il est renversé. C'est une mode adoptée par la reine et qui signifie que tout ce qu'elle a écrit, elle l'a écrit contre son gré... D'ailleurs, acheva René, si la reine avait dû partir, je l'aurais su le premier.

Le moine, tout tremblant, regardait avec stupeur ces hommes armés qui l'entouraient.

— Mon père, lui dit le duc, retournez en votre couvent. Nous sommes gens du roi et nous nous chargerons de votre message. Et puis, dites-nous s'il y a longtemps que vous avez rencontré ce cavalier.

— Trois heures environ.

— Où allait-il?

— Il suivait la route de Blois.

— Était-il bien monté?

— Oh! il avait un cheval frais et qui courait comme un lièvre.

— Eh bien ! on le rattrapera !...

Et le duc enfonça l'éperon aux flancs de sa monture et repartit rapide comme l'éclair...


## LXII


Cependant, après avoir conduit la reine dans la pièce qui devait lui servir de prison jusqu'au soir, le cavalier qui lui avait constamment adressé la parole avait fermé la porte au verrou, puis il s'était mis en devoir de rejoindre ses compagnons.

Les trois autres cavaliers s'étaient réunis dans une salle du manoir, et ils avaient ôté leurs masques.

C'étaient Henri, Noë et Lahire.

— Jusqu'à présent, disait Noë, tout est pour le mieux.

— L'enlèvement n'a fait aucun bruit, dit Lahire.

— Et grâce à l'idée que j'ai eue de quitter brusquement la route de Chartres, d'aller ensuite à travers champs me jeter dans un autre chemin, reprit Henri, et de faire ferrer nos chevaux à l'envers, on aura quelque peine à retrouver nos traces.

— Ou du moins, si on les retrouve, observa Noë, on perdra du temps.

Hector entra.

— Enfin, ajouta Henri, que penses-tu, mon petit Noë, de mon système de mutisme ?

— Il est excellent, Sire.

— On ne sait ce qui peut arriver, continua le roi de Navarre. Si la reine nous échappait !...

— Oh ! maintenant, c'est douteux...

— N'importe ! tout est possible. Or, la reine nous aurait reconnus. toi et moi à la voix.

— C'est indubitable.

— Et Lahire a son accent gascon trop prononcé pour qu'on ne songe pas un peu à nous en l'écoutant.

Lahire se mit à rire.

— Hector, au contraire, poursuivit le roi, a plutôt l'accent poitevin. La reine ne l'a jamais vu, il n'est jamais entré au Louvre....

— Non, dit Hector.

— Que la reine nous échappe et que nous puissions fuir, je veux porter ma tête sur le billot s'il y a une preuve contre nous.

— C'est mon avis, dit Noë pensif. Seulement une chose m'embarrasse...

— Ah !

— La reine est en nos mains, c'est bien. Nous la conduirons en Navarre...

— Nous serons à Nérac dans six jours.

— C'est parfait, mais....

Et Noë s'arrêta.

— Voyons? fit Henry avec humeur. Tu es un ce seur éternel et tu prêches toujours malheur p avance.

Noë reprit sans s'émouvoir :

— Qu'en ferons-nous?

— De la reine?

— Oui.

— Je la garderai comme ôtage... jusqu'à ce que le roi Charles IX ait octroyé une bonne charte aux huguenots.

— Et puis?

— Et qu'il m'ait baillé la dot de madame Margue-rite.

A ce nom, un nuage passa sur le front du roi, mais il chassa ce pénible souvenir et continua :

— La charte octroyée, la dot payée, la ville de Cahors en mon pouvoir, je rendrai madame Cathe-rine.

— C'est fort joli, dit Noë.

Et il eut un rire sceptique.

— Eh bien! que te faut-il encore?

Noë se gratta l'oreille.

— J'aimerais mieux que madame Catherine mou-rût de la colique.

— C'est une belle idée, dit le roi, mais je n'en suis point partisan.

Noë soupira.

— Car, acheva Noë, madame Catherine, de retour au Louvre, abrogera la charte octroyée et mettra une bonne armée en campagne pour reprendre Cahors.

— C'est ce que nous verrons ! murmura Henri.

Et comme le maître du manoir entrait :

— Allons ! acheva le roi de Navarre, déjeunons d'abord, et buvons sec. J'ai faim, ventre-saint-gris ! et je meurs de soif.

— Amen ! murmura le sceptique Noë.

. . . . . . . . . . . . . . . . . . . . . . . . . .

Madame Catherine passa la journée à méditer, cherchant, mais en vain, à deviner quels pouvaient être ses ravisseurs, et flottant entre le prince de Condé et l'amiral Coligny.

La journée s'écoula.

Madame Catherine, vaincue par le besoin, trempa ses lèvres dans un verre de vin et mangea quelques bouchées d'un pâté de perdreaux qu'on avait placé sur la table.

Puis, accablée de fatigue, elle s'endormit dans le fauteuil où elle était assise.

Le bruit de la porte qu'on ouvrait et dont on tirait les verrous la réveilla.

Le cavalier masqué reparut et lui dit :

— Madame, il faut que Votre Majesté se résigne à se remettre en route.

33

La reine se leva.

— Allons! dit-elle; est-ce que vous allez me re-placer cet affreux capuchon sur la tête?

— Il le faut.

Catherine de Médicis avait pris la résolution de se montrer d'une docilité parfaite aux volontés de ses ravisseurs.

Elle se laissa couvrir la tête du capuchon, prit la main de son guide, remonta dans la litière, et fit un signe d'assentiment lorsque celui-ci lui dit :

— Je dois vous prévenir, madame, que toute ten-tative d'ôter le capuchon, de sauter hors de la litière ou d'appeler à votre aide, serait mortelle pour vous.

La litière et son escorte se remirent en route et coururent environ trois heures sans s'arrêter.

Puis, au bout de ce temps, il y eut une halte.

Alors Hector dit à la reine Catherine :

— Vous pouvez ôter votre capuchon quelques mi-nutes, madame, et respirer librement.

Et il lui enleva lui-même cette étrange coiffure.

La reine mit la tête à la portière et jeta un regard curieux autour d'elle. Elle reconnut alors qu'elle se trouvait dans le carrefour d'une forêt.

Un des cavaliers masqués tenait une torche.

Un autre, qui avait mis pied à terre, détachait des chevaux attachés à un arbre.

— C'est un relais, dit Hector ; nous en avons encore deux d'ici à demain matin.

On changea les mules, on transporta les selles d'un cheval fatigué à un cheval frais; puis celui qui paraissait être le chef fit un signe.

Hector remit à la reine son capuchon et la litière s'ébranla de nouveau.

Trois fois, en effet, la même cérémonie se renouvela. On changea de mules et de chevaux au plus profond d'un bois ; puis, au matin, on fit descendre la reine de litière, et elle se trouva dans les murs d'un autre manoir, aussi vieux, aussi morne d'aspect que le premier.

Comme dans le premier, elle fut reçue par un châtelain masqué, et renfermée durant la journée dans une chambre dont les croisées avaient été condamnées. Vers le soir, l'homme masqué reparut et la vint chercher.

Madame Catherine, toujours docile, toujours résignée en apparence, remonta en litière, n'ayant nullement conscience, du reste, des lieux qu'elle parcourait, et se demandant si on la conduisait au nord ou au midi, à l'est ou à l'ouest.

Comme la nuit précédente, on changea de chevaux au bout de trois heures de marche, toujours dans un fourré, et comme la veille la reine put respirer un moment, débarrrassée de son capuchon.

Puis on repartit.

On approchait du second relais de chevaux lorsque Henri et Noë, qui se tenaient en avant de la litière et causaient à voix basse, crurent entendre un bruit lointain.

— Qu'est-ce que cela? fit le roi de Navarre.

Noë arrêta sa monture, se tourna sur sa selle et se fit un cornet acoustique avec sa main.

La nuit était silencieuse; aucun souffle de vent ne courbait la cime des arbres, et la sonorité de l'espace permettait aux moindres bruits de franchir de vastes distances.

— Il me semble, dit le roi, que j'entends galoper des chevaux.

— Oh! oh!

— Mais ils sont loin...

Noë écouta encore.

— Moi aussi, dit-il.

— Ah! tu entends?

— Mais ils sont à plusieurs lieues d'ici, nous avons donc une fière avance.

— Raison de plus pour jouer de l'éperon.

Et Henri de Navarre poussa son cheval, qui du trot passa au galop.

La reine, elle aussi, prêtait l'oreille, et, comme Henri, elle avait entendu un bruit lointain.

Mais ce bruit avait suffi pour lui mettre au cœur un rayon d'espérance...

— On me cherche ! pensait-elle. Le roi Charles, mon bien-aimé fils, aura compris à ma lettre que j'étais prisonnière, et, à cette heure, il a envoyé des cavaliers sur toutes les routes.

Cependant le petit cortége avait redoublé de vitesse, et bientôt, à l'horizon, Henri et Noë aperçurent une bande noirâtre. C'était une forêt.

Cette forêt, qui était la première de l'Anjou, était un des points indiqués sur l'itinéraire suivi par Hogier.

C'était là qu'on devait trouver de nouvelles montures ; et certes jamais on n'en avait eu un plus impérieux besoin, car de Blois à cette forêt il y avait près de vingt lieues, et dans l'espace de ces vingt lieues il ne s'était trouvé ni un manoir ni un châtelain sur lesquels on pût compter.

— Ah ! enfin ! dit le roi. Le sire de Terregude, notre ami, a dû être prévenu à temps, j'imagine.

— Pardieu ! répondit Noë, Hogier a trente heures d'avance sur nous.

— Et je t'assure, ajouta le roi, que nos chevaux ont besoin d'arriver. Le mien est rendu...

— Heureusement, voilà la forêt. Nous trouverons les chevaux du sire de Terregude au premier carrefour.

33.

— Entends-tu toujours ?....

Et Henri entourait, lui aussi, son oreille de sa main ouverte.

— Toujours, répondit Noë. Il me semble même que le bruit se rapproche.

— Moi, dit Henri, j'entends fort distinctement le galop de plusieurs chevaux. Mais ils sont loin... toujours loin !...

Au moment où le roi parlait ainsi, la petite caravane venait d'atteindre la lisière de la forêt.

Noë plaça deux doigts sur sa bouche et fit entendre un coup de sifflet modulé d'une façon particulière.

Ce coup de sifflet qu'elle avait entendu plusieurs fois déjà, et auquel un coup de sifflet plus lointain répondait d'ordinaire, apprenait à la reine qu'on allait de nouveau changer de chevaux.

Mais, cette fois, aucun bruit de ce genre ne répondit à l'appel de Noë.

Noë siffla trois fois, et la forêt demeura silencieuse.

— Ventre-saint-gris ! murmura le roi de Navarre, les chevaux de Terregude ne seraient-ils point arrivés ?

— Oh ! c'est impossible ! dit Noë.

Et il ensanglanta les flancs de sa monture et atteignit le premier le carrefour où devaient se trouver les chevaux.

Mais le carrefour était désert.

— Ils sont en retard, dit le roi qui arrivait derrière lui.

Noë siffla une fois encore...

Aucun écho ne lui répondit.

— Mais c'est une trahison! s'écria le roi de Navarre.

— Oh! dit Noë, je réponds de mon ami Hogier, sire.

— Et moi du sire de Terregude...

— Alors il est arrivé malheur à l'un des deux! s'écria le roi.

Le galop de ces chevaux qui retentissait dans l'espace devenait de plus en plus distinct.

— Si c'est nous qu'on poursuit, dit Noë, et que les chevaux n'arrivent pas promptement, il faudra en découdre, sire.

— Eh bien! répondit le roi, ventre-saint-gris! nous sommes quatre; est-ce que chacun de nous n'en vaut pas dix!... On en découdra, mon fils...

Et Henri de Bourbon, roi de Navarre, Henri, fier et tranquille, posa la main sur la garde de son épée.

— Navarre à la rescousse! dit-il.

FIN

Coulommiers. — Imprimerie de A. Moussin.